Giulia Conti

DIE FRAU IN ROT

Ein Turin-Krimi

Roman

ATLANTIK

Atlantik ist ein Imprint
des Hoffmann und Campe Verlags, Hamburg.

1. Auflage 2024
Copyright © 2024 Hoffmann und Campe Verlag, Hamburg
www.hoffmann-und-campe.de
Umschlaggestaltung: © wilhelm typo grafisch, zürich
Umschlagabbildung: © Dragan Todorovic / Trevillion Images
Satz: Dörlemann Satz, Lemförde
Gesetzt aus der Trump Mediäval
Druck und Bindung: GGP Media GmbH, Pößneck
Printed in Germany
ISBN 978-3-455-01742-7

HOFFMANN
UND CAMPE

Ein Unternehmen der
GANSKE VERLAGSGRUPPE

Prolog

Aus der Ferne sah sie aus wie eine achtlos weggeworfene Schaufensterpuppe, in einer warmen Dezembernacht unter eine Brücke am Po auf den Müll gekippt, zwischen leere Bierdosen, Pizzakartons, Kippen und Plastiktüten, gar nicht weit weg von der aristokratischen Piazza Vittorio Veneto und dem historischen Zentrum Turins. Eine überdimensionierte Barbie mit fließendem blondem Haar und in eine rot eingefärbte, edle Pelzjacke gehüllt, darunter ein festliches rotes Seidenkleid, die Taille eng von einem silbrig glänzenden Gürtel geschnürt, der Rock plissiert, die weißen Beine darunter eigenartig verdreht. Das war der erste Eindruck. Bei näherem Hinsehen erkannte man eine nicht mehr ganz junge Frau, vielleicht Mitte vierzig, ein paar Falten im schmalen Gesicht. Sie musste schön gewesen sein, und sie wirkte trotz ihrer puppenhaften Aufmachung elegant. Die noch jungen Beine hatten in Stilettos gesteckt, die teuer aussahen und jetzt mit in den Himmel stechenden Absatzspitzen wie zufällig hingeworfen neben ihr lagen. Wenn man noch genauer hinsah, entdeckte man in ihrem hellen Haar das Blut, dunkelrot und verkrustet. Man würde die tote Frau *la Signora in rosso*, die *Frau in Rot* nennen.

I

»Wollen Sie zu mir?«

»Sind Sie Dottoressa di Salvo?«, kam es zurück.

Ich schaute in bernsteinfarbene Augen, die mich erwartungsvoll ansahen und zu einer vollkommen durchnässten jungen Frau gehörten, die vor mir auf der Treppe saß. Aus ihrem blonden Pagenkopf tropfte es wie aus einem undichten Wasserhahn, und unter ihr hatte sich schon eine kleine Lache gebildet. Seit einer Woche schüttete es in diesen Märztagen wie aus Eimern. Ein Hundewetter, das auch mich an diesem Morgen auf dem Weg in meine Praxis in der Turiner Altstadt, dem Quadrilatero Romano, trotz Regenschirms noch erwischt hatte. Aber das war kein Vergleich zu dem triefenden jungen Mädchen, das dort auf den Stufen kauerte, fröstelnd und verloren.

Ich nickte. »Ja, warum?«

»Ich habe auf Sie gewartet.«

Das passte mir gar nicht. Dafür hatte ich keine Zeit. Ich war spät dran und wollte möglichst schnell in mein Sprechzimmer, denn in gut zwanzig Minuten würde meine erste Patientin kommen. Eigentlich konnte ich der ungebetenen Besucherin nur einen Gesprächstermin zu einem anderen Zeitpunkt anbieten oder sie an die Ambulanz des psychoanalytischen Instituts verweisen, denn unangemeldet konnte ich keine Patienten annehmen. Stopp, Camilla, meldete sich aber eine innere Stimme, du lieferst gerade kein Glanzstück deines Einfühlungsvermögens! Natürlich würde ich meinen Unmut beiseiteschieben und sehen, was ich für sie tun konnte. Ohnehin bin ich zuweilen großzügig im Umgang mit den strengen Regeln meiner Zunft und höre im Zweifelsfall auf mein Gefühl. Erst später kam mir die Erkenntnis, dass es vielleicht doch besser gewesen wäre, die junge Frau wegzuschicken. Dann wäre mir einiges erspart geblieben.

»Wenn Sie gekommen sind, weil Sie eine Therapeutin suchen«, sagte ich, und als sie nickte, fuhr ich eilig fort, um angesichts meines ohnehin zu großen Patientenstamms gar nicht erst falsche Erwartungen bei ihr zu wecken, »dann muss ich Sie enttäuschen.« Setzte jedoch versöhnlich hinzu: »Aber kommen Sie einen Moment mit herein. Dann können Sie sich abtrocknen, und ich gebe Ihnen ein paar Adressen von Therapeuten, an die Sie sich wenden können, um einen Termin für ein Erstgespräch zu vereinbaren. Natürlich nur, wenn Sie das wollen.«

Im Flur bedeutete ich ihr zu warten und holte ein Handtuch aus meinem kleinen Badezimmer. »Nehmen Sie das und geben Sie mir Ihre Jacke. Die hänge ich kurz über die Heizung, wenn Sie einverstanden sind.« Ich wartete ihre Antwort nicht ab und griff zu einem Bügel. »Wie heißen Sie eigentlich?«, fragte ich noch.

»Alba.«

»Und wie weiter?«

»De Magris, Alba de Magris.«

Der Name sagte mir etwas. Wo hatte ich ihn nur schon einmal gehört? Es fiel mir nicht ein, und es war mir eigentlich auch egal, denn es galt jetzt, keine Zeit zu verschwenden. Ich machte der jungen Frau mit dem schönen Namen Alba ein Zeichen, und sie folgte mir in mein Sprechzimmer. Der große Raum ist mit seinen zwei hohen Fenstern zur Straße licht und eher nüchtern eingerichtet, aber dennoch behaglich. Als ich die Praxis übernommen habe, hatte ich ein klares Bild vor Augen: Weder zu klinisch noch zu persönlich sollte sie sein, und meine Patienten sollten sich im Sprechzimmer wohlfühlen, ohne dass es zu viel von mir verriet. Das ist mir, wie ich finde, auch ganz gut gelungen. Neben der unverzichtbaren Couch stehen auf dem alten Dielenboden zwei Ledersessel und mein Schreibtisch, ein antikes Schmuckstück aus Kirschholz, das ich an einem Sonntag vor ein paar Jahren auf dem *Gran Balon*, dem monatlich stattfindenden Antiquitätenmarkt von Turin, entdeckt habe. An die Wände habe ich nicht die üblichen Blumenkunstdrucke gehängt, wie man sie vorzugsweise in Krankenzimmern findet, da sie angeblich die Stimmung der Patienten aufhellen, sondern poetische Schwarz-Weiß-Fotografien von Pietro Donzelli, die er in den Nachkriegsjahren in der Po-Ebene aufgenommen hat und die die Schönheit der noch weitgehend unberührten Landschaft und das karge Leben der Menschen zeigen. Ein Italien zwischen Tradition und dem Aufbruch in die Moderne. Außerdem hängt dort eine bunte Karikatur, die Sigmund Freud mit einer dicken Zigarre in der Hand darstellt und die mir mein guter Freund Ennio zum Einstieg geschenkt hat. »Der ist ja sozusagen dein Staatspräsident, und den hängt man sich doch an die Wand, oder?«, hatte er schmunzelnd dazu bemerkt.

Meine Besucherin steuerte auf die mit dunkelrotem Samt bezogene Couch zu, während ich schon an meinem Schreibtisch saß.

»Nein«, stoppte ich sie und deutete auf den Sessel, der unter einem der beiden Fenster steht, während ich in einer Schublade hastig nach ein paar Unterlagen suchte. Der Regen prasselte währenddessen weiter gegen die Scheiben, und draußen am Himmel ballten sich die Wolken so tiefschwarz, dass es trotz der großen Fenster ganz düster im Raum wurde und ich das Licht anmachen musste.

Dem schlechten Wetter war auch meine Verspätung an diesem Donnerstagmorgen geschuldet, denn ich war auf dem Weg zu meiner Praxis beim Überqueren der Via Po ausgerutscht und umgeknickt. Der Knöchel hatte so wehgetan, dass ich mich einen Moment unter den Arkaden hinsetzen musste, bis der Schmerz langsam nachließ. Dadurch hatte ich einige Minuten verloren. Ein Grund mehr, die Begegnung mit der jungen Frau möglichst kurz und formell halten.

Aber kaum, dass sie saß, kamen ihr die Tränen, und sie schien mit dem Weinen gar nicht mehr aufhören zu können. Ich beobachtete sie schweigend, reichte ihr ein Taschentuch. Davon habe ich immer einen großen Vorrat griffbereit, denn dass Patienten im Verlauf der Sitzung in Tränen ausbrechen, kommt nicht selten vor.

Sie putzte sich etwas umständlich die Nase, und ich sah ihr schweigend dabei zu. Während sie weiter leise vor sich hin weinte, bündelte ich meine spontanen Eindrücke. Die allererste Begegnung mit potenziellen Patienten ist stets besonders aufschlussreich, nicht nur, was sie, sondern auch was mich selbst angeht, mein Verhalten, meine Gefühle und meine Reaktionen. Von Anfang an habe ich mir angewöhnt, meine ersten Wahrnehmungen unmittelbar nach den Terminen zu notieren, in den zehn Minuten Pause, die mir jeweils zwischen zwei Patienten bleiben. Wir sind Zaungäste, so hat eine ältere Kollegin einmal unsere Haltung gegenüber den Patienten beschrieben. Wir beobachten sie, hören uns ihre Geschichten an und versuchen, darin die unbewussten Vorstellungen, Bedürfnisse, Ängste und emotionalen Muster zu erkennen. Wir sind ein Gegenüber, das Abstand hält und doch mitfühlt.

Auch bei Alba de Magris schaute ich genau hin, obwohl ich entschlossen war, sie nicht als Patientin aufzunehmen. Als Erstes war mir ihre Kleidung ins Auge gefallen. Ein heller, glockig fallender Rock, darüber ein gut geschnittener blauer Blazer und edle weiße Sneaker, das sah fast wie eine Internatsuniform aus, jedenfalls ziemlich brav und nach einem wohlhabenden Eltern-haus. Sie weinte immer noch, mit dem zerknüllten Taschen-tuch in der Hand, und so wie sie auf dem Sessel saß, steif und weit vorne, wirkte sie auf mich sehr unsicher. Aber da war noch etwas anderes. Etwas, das mich eigenartig berührte. Ich hätte nicht sagen können, was es war, hatte höchstens eine vage Ah-nung, dass es nicht zu ihrer verlorenen Ausstrahlung passte. Wer war diese junge Frau? Was war mit ihr? Versteckte sich hinter ihrer Schüchternheit eine unvermutete Kraft? Immerhin hatte sie den Mut gehabt, einfach in meine Praxis zu platzen. Vorsicht, Camilla, bremste ich mich, urteile bloß nicht vor-schnell! Ich konzentrierte mich wieder auf meine Beobachtun-gen. Wie alt mochte sie sein? Maximal zwanzig, schätzte ich. Vielleicht war sie keine Schülerin und lebte auch nicht mehr bei ihren Eltern. Das Auffälligste an ihr war zweifellos ihre große und eigenwillig gekrümmte Nase, an der mein Blick hängen-blieb. Wahrscheinlich fiel sie mir auch deshalb besonders auf, weil Albas nasse Haare am Kopf anhafteten und ihr Gesicht da-durch ganz offen lag. War sie mit dieser Nase zur Welt gekom-men oder war da erst später etwas passiert? Ein Unfall? Oder hatte gar jemand zugeschlagen? Natürlich konnte es auch eine harmlosere Erklärung geben, vielleicht war die auffällige Nase das Ergebnis einer missglückten Korrektur? Jedenfalls stand sie ihr gut, verlieh ihrem sonst eher unscheinbaren Gesicht mit seinen schmalen Zügen und hellen Augen etwas Faszinie-rendes.

Endlich hörte sie auf zu weinen. Ich hatte die ganze Zeit ge-schwiegen, sah sie auch weiter nur an, und sie blieb ebenfalls stumm. Mein Knöchel schmerzte noch, was ich zu ignorieren versuchte, aber jetzt griff ich doch unter den Schreibtisch, um diskret die angeschwollene Fessel zu massieren. Alba hielt das Infoblatt, das ich ihr schon gegeben hatte, noch in der Hand, hatte aber bisher keinen Blick darauf geworfen. Dann hob sie mit einem Mal abrupt den Kopf und sagte leise: »Darf ist Sie etwas fragen?«

Ich nickte.

»Sie haben doch bestimmt von der *Frau in Rot* gehört?«

Ich nickte erneut, wurde schlagartig neugierig und vergaß meinen Vorsatz, mich nicht auf ein Gespräch mit ihr einzulassen. Stattdessen fragte ich mich gespannt, was nun kommen würde.

»Das ist meine Mutter.«

Im selben Moment wusste ich, woher ich ihren Namen kannte, und sofort war alles da, die ganze Geschichte. »Das tut mir sehr leid«, sagte ich, und es war keine Floskel. Als wäre es gestern gewesen, hatte ich die alten Schlagzeilen wieder vor Augen: *Tote Frau am Po-Ufer gefunden* hatte *La Stampa* in fetten Lettern getitelt und kurz darauf gefragt: *Die Frau in Rot: grausam ermordet?* Die Mutter des jungen Mädchens war vor ein paar Monaten – ich meinte mich zu erinnern, dass es im Dezember gewesen war – in der Nähe der Muretti, eines Szeneviertels an den Dämmen des Po-Ufers, tot aufgefunden worden, wahrscheinlich ermordet. Die Medien hatten ihr das Etikett der *Signora in rosso*, der *Frau in Rot* verpasst, weil sie ein auffälliges rotes Abendkleid trug, als man ihre Leiche unter einer Brücke zwischen Müllresten entdeckte. Es war der Beginn eines sich tagelang hinziehenden Medienspektakels, denn die Tote war nicht irgendwer, sie war die Frau eines Mannes aus der Führungsetage von Fiat, und im Laufe der Ermittlungen stellte sich heraus, dass sie schon länger ein Doppelleben geführt hatte: tagsüber als gut situierte, wohlanständige Turiner Bürgerin, nachts als *Femme fatale* unterwegs in zwielichtigen Milieus, so jedenfalls die Berichterstattung. Auch ich hatte – das musste ich zugeben – die Sensationsartikel mit Neugier verfolgt. Überhaupt üben Verbrechen eine eigenartige Faszination auf mich aus und wecken meinen Ermittlerinstinkt. »Wie lange ist das jetzt her?«, fragte ich.

»Es ist im Dezember passiert, kurz vor Weihnachten, ziemlich genau vor drei Monaten. Da wurde sie am frühen Morgen unter einer Brücke am Po gefunden. Mit gebrochenem Genick. Aber das wissen Sie ja bestimmt alles aus der Zeitung, oder?«

»Ich habe das gelesen, ja, aber an die Details kann ich mich nicht mehr erinnern. Sie ist ermordet worden, nicht wahr?«

»Davon bin ich überzeugt. Aber die Polizei hat den Täter nicht gefunden und die Ermittlungen vor kurzem eingestellt. Die vermuten, dass es doch Selbstmord war. Dass sie sich von der Brücke gestürzt hat. Ich glaube das nicht. Aber ich kann mich an das, was in diesen Tagen passiert ist, überhaupt nicht mehr erinnern. Da ist einfach ein großes Loch. Und dass ich nicht weiß, was passiert ist, macht mich ganz krank. Schlimm ist es vor allem nachts. Und deshalb bin ich zu Ihnen gekommen. Heute Nacht war es wieder besonders furchtbar ...«

Sie war eine Weile gefasst geblieben, aber jetzt versagte ihr die Stimme, und sie brach erneut in Tränen aus. Ich reichte ihr ein weiteres Taschentuch, wurde aber mit Blick auf die Uhr langsam richtig unruhig, ärgerte mich, dass ich mich doch zu einem Gespräch mit ihr hatte hinreißen lassen. Und so leid mir die zweifellos hilfsbedürftige junge Frau tat, musste ich das abbrechen, denn in wenigen Minuten würde meine erste Patientin kommen. »Hören Sie, Alba«, sagte ich, »es tut mir leid, aber gleich beginnt meine Sprechstunde, und ich muss Sie leider verabschieden.« Ich unterbrach mich, überlegte einen Moment, ob ich ihr doch noch einen Vorschlag machen sollte, und entschied mich dann immer noch etwas zögernd dafür. »Aber wenn Sie wollen«, sagte ich, »kommen Sie am Montag noch einmal wieder.« Ich griff schon zu meinem Terminkalender, den ich noch ganz altmodisch auf Papier führe. »Wie wäre es am Nachmittag um 17 Uhr«, schlug ich vor, »dann habe ich ein bisschen mehr Zeit für Sie. Dass Sie eine Therapie beginnen wollen, ist ganz sicher eine gute Entscheidung. Lassen Sie uns also am Montag weitersehen, wie und wo das möglich wäre ...«

Eigentlich war mir schon in diesem Moment vollkommen klar, dass ich ihr dieses Angebot zwar in erster Linie aus Mitgefühl und professioneller Verantwortung machte, dass dabei aber auch meine Neugier auf den mysteriösen Fall der *Frau in Rot* mitspielte. Trotzdem hatte ich nach wie vor nicht im Sinn, die junge Frau als Patientin aufzunehmen, und dabei sollte es auch bleiben.

Alba hörte sofort auf zu weinen, nickte heftig, und zum ersten Mal, seit ich sie auf der Treppe aufgelesen hatte, huschte ein Lächeln über ihr Gesicht. Mit dem ungelesenen Infoblatt in der Hand stand sie auf, überlegte wohl einen Moment, ob sie mir zum Abschied die Hand geben sollte, aber als ich hinter meinem Schreibtisch sitzen blieb und ihr ebenfalls nur zunickte, verharrte sie kurz mitten im Raum, griff zu ihrem Taschentuch, putzte sich noch einmal ihre große Nase, verabschiedete sich leise, verließ dann das Sprechzimmer und verschwand nach draußen in den Regen.

2

Das Hundewetter wollte einfach nicht aufhören. Wieder hatte der Regen die ganze Nacht durch geprasselt und mich nicht in Ruhe schlafen lassen. Um drei Uhr morgens war ich aufgewacht, hatte mich mindestens eine volle Stunde in den Laken hin und her gewälzt und das Gedankenkarussell nicht anhalten können. Ich hatte meinen Patienten hinterhergegrübelt, aber vor allem war mir der spontane Besuch von Alba de Magris nicht aus dem Sinn gegangen. Auch ihre Mutter ließ mich nicht los. Wer war sie gewesen? Ein Fall für mich und meine Couch oder nur eine unkonventionelle Frau, die gegen die guten Sitten ihrer Klasse verstieß, sich gegriffen hatte, was sie vom Leben bekommen konnte? Wie Schlaglichter waren mir wieder die Fotos vor Augen getreten, die die meist reißerischen Zeitungsartikel begleitet hatten: die Signora im eleganten Kostüm an der Seite ihres Mannes, dann mit blonder Mähne im roten Glitzerkleid, und schließlich ihr mit einem Tuch bedeckter schmaler Körper unter der Brücke am Fluss, inmitten von schmutzigen Pfützen und Müll. Was für ein Leben und was für ein Tod! Die Bilder gingen mir nicht aus dem Kopf, aber irgendwann war ich endlich wieder weggedämmert, bis mich der Wecker um halb sieben aus dem Tiefschlaf riss.

Ich schaltete den Alarm aus, drehte mich unwillig auf die Seite, schlang die Bettdecke enger um mich, schloss die Augen, aber ich wusste, dass ich doch nicht mehr einschlafen würde. Als ich eine Viertelstunde später, noch im Nachthemd und auf nackten Füßen, zum Fenster ging, die Läden öffnete und in den Regen hinausschaute, überkam mich schlagartig der Widerwille gegen die Welt da draußen, die nassgraue Stadt, das Getriebe, den Ernst des Lebens und die Verantwortung, die mein Beruf mit sich brachte, und die Versuchung, mich zurück in die warmen Kissen zu legen, meine Termine abzusagen und mich von all dem wegzuträumen, war groß. Und vielleicht wäre ich an einigen dieser unbehaglichen Märzmorgen tatsächlich besser im Bett geblieben. Jedenfalls kam mir in den kommenden Wochen immer mal wieder dieser Gedanke.

Draußen wurde es gerade hell, unter einem bleigrauen Himmel, aus dem der Regen trommelnd auf die Uferstraße fiel und schon riesige Pfützen gebildet hatte, durch die in der erwachenden Stadt ein Auto nach dem anderen pflügte und Wasserfahnen produzierte, die sich mit einem Schwall auf den noch menschenleeren Bürgersteig ergossen. Es war der 17. März und ein Freitag, eine Kombination, die in der zutiefst abergläubischen Stadt als ein Unglücksdatum gilt und mir eigentlich ein Vorwand hätte sein können, doch noch dem ersten Impuls dieses Morgens zu folgen und mich zu verkriechen, allen und allem aus dem Weg zu gehen, das Haus nicht zu verlassen. Aber nein. Der Gedanke war zwar verlockend, da ich jedoch alles andere als abergläubisch bin, wollte ich dieser lächerlichen Anwandlung doch nicht folgen. Das war eher etwas für Franca, meine beste Freundin. Die handelte nach der Maxime: »Abergläubisch zu sein, ist etwas für Idioten, aber es nicht zu sein, bringt Unglück!«, und ließ sich auch an Tagen mit einem weniger unheilvollen Datum von einer Wahrsagerin gleich um die Ecke ihres Cafés die Karten lesen und stellte dann ihren gesamten Tagesablauf auf deren Prognose ab. Ich hatte es aufgegeben, ihr das ausreden zu wollen, ja, ihr überhaupt mit meiner Vernunft, die sie leidig nannte, zu kommen. Allerdings hatte ich an diesem verregneten Turiner Freitagmorgen nicht die geringste Vorstellung davon, wie nah ich selbst, die rational denkende Psychoanalytikerin, in den kommenden Tagen der Welt des Aberglaubens kommen würde.

Von meiner Wohnung im zweiten Stock habe ich einen guten Blick auf den Po, der nur etwa fünfzig Meter entfernt dahinfließt, normalerweise ziemlich träge, jetzt aber raste er, bildete hier und da sogar ein paar Wirbel und Stromschnellen, und Plastikmüll, Blätter und Zweige, ganze Baumstämme trieben über das Wasser, manche blieben an den Brückenbögen hängen, verkanteten sich, rissen sich dann wieder los und verschwanden mit der Strömung. Es kam mir so vor, als ob der Flusspegel wieder um einige Zentimeter gestiegen war, und viel fehlte nun nicht mehr, bis er über die Ufer treten würde. Und so ging in diesen Märztagen wieder einmal die Angst vor einem Hochwasser um. Niemand in Turin hatte vergessen, wie es ein paar Jahre zuvor gewesen war, als die reißenden Fluten die Ufer überschwemmt hatten, Turin von der Außenwelt abgeschnitten und den Flughafen lahmgelegt hatten. Außer Valentino und Valentina hatte es keine Opfer gegeben, und das waren bloß Schiffe. Wenn auch zwei sehr beliebte, traditionelle Ausflugsboote, mit denen man wunderbar auf dem Po herumschippern konnte. *Tempi passati.* Der aufgewühlte Fluss hatte beide Schiffe aus der Vertäuung gerissen, sie waren führungslos ein paar Hundert Meter weggetrieben und schließlich gegen eine Brücke gekracht. Danach waren sie nicht mehr seetüchtig und auch nicht reparabel, und ein Ersatz war nicht in Sicht.

Für mich hatte das auch das Ende einer Familientradition bedeutet, denn bis dahin hatte ich über lange Zeit hinweg immer am ersten Sonntag des Monats mit meinem Großvater eines der beiden Schiffe bestiegen, bei jedem Wetter und in fast jeder

Verfassung. Ach, der *nonno*. Beim Gedanken an ihn regte sich sofort mein schlechtes Gewissen. Im Stress meines beruflichen Aufbruchs fand ich einfach zu wenig Zeit für ihn, der nun schon Mitte siebzig war. Seit ich vor vielen Jahren bei meinen Großeltern ausgezogen bin und meine Großmutter viel zu früh gestorben ist, lebt er allein, ist aber angeblich nicht einsam und tatsächlich noch sehr rege. Er hat nicht wenige Freunde, meist ehemalige Arbeitskollegen, und heute sehe ich das alles etwas gelassener, doch damals glaubte ich ihm nicht ganz, vermutete, dass er mich nicht zusätzlich belasten wollte. Vielleicht fehlte er mir aber auch mehr als ich ihm.

Eigentlich hatten wir das Schiffsritual durch ein anderes ersetzt, denn stattdessen lud er mich einmal im Monat zu sich nach Hause zum Abendessen ein, das dann immer nach Sizilien schmeckte. Dort kommt er ursprünglich her, aus einem kleinen Dorf bei Modica, das er in den frühen sechziger Jahren verlassen hatte, um erst in Deutschland in München, dann in Turin in der Automobilindustrie, bei BMW und bei Fiat, als Fließbandarbeiter sein Geld zu verdienen. So wie viele andere, die damals aus dem Süden in den Norden Italiens kamen und Turin zu einer Millionenstadt und zu der Stadt mit den meisten Sizilianern außerhalb Siziliens machten. Der *nonno* ist bis heute in einer Arbeitersiedlung im Stadtteil Mirafiori zu Hause, im Süden der Stadt, wo die Weltfirma ihre legendären Autos produziert hat und wo immer noch ein großer Firmensitz ist. Wenn ich ihn besuche, ist es für mich, die ich mich sonst im relativ überschaubaren Turin mit dem Fahrrad und meistens nur in dessen barockem Zentrum bewege, immer eine Reise in eine ganz andere Welt, nicht nur wegen der Entfernung.

Ich sah auf die Uhr und riss mich vom Anblick des wilden Flusses und den Gedanken an meinen Großvater los, eilte ins Badezimmer, duschte minutenlang sehr heiß, putzte mir die Zähne, fuhr mir noch schnell mit dem Kamm durch mein kurzes dunkles Haar und schminkte mir die Lippen dunkelrot – so viel Zeit musste sein. Im Spiegel entdeckte ich eine Falte, die ich vermutlich dem ruhelosen Herumwälzen in den Kissen verdankte und die sich bald wieder glätten würde. Oder auch nicht, denn warum sollte mein anstrengender Alltag auf Dauer keine Spuren hinterlassen? Hinter mir lag mal wieder eine aufreibende Woche. Der Besuch von Alba de Magris am Tag zuvor war nur das letzte Glied in einer Kette belastender Ereignisse gewesen. Angefangen hatte es damit, dass ein ehemaliger, mir lieb gewordener Patient plötzlich an einem Schlaganfall verstorben war, wie ich von seiner Frau erfuhr. Dann hatte ich vor drei Tagen einen meiner Patienten, der an einer Depression erkrankt war, mit seinem Einverständnis in die Psychiatrie einweisen müssen, da er sich selbst als suizidgefährdet einschätzte. So etwas passiert nicht allzu häufig, aber es gehört zu meinem Beruf, immer wieder entscheiden zu müssen, wann der Moment gekommen ist, wo Gespräche und Medikamente an eine Grenze kommen und an stationärer Behandlung kein Weg vorbeiführt. Und manchmal werde ich ganz unerwartet in eine solche Situation geworfen, wie bei diesem Patienten, der plötzlich in eine Krise geraten war. Gottlob war wenigstens mein Sturz auf der nassen Via Po am Vortag gut ausgegangen, und der Knöchel tat nicht mehr weh. In Gedanken überflog ich, welche Termine in meiner Praxis anstanden, ob auch dieser Freitag, der 17. ein schwieriger Tag werden könnte. Nein, das waren alles Patienten, die auf einem guten Weg waren. Noch ein letzter eiliger Blick in den Spiegel – ich hatte gar nicht gemerkt, wie viel Zeit über meinen Gedanken im Badezimmer vergangen war –, dann schlüpfte ich in das, was meine Arbeitskleidung ist, einen leichten Pullover und einen meiner eleganten, aber bequemen Hosenanzüge, warf meinen Regenmantel über, ergriff meine Handtasche und einen Regenschirm und verschwand nach unten in die Bar.

»*Buongiorno*, Dottoressa, Sie sehen aber müde aus«, begrüßte Matteo mich wie immer gut gelaunt und stellte mit Schwung einen Cappuccino und eine duftende Brioche vor mich auf die Theke.

»Sie waren auch schon mal galanter«, erwiderte ich lächelnd, griff zu meiner Tasse, nahm einen großen Schluck, tunkte die Brioche hinein und biss ein Stück ab.

»Das steht Ihnen aber gut«, setzte Matteo schmunzelnd nach und verschwand wieder zu seiner Espressomaschine. Matteo ist einer dieser Baristas, wie man sie an einem solchen Ort in Italien erwartet, mit schnellen, perfekt sitzenden Handgriffen am Siebträger der glänzenden Maschine, dem routinierten Zugriff auf die Tassen und das Gebäck in der Vitrine, seinen locker hingeworfenen Sprüchen und einer Freundlichkeit, die niemandem zu nahe tritt, aber auch nicht aufgesetzt ist. Am frühen Morgen ist in seiner Bar stets viel los, auch wenn sie gar nichts vom Charme der historischen Kaffeehäuser hat, für die Turin berühmt ist, diesen opulenten Genusstempeln, wo man auf mit rotem Samt gepolsterten Stühlen an Marmortischen sitzt und unter Stuckdecken und holzgetäfelten, mit Spiegeln geschmückten Wänden seinen *caffè* oder ein Glas Weißwein trinkt. Matteos Bar liegt im Erdgeschoss meines Wohnhauses, einem sechsstöckigen Altbau im nah am Po gelegenen Viertel Crimea, und sie besteht nur aus einem nüchternen großen Raum mit ein paar Plastiktischen und einer schier endlosen Theke, hinter der die Espressomaschine um diese Zeit ununterbrochen zischt und brummt. Die meisten Gäste wohnen in der Nähe und machen auf dem Weg zur Arbeit dort nur kurz halt, um im Stehen einen Espresso zu kippen, dazu vielleicht wie ich eine Brioche zu essen und einen schnellen Blick auf die Schlagzeilen der neuesten Ausgabe von *La Stampa* zu werfen. Man kennt und begrüßt sich, wechselt ein paar Worte, eigentlich immer über das Wetter und in den Tagen damals natürlich auch über das befürchtete Hochwasser.

»*Buongiorno*, Camilla, *come va? Che tempo brutto!*« Das war Vittorio, mein Nachbar aus dem zweiten Stock, der sich zu mir an die Theke gesellt hatte. Vittorio war mehr als ein Jahrzehnt älter als ich, lebte Wand an Wand mit mir in einer riesigen und sehr luxuriösen Wohnung und trat immer elegant in Anzug, blassblauem Hemd und Krawatte auf. Seit kurzem hatte er einen jungen Hund, den er im Tierheim gefunden hatte, einen sehr lieben Terrier namens Cesare, den ich hin und wieder ausführte, wenn er selbst keine Zeit dafür fand, weil in seinem Software-Unternehmen zu viel los war.

»Nimmst du etwa trotzdem dein Fahrrad?«, fragte er, und es war genau die Frage, die ich mir selbst gerade stellte und mit einem schnellen Blick durch die Fenster der Bar auf den Dauerregen entschied. »Nein, ich gehe zu Fuß.«

»Ich kann dich auch ein Stück mit dem Auto mitnehmen.«

»Nein, nein, vielen Dank, Vittorio, das ist sehr nett von dir, aber das geht schon in Ordnung, wir sind ja in Turin.«

Das war eine Feststellung, die Vittorio sofort verstand, die sich für Ortsfremde aber ziemlich rätselhaft anhören würde, denn dazu müsste man wissen, dass Turin mit seinen Arkaden, die sich durch das historische Zentrum ziehen – immerhin über eine Länge von insgesamt achtzehn Kilometern –, für Regentage wie gemacht ist, da man auch dann dank ihres Schutzes zumindest halbwegs trockenen Fußes durch weite Teile der Innenstadt kommt.

»*Va bene*, Camilla, dann nicht. Ich muss jetzt los«, sagte Vittorio und trank den letzten Schluck von seinem Espresso. »*Ci vediamo.* Übrigens hat Cesare Sehnsucht nach dir.«

»Ich auch nach ihm«, gab ich zurück. »Wie sieht es denn aus? Morgen Nachmittag hätte ich Zeit, mal wieder eine Runde mit dem Kleinen zu drehen. Wenn es hoffentlich mal ausnahmsweise nicht ganz so heftig schüttet. Würde dir das passen?«

»*Perfekt.* Ich bin ab mittags unterwegs, aber du hast ja den

Schlüssel zu meiner Wohnung. Hol ihn gerne ab. Dann ist er nicht so lange allein und wird sich freuen.« Vittorio legte ein paar Münzen auf den Tresen, nahm seinen Regenschirm, der so elegant war wie alles andere an ihm, und wandte sich zum Gehen, drehte sich aber doch noch einmal auf dem Absatz zu mir um, schaute mich mit ernster Miene an, zeigte mit dem Finger auf sein Auge. »Und sieh dich vor, Camilla. Du weißt ja, heute ist Freitag, der 17.«

3

»Mein Gott, du siehst aber mitgenommen aus.«
Ich war es gewohnt, dass Franca kein Blatt vor den
Mund nahm, aber dass ich an diesem Tag nun schon zum
zweiten Mal zu hören bekam, wie schlecht ich aussah, war
doch ein bisschen viel. Dabei fühlte ich mich trotz der kurzen Nacht und des fehlenden Schlafs durchaus entspannt. In
der Praxis hatte – gegen alle Unkenrufe anlässlich des angeblichen Unglücksdatums und anders als am Tag zuvor – alles
seinen gewohnten Gang genommen, ganz ohne Notfälle und
Überraschungsbesuche. Gegen Mittag hatte es sogar aufgehört
zu regnen, und als mein letzter Patient am späten Nachmittag
die Praxis verlassen hatte, hatte ich mich zu Fuß in den Stadtteil San Salvario aufgemacht, in dem das Café liegt, das Franca
seit ein paar Jahren betreibt und wo wir nun bei einem Espresso
zusammensaßen. Auf halber Strecke dorthin war plötzlich
die Wolkendecke aufgerissen, die Frühlingssonne hatte ein
wunderbares Licht verströmt, und mit einem Schlag war die
gigantische, noch schneebedeckte Alpenkette aus den Wolken
aufgetaucht. Ein magischer Moment, der mich niemals kalt-
lässt, so oft ich ihn auch schon erlebt habe. Turin, die Stadt,
in der ich aufgewachsen bin, kann der wunderbarste Ort auf
Erden sein, aber sie ist eine verkannte Schöne, die ihrer einsti-
gen Geltung nachhängt, eine narzisstisch Gekränkte, die, sehr

zugespitzt gesagt, zu mir auf die Couch gehört. Was ist meine Heimatstadt nicht alles gewesen! Sitz der Herrscherfamilie und für kurze Zeit Hauptstadt Italiens, später ein Hollywood am Po, aus dem die ersten Stummfilme Italiens kamen, dann nach dem Ersten Weltkrieg mit den Schriftstellern und Intellektuellen rund um den Verlag Einaudi ein Nukleus des italienischen Geisteslebens mit Strahlkraft über die Grenzen hinaus, und seit mehr als einem Jahrhundert als Autoproduzent mächtiger Treiber des ökonomischen Wachstums Italiens. Aber sie liegt eben doch etwas ab vom Schuss am nordwestlichen Rand des Landes, wirtschaftlich und kulturell übertrumpft vor allem von Mailand, der Metropole, mit der man sich ständig misst. Lange Zeit sahen viele in Turin nur ein hässliches, von Industrie geprägtes Entlein, obwohl es das niemals gewesen ist, ganz im Gegenteil. Von mir aus hätte es auch so bleiben können, mir gefiel diese unprätentiöse Seite meiner Stadt und dass sie nicht so viele Touristen anlockte, doch in den letzten Jahren hat Turin aufgeholt, sich neu erfunden, wie das in der Tourismuswerbung heißt, und ist geradezu trendy geworden, sodass ich neuerdings von vielen meiner Landsleute um meinen Wohnsitz beneidet werde.

Das einst volkstümliche Quartiere San Salvario, in dem Franca ihr Café betreibt, erstreckt sich hinter einem wunderbaren Stadtpark, dem Parco del Valentino, und hat sich in den letzten Jahren zu einem angesagten Viertel gemausert, wie zuvor schon das Quadrilatero, die historische Altstadt, in der meine Praxis liegt. In *SanSa*, wie es die hier Heimischen gerne nennen, findet auf der Piazza Madama Cristina jeden Tag ein quirliger Markt statt und gleich um die Ecke komme ich niemals an der *Panetteria Papale* vorbei, ohne ein paar Biscotti und Brot zu kaufen. In den Straßen rundum koexistieren alteingesessene Läden, die alltägliche Dinge wie Haushaltswaren oder Wäscheartikel vertreiben, mit Handwerksbetrieben und originellen Kleidershops, arabischen Friseuren, Imbissen und trendigen Restaurants. Letztere haben meist auch ein paar Tische draußen, wo man speisen kann, bevor man ins Nachtleben des Borgo ausschwärmt – ein Auftrieb nicht unbedingt zum Wohlgefallen vieler Anwohner, da er vor allem am Wochenende stets nächtlichen Lärm, Dreck und Drogen mit sich bringt.

Wenn ich so zu Fuß durch Turin laufe, wie an diesem Freitagnachmittag, nehme ich das rege Treiben oft gar nicht mehr richtig wahr, meine Gedanken schweifen ab, wandern hinter die Fassaden der Häuser, und es geht mir durch den Kopf, was sich dort abspielt. Die Angewohnheit, mich zu fragen, was sich hinter dem Offensichtlichen verbirgt, ist zweifellos eine *déformation professionelle*, da ich in meiner Praxis ja jeden Tag mit Menschen zu tun habe, die nach außen meist ganz normal wirken, aber doch mehr oder weniger verborgen Dinge tun und erleben, die jenseits von Normalität liegen, zumindest jenseits von dem, was man gemeinhin darunter versteht. Etwa eine junge Frau, die sehr aufgeweckt und eine begabte Violinistin ist, aber seit ein paar Monaten zu mir in die Praxis kommt, weil sie sich heimlich ritzt, oder ein Mann mittleren Alters, ein erfolgreicher Architekt, durchaus warmherzig und seriös, der eine Analyse bei mir begonnen hat, weil er seine Freundin regelmäßig beim Sex gewürgt hat, sodass sie ihn schließlich verlassen hat. Es ist manchmal schwer und immer ein langer Weg, mit den Patienten herauszufinden, was hinter ihren Verhaltensstörungen steckt. Oft gelingt es, manchmal auch nicht. Immerhin strengen wir uns an, die Patienten und ich. Aber was ist mit denen, die keine Hilfe suchen, die sich nicht behandeln lassen? Das ist es, was sich mir beim Gang durch die Straßen aufdrängt, mich nicht loslässt. Ich male mir aus, welche Absonderlichkeiten und wie viel Zwanghaftes sich hinter den Mauern in all diesen Häusern unbemerkt abspielt. Wieder musste ich an die

Frau in Rot denken. Die hatte ihre exzessive Seite immerhin nicht versteckt, sie im Gegenteil offen ausgelebt, wobei ihre Familie zweifellos darunter gelitten hatte und sie selbst vermutlich auch. Meine Gedanken sprangen denn auch gleich weiter zu ihrer Tochter und dieser diffusen Mischung aus Mitleid und Irritation, die sie am Tag zuvor in mir ausgelöst hatte. Wie war es wohl gewesen, Tochter dieser Mutter zu sein?

In meiner Manteltasche steckte ein edel aussehendes, ledergebundenes Notizbuch, das Alba gehören musste. Ich hatte es erst heute beim Verlassen meiner Praxis im Flur gefunden, aber bisher nur einen flüchtigen Blick hineingeworfen. Es war bestimmt aus ihrer Jacke gefallen, als ich sie zum Trocknen über die Heizung gehängt hatte. Oder hatte Alba es absichtlich dort liegen lassen, damit ich es fände? Und konnte es sein, dass sie gar nicht durch Zufall in meiner Praxis gelandet war, sondern mich gezielt unter den vielen Therapeuten in Turin ausgewählt hatte? Weil sie etwas über mich wusste?

»Haben dir deine Patienten heute mal wieder den letzten Nerv geraubt?«, fragte Franca. Wir saßen in den etwas zerschlissenen, aber gemütlichen 50er-Jahre-Sesseln, die sie in ihrem Café um niedrige ovale Tische herum gruppiert hatte. Franca hat zwar Respekt vor mir, ihrer Freundin mit dem Doktortitel, aber von der Psychoanalyse hält sie nichts, vor allem nicht von den Patienten, die für sie überwiegend selbstmitleidige, zu sehr mit sich selbst Beschäftigte sind, die ihre Freundin stundenlang mit ihren Problemen zuquatschen. Dabei ist Franca eigentlich ausgesprochen mitfühlend, der Typ Freundin, der immer für einen da ist, nicht nur, wenn es darauf ankommt, aber dann erst recht. Manchmal war mir ihre Fürsorge sogar zu viel, insbesondere, wenn sie kombiniert mit Bergen von Schokolade auftrat. So wie an diesem Freitag.

»Du musst unbedingt meine neuen Trüffel probieren«, sagte

sie, »die sind atemberaubend, und deine nervigen Patienten kannst du dann vergessen.« Sie hielt mir eine offene Schachtel hin, aus der es wirklich verführerisch duftete. Franca kreierte die Rezepte für ihre Trüffel seit einiger Zeit selbst, und inzwischen kamen die Leute aus ganz Turin angefahren, um ihre Naschereien zu erstehen, was ein enormer Erfolg in dieser von Schokolade durchtränkten Stadt war. Sehr erfolgreich waren auch die Veranstaltungen, die sie hin und wieder im Café organisierte, mal eine Lesung, mal ein Poetry Slam oder auch ein kleines Konzert. Ich wusste nicht, was dem Café mehr Kundschaft brachte, diese Abende oder ihre köstlichen Trüffel.

»Was ist da drin?«, fragte ich.

»Probier einfach«, erwiderte Franca und rückte mit der Schachtel noch ein wenig näher.

»Aber nur einen«, sagte ich und schob mir den Trüffel in den Mund. »Mmm, wirklich lecker.«

»Lecker? Sensationell sind die!« Franca tat beleidigt.

»Und was ist da drin?«, fragte ich, auf etwas Knackiges beißend. »Nüsse? Die Dinger sind jedenfalls ganz schön scharf.«

»Blaubeere und rote Pfefferkörner, das schmeckt man doch, du Banausin.«

In diesem Moment kam Kundschaft in das nur halb volle Café, ein älteres Ehepaar mit einem rothaarigen Jungen, wahrscheinlich der Enkel. Franca machte ihren Kollegen ein Zeichen, dass sie sich selbst um die neuen Gäste kümmern würde, und verschwand zu ihnen an den Tisch – nicht ohne die Schachtel Trüffel mit einer aufmunternden Geste auf dem Tisch vor mir zurückzulassen und mir noch einen Espresso zu ordern. Ich sah ihr nach, wie immer ein wenig neidisch auf ihre eindrucksvolle Erscheinung. Franca hat ihren eigentlich braunen, weich fallenden Locken einen Hauch von Rot verpasst und sich ihren lässigen Kleidungsstil bei den Französinnen abgeschaut, trägt meist blumige Kleider und grob gestrickte Jacken aus Mohair, dazu gerne Pumps oder Turnschuhe und auch mal einen weichen Hut. Aber das ist es nicht, was mich an ihr so fasziniert. Und besonders schön ist sie eigentlich auch nicht. Es ist ihr Gang, wie unverschämt geschmeidig sie sich bewegt, dieser frappierende Einklang mit sich selbst und dem eigenen Körper, der sie so unwiderstehlich macht.

Wir kennen uns mittlerweile schon seit Jahrzehnten, seit wir uns als Dreizehnjährige in einem Rennskikurs in den nahen Alpen, in Saint-Martin-des-Moulins, begegnet sind. Beide kommen wir aus Turin, allerdings aus vollkommen unterschiedlichen Milieus, ich aus einer Arbeiterfamilie, sie aus sehr wohlhabenden Kreisen, und doch sind wir auf Anhieb Freundinnen geworden. Ich kann mir keine bessere Freundin vorstellen als sie. Gleich an meinem ersten Abend mit unserer Skigruppe, als ich beim Abendessen ziemlich eingeschüchtert am voll besetzten Tisch vor meinem Teller saß und sie neben mir, half sie mir aus der Bredouille. Es gab ein typisches Gericht aus dem Aostatal, Polenta mit Wildschweinragout und Steinpilzen, etwas, was ich von der sizilianischen Küche meiner Großmutter nicht kannte und, weil die Pilze so glitschig waren, ziemlich eklig fand. Aber unter den strengen Augen unserer Betreuerin und weil ich nicht als schwierig gelten wollte, zwang ich mich, sie zu essen. Franca bemerkte meinen hilflosen Widerwillen, warf mir einen verstehenden Blick zu, fischte die Pilze aus ihrem Ragout, schlang sie herunter und tauschte ihren nun pilzfreien Teller in einem günstigen Moment unbemerkt gegen meinen aus. Ich wollte mich ein paar Tage später, als man sie beim Rauchen erwischte, revanchieren, indem ich die Schuld auf mich nahm und behauptete, es seien meine Zigaretten und dass ich Franca zum Ausprobieren überredet hatte. Aber natürlich nahm sie die Ausrede nicht an und stand zu ihrem Vergehen. Auf der Piste war sie immer schneller als ich, obwohl sie weniger Ehrgeiz an den Tag legte. Als ich einmal doch vor ihr über die Ziellinie fuhr, hatte ich sie im Verdacht, mir mit Absicht den Vortritt gelassen zu haben. Wir verloren uns dann nach dem Abitur ein paar Jahre aus den Augen, weil sie in Frankreich studierte, während ich in Italien blieb. Eines Tages hatten wir uns dann zufällig in Turin auf der Straße wiedergetroffen. Wir waren, im wörtlichen wie im übertragenen Sinn, ineinandergerannt und haben uns seitdem nicht mehr aus den Augen gelassen.

Franca schien das neu angekommene Ehepaar zu kennen, unterhielt sich angeregt mit ihnen, strich dem Jungen immer wieder zärtlich übers Haar, was ich etwas übergriffig fand, ihm aber zu gefallen schien. Schließlich nahm sie die Bestellung auf und verschwand in die Küche. Ich nippte an meinem Espresso, nahm mir doch noch einen von Francas Trüffeln, obwohl ich gar nicht so gern Süßes esse, ließ ihn langsam im Mund zergehen und hoffte, dass sich noch ein ruhigerer Moment im Café ergeben würde und damit eine Gelegenheit, mit Franca über die vermutlich ermordete Signora de Magris zu reden. Allerdings möglichst, ohne den Besuch von Alba in meiner Praxis zu erwähnen, was zweifellos gegen die Regeln gewesen wäre, da aus meinem Sprechzimmer nichts nach außen dringen darf.

Das Rätsel um Albas Mutter, diese Frau, die ein so ungewöhnliches Doppelleben geführt hatte, ließ mich seit der Begegnung mit der Tochter nicht los. Was waren diese de Magris' für Leute? Bestimmt wusste Franca mehr. Sie entstammte selbst diesem großbürgerlichen Milieu, dem *Torino bene*, das ein hermetischer Zirkel ist, diskret, elegant und wohlanständig, von dem wenig nach außen dringt, weil man am liebsten unter sich bleibt. Allerdings hatte Franca das alles hinter sich gelassen, mit ihrer Familie, vor allem aber mit deren Erwartungen gebrochen, nur den selbstsicheren Habitus dieses Milieus hatte sie mit in ihr neues Leben genommen.

Franca blieb eine Weile in der Küche verschwunden, und mir fiel wieder das Notizbuch ein, das Alba in der Praxis zurückgelassen hatte und das noch in meiner Manteltasche steckte. Ich nahm es mir vor, blätterte ziellos darin herum. Es war eher ein Adressbuch als ein Notizbuch, und es gehörte nicht Alba, sondern ihrer Mutter, stellte ich fest. Jedenfalls hatte die Signora de Magris auf der ersten Seite in einer eleganten Handschrift ihren Namen notiert. Ansonsten sagten mir die Namen in dem Büchlein – manchmal mit einer Telefonnummer, selten auch mit einer Adresse versehen – alle nichts. Ich fand es aber befremdlich, das private Notizbuch einer Toten in Händen zu halten, und da ich außerdem nicht viel damit anfangen konnte, legte ich es schließlich wieder weg.

Mit zwei leuchtend roten Campari Spritz und einem Teller mit einem Berg Tramezzini kehrte Franca kurz darauf zu mir an den Tisch zurück. »Wenn du meine Trüffel verschmähst, dann nimm wenigstens hiervon etwas«, forderte sie mich auf. »Die sind ganz frisch.«

Damit traf sie schon eher meinen Geschmack; Tramezzini sind eine Turiner Erfindung, der ich nicht widerstehen kann, besonders wenn die aufeinandergeschichteten, dreieckigen Weißbrotschnitten mit Thunfisch gefüllt sind. Und dessen Duft stieg mir gerade verlockend in die Nase. Außerdem war ich richtig hungrig. Ich hatte mittags durchgearbeitet, weil ich noch vor dem Wochenende einige dringende Arztbriefe erledigen wollte und es daher nicht in eine der Altstadtbars geschafft hatte, in die ich üblicherweise zum Imbiss einkehre. Blitzschnell war der Teller fast leer gegessen, woran Franca den geringeren Anteil hatte.

»Sag mal, Franca«, ich kaute noch auf dem letzten Bissen und nahm dazu einen großen Schluck von meinem Spritz, »die *Frau in Rot*, das sagt dir doch bestimmt etwas, oder?«

»Ja klar, Laura de Magris, diese bizarre Gestalt im roten Kleid, die ermordet worden ist.«

»Es soll Selbstmord gewesen sein, sagt die Polizei«, widersprach ich.

»Quatsch. Die haben einfach keine Lust mehr gehabt, weiter zu ermitteln, beziehungsweise soll es auch Druck von oben gegeben haben, die de Magris' sind ja eine große Nummer in Turin, Leute mit Einfluss.«

»Kennst du die?

»Nicht persönlich. Aber ich war mal bei einem Gartenfest in deren Villa in den Hügeln. Als ich noch dazugehörte. Das ist lange her, und ich war mit meinen Eltern da. Warum willst du das eigentlich wissen?«

Ich zögerte. Suchte nach einer Ausrede und fand keine. »Nur so«, sagte ich, schon wissend, dass ich damit bei Franca nicht durchkommen würde.

»Nun sag schon! Hat es was mit einem Patienten von dir zu tun? Du weißt ja, ich schweige wie ein Grab.«

»Patientin«, sagte ich, immer noch zögernd. Und rang mir schließlich noch ab: »Die Tochter war gestern bei mir in der Praxis. Das muss aber unbedingt unter uns bleiben.«

»Großes Ehrenwort«, Franca griff sich dramatisch ans Herz, und ich wusste, dass ich mich auf sie verlassen konnte. Es war nicht das erste Mal, dass ich ihr in aller Vorsicht und möglichst verschlüsselt etwas von dem erzählte, was ich in meiner Praxis erlebte. Manchmal brauche ich einfach ein Ventil, und bei niemandem sonst – außer vielleicht noch bei meinem guten Freund Ennio – sind meine Geheimnisse so gut aufgehoben wie bei ihr.

»Und was wollte sie?«

»Es war ein Überraschungsbesuch. Sie saß schon auf der Treppe, als ich ankam. Die ist ziemlich durch den Wind, hat fast die ganze Zeit geweint. Was ja eigentlich auch kein Wunder ist …«

»Aber das ist doch alles schon eine ganze Weile her, oder?«, unterbrach mich Franca. »War das nicht kurz vor Weihnachten?«

»Ja, aber so lange her ist das ja nun auch wieder nicht. Jedenfalls wird sie nicht damit fertig. Wie du ist sie fest davon überzeugt, dass man ihre Mutter ermordet hat. Und es nimmt sie total mit, dass sie nicht weiß, was genau passiert ist.«

»Wie alt ist sie denn?«

»Um die zwanzig, schätze ich.«

»Und wie heißt sie?«

»Vergiss es.«

»Okay, okay, ist ja schon gut, ich verstehe. Jedenfalls kann ich mich an keine Tochter erinnern. Aber ich schätze, es ist auch schon bald zehn Jahre her, dass ich bei denen in der Villa war. Schickes Haus. Und ein wahnsinniger Pool ...« Sie trank einen Schluck von ihrem Spritz. »Und die will also zu dir in Therapie?«

»Ja, aber daraus wird nichts. Ich habe ohnehin schon zu viele Patienten. Aber sie tut mir leid. Und sie hat etwas an sich, was mich berührt. Ich glaube, dass sie etwas darüber weiß, was mit ihrer Mutter passiert ist, dass das aber ganz tief in ihr versteckt ist.«

Franca sah mich fragend an.

»Keine Ahnung, warum ich das denke, ehrlich«, antwortete ich. »Aber ich bin überzeugt davon, und es beschäftigt mich.«

»Die hat jedenfalls mal ein echtes Problem. Also ich finde schon, dass du ihr helfen solltest.« Franca blickte mich geradezu streng an, und ich schaute erstaunt zurück. »Sieh mich nicht mit diesem Analytiker-Blick an«, sagte sie. »Ich meine, immerhin hat man höchstwahrscheinlich ihre Mutter ermordet. Und bestimmt hat sie es ohnehin nicht leicht gehabt, vermute ich. Der Papa ist, soweit ich mich erinnere, ein Arbeitstier, aber hyperkorrekt, und die Mama eine bourgeoise Turinerin *comme il faut*, die sich dann ab und zu in eine extravagante Schwärmerin verwandelt und die Nächte mit irgendwelchen Typen und angefixt von Alkohol und Drogen verbringt. So stand es jedenfalls in den Zeitungen. Und wenn das so stimmt, ist das doch ein ganz schönes Paket für so ein junges Mädchen!«

»Da hast du recht. Zumindest wenn man, wie du sagst, der Presse glauben kann. Für die war das ein gefundenes Fressen. Und natürlich kann es nur zu gut sein, dass die das alles aufgebauscht haben. Aber wie auch immer. Dass diese junge Frau Hilfe braucht, ist jedenfalls klar. Ich denke, ich schicke sie zu einer Kollegin.«

Franca griff zu dem letzten Tramezzino, entdeckte dabei das Adressbuch vor mir auf dem Tisch, und ehe ich mich's versah und es hätte verhindern können, hatte sie es schon in der Hand. »Wo hast du denn das edle Teil her? Führst du neuerdings Tagebuch, oder was?«, fragte sie grinsend und begann, in dem Büchlein zu blättern.

»Das geht dich gar nichts an. Gib das sofort wieder her!«

»Seit wann hast du denn Geheimnisse vor mir?«

»Das gehört nicht mir«, sagte ich widerwillig, »und es geht dich wirklich nichts an. Also gib das bitte wieder her. Ihre Tochter hat das gestern Morgen in meiner Praxis vergessen. Oder dagelassen, vielleicht unbewusst ...«

Weiter kam ich nicht, denn jetzt warf Franca das Adressbuch zurück auf den Tisch, ging empört auf mich los, und das war nicht gespielt. »Herrje, Camilla, ihr Analytiker mit eurem Unbewussten, das geht mir so was von auf den Nerv. Nichts ist bei euch Zufall, immer steckt angeblich irgendetwas dahinter, irgendeine Absicht, von der man aber selbst gar nichts ahnt, und dann kommt ihr einem mit eurem Unbewussten ...« Sie streckte mir ihren Arm entgegen und ließ ihren Silberreif geschickt um ihr Handgelenk rotieren. »Schau mal, *cara* Dottoressa«, sagte sie, »das gute Stück hier habe ich von meiner

Mutter. Den Armreif hat sie mir vor ein paar Jahren geschenkt. Und wenn ich den mal irgendwo vergesse, was weiß ich, zum Beispiel weil ich ihn beim Händewaschen abgelegt habe, dann erzählst du mir bestimmt, dass ich eigentlich nicht den Armreif, sondern meine Mutter loswerden will, natürlich ganz unbewusst, oder?«

»So ist es doch vielleicht auch, oder?«, erwiderte ich grinsend und nahm einen großen Schluck von meinem Spritz.

»Wenn, dann bewusst.« Sie grinste ebenfalls und prostete mir zu. »Ein paar von den Namen aus deinem Adressbuch kenne ich übrigens«, sagte sie dann. »Alle aus den besten Turiner Kreisen … Aber einer ist dabei, der ein bisschen aus dem Rahmen fällt. Ein stadtbekannter Satanist, der hin und wieder okkulte Sitzungen veranstaltet.«

Ich horchte auf, und obwohl ich mich immer noch über ihre Indiskretion ärgerte, fragte ich nach. »Ein Satanist? Und du kennst den? Warst du etwa mal bei dem?«

»Nein, das fehlte noch. Mir reicht schon, was mir meine Tarotkarten an Grausamkeiten voraussagen.«

Franca griff erneut zu dem Adressbuch, und ich war schon drauf und dran, es ihr aus den Händen zu reißen, aber sie schaute jetzt nicht mehr hinein, betrachtete es nur nachdenklich. »Das müsste doch eigentlich im Besitz der Polizei sein, oder?«, fragte sie.

»Vielleicht haben sie es der Tochter nach Abschluss der Ermittlungen ja wieder ausgehändigt«, mutmaßte ich. »Ich werde sie danach fragen, wenn ich es ihr zurückgebe.«

»Du siehst sie also doch wieder?«

»Sie kommt noch mal in meine Praxis, aber ich werde sie, wie gesagt, zu einer Kollegin schicken.«

Ich nahm das Adressbuch wieder an mich und steckte es vorsorglich zurück in meine Manteltasche, wo es vor weiteren

Übergriffen Francas geschützt war. Aber meine Neugier, was die *Frau in Rot* anging, war noch nicht ganz verflogen. »Kannst du dich eigentlich noch erinnern«, kam ich noch einmal auf den mutmaßlichen Mord zurück, »wie es dann weitergegangen ist? Wenn ich mich nicht irre, hat man dann doch den Ehemann verdächtigt?«

»Ja, und ehrlich gesagt, war damals auch mein erster Gedanke, dass er es war«, erwiderte sie. »Wenn sie die *Frau in Rot* war, dann ist er für mich der *Mann in Grau*. Er ist der Tag, arbeitsam und nüchtern, und sie die Nacht, magisch, geheimnisvoll und leidenschaftlich.«

»Na, jetzt romantisierst du das Ganze aber sehr.«

»Stimmt. Jedenfalls hat sie ihn mit ihren nächtlichen Abenteuern vor der ganzen guten Turiner Gesellschaft bloßgestellt. Und das kann er doch nicht einfach so hingenommen habe, dachte ich. Ich möchte gar nicht wissen, wie sich diese Kleingeister in ihrer Entourage über die beiden die Mäuler zerrissen haben! So gesehen war dieser Nachtfalter im roten Kleid ziemlich mutig, findest du nicht?«

»Aber sie hat teuer dafür bezahlt.«

»Ja, mit ihrem Leben.«

»Und was war nun mit ihrem Mann?«

»Er war es nicht, er hatte ein Alibi. Der ist ein hohes Tier bei Fiat, und in der Nacht, als sie umgebracht wurde, hatte er irgendeine Sitzung.«

»Stimmt, jetzt erinnere ich mich. So langsam fallen mir auch die Details wieder ein. Gab es da nicht noch einen großen Unbekannten, mit dem man sie in der Nacht ihres Todes gesehen haben will? An den *Muretti*, wenn ich mich richtig erinnere.«

»Genau, das war ihr Revier. In den Tanzbars dort ist dieser Nachtfalter am liebsten herumgeflogen und hat sich mit Nektar versorgt.«

»Du bist aber heute ganz besonders poetisch …«

»Stimmt, ihr Ende war allerdings wenig poetisch. Bei den *Muretti* unter einer Brücke zwischen Pfützen und Müll hat man sie dann tot gefunden. Warst du da eigentlich mal?«

»Bei den *Muretti*? Tagsüber laufe ich da oft vorbei. Aber du meinst zum Tanzen? Klar, das auch, aber das ist ewig her.«

»Dann wird es mal wieder Zeit, findest du nicht? Bevor wir endgültig aus dem Alter raus sind …« Sie grinste. »Außerdem sehe ich dir doch an, dass du total angefixt von der Geschichte bist. Dann sollten wir uns den Schauplatz des Verbrechens wenigstens mal ansehen, oder?« Sie blickte mir jetzt plötzlich sehr ernst in die Augen. »Und jetzt sag mal ehrlich: Hat das was mit deiner Mutter zu tun, dass du darauf so anspringst?«

Wie immer traf Franca mit ihrem siebten Sinn ins Schwarze, aber ich hatte keine Lust, darüber zu reden und reagierte kurz angebunden. »Kann schon sein. Aber das ist es nicht allein.«

»Sorry«, sagte sie, »es ist schon okay, wenn du jetzt nicht darüber reden willst. Aber die *Muretti* erspare ich dir nicht. Lass uns morgen Abend hingehen, ja? Ein bisschen *Saturday Night Fever* …«

»Ich weiß nicht.«

»Ach komm …«

»Und was war nun mit dem großen Unbekannten?«, lenkte ich ab und Franca auf das eigentliche Thema zurück.

»Den hat man nicht gefunden. Und hat dann, wie gesagt, die Ermittlungen eingestellt. Die offizielle Version ist, dass es wohl doch ein Selbstmord gewesen sein soll. Mag sein, dass die Familie ihren Einfluss ins Spiel gebracht hat, keine Ahnung. Es wurde jedenfalls gemunkelt, dass die es leid waren, sich ständig in den Schlagzeilen wiederzufinden. Aber frag doch mal Ennio.« Ennio ist Polizist und mein bester Freund, das männliche Pendant zu Franca, und vielleicht sogar noch ein bisschen mehr. »Der weiß das bestimmt genauer.« Franca grinste mich wieder an und leerte ihr Glas. »Und den könnten wir doch morgen Abend mit zu den *Muretti* nehmen, was meinst du?«

»Ich habe noch gar nicht zugesagt ...«, wehrte ich mich, wohl wissend, dass es zwecklos war.

»Ich komme mit dem Auto zu dir, hole dich so gegen 22 Uhr ab, und dann gehen wir zu Fuß, von deiner Wohnung ist es ja gar nicht mehr weit«, sagte Franca und drückte mir im Aufstehen einen Kuss auf die Wange. »Ich muss mich jetzt ein bisschen um meinen Laden kümmern, aber wenn du magst, bleibst du noch ein Weilchen, entspannst dich, und ich bringe dir noch einen Spritz.«

»Nein, ich will nach Hause, es war ein langer Tag. Noch so ein Spritz, und du kannst mich nach Hause tragen.«

»Würde ich glatt machen. Aber wie du willst. Dann also bis morgen.« Franca blieb noch einen Moment mit warnend erhobenem Zeigefinger vor mir stehen, bevor sie wieder die Küche ansteuerte. »Und sieh dich vor«, sagte sie. »Dieser verhexte Freitag ist noch lange nicht vorbei, da kann noch viel passieren.« Sie feixte über das ganze Gesicht, aber ich wusste, dass ihr die Warnung durchaus ernst war.

4

Inzwischen war die Nacht hereingebrochen, mit einem sternenklaren Himmel, an dem ein honiggelber Halbmond stand. Als ich in meine Wohnung kam, hatte sich der Alkohol zwar aus meinem Kopf verflüchtigt, aber ich war hundemüde und würde bald schlafen gehen. Mit einer Tasse Tee machte ich es mir auf dem Sofa bequem, hüllte mich in eine Decke, schloss die Augen und versuchte abzuschalten, aber es gelang mir nicht. Ich machte den Fernseher an, doch die Nachrichten rauschten an mir vorbei, und am Ende hätte ich kaum sagen können, was ich gehört und gesehen hatte. Ständig schweiften meine Gedanken ab – zu der *Frau in Rot* und ihrer Tochter. Schließlich setzte ich mich an meinen Computer und suchte im Netz, was sich an Artikeln der Turiner Zeitungen zu dem Fall finden ließ –, und das war eine ganze Menge. Ich druckte alles aus, setzte mich mit dem Stapel auf mein Sofa, blätterte ihn durch, überflog ein paar Texte. Es gab reißerische Schlagzeilen und auffallend viele Fotos, auch ältere, sowohl von Laura de Magris, stets sehr elegant, als auch von ihrem Mann, einem klassischen Managertypen, wie Franca gesagt hatte. Ich würde mir das Ganze in einem ruhigeren und ausgeschlafeneren Moment genauer ansehen, nahm ich mir vor und legte das Material fürs Erste in einem Regal ab. Dass mich der unaufgeklärte Todesfall so interessierte, kam für mich nicht wirklich überraschend. Im Gegenteil war es mir, die ich ja ausreichend Übung darin habe, die tieferen Beweggründe meines Handelns zu analysieren, vollkommen bewusst, dass das – wie Franca schon zu Recht vermutet hatte – etwas damit zu tun hatte, wo ich her kam und was ich dort erlebt hatte. Verantwortung und Schuld beschäftigen mich jedenfalls, seit ich denken kann, was ganz sicher damit zusammenhängt, dass ich in Mirafiori aufgewachsen bin, diesem damals durch die massive Zuwanderung aus dem Süden geprägten Arbeiterviertel in der Nähe der Fiat-Fabrik, wo es die üblichen sozialen Probleme solcher zu schnell gewachsenen Wohnviertel gab und Delinquenz fast schon zum Alltag gehörte. Allerdings ging es selten um Kapitaldelikte, meist eher um Drogenhandel, Diebstahl oder Sachbeschädigung und hin und wieder auch mal um kleinere Gewalttaten. Aber die Fragen, die ich mir schon als Jugendliche stellte, galten für sie alle: Was macht Menschen kriminell? Wie frei ist der eigene Wille? Ist jeder zu einem Verbrechen, auch zu Gewalt in der Lage, wenn er nur in eine entsprechende Situation gerät? Wie soll die Gesellschaft mit Straftätern umgehen? Sind Ausschluss und Bestrafung der richtige Weg?

In Mirafiori bin ich in den ersten Jahren relativ behütet in den bescheidenen Verhältnissen einer Turiner Arbeiterfamilie groß geworden, allerdings mit einem ziemlich despotischen Vater. Meine jungen Eltern hatten beide – wie der Großvater – Arbeit bei Fiat gefunden und auch eine kleine Wohnung in einem der großen Wohnblocks dort. Die Tragödie, die alles auf den Kopf stellte, ereignete sich Mitte der neunziger Jahre, als ich gerade acht Jahre alt geworden war. Meine Mutter verschwand von einem auf den anderen Tag spurlos, kehrte von einem abendlichen Treffen in einer Bar mit Freundinnen nicht zurück. Sie wurde niemals gefunden, und man fand keinen Hinweis oder eine Erklärung für ihr Verschwinden. Nach Wochen ergebnisloser Ermittlung ging die Polizei davon aus, dass sie freiwillig die

Familie verlassen hatte, sei es, um ein neues Leben zu beginnen, sei es, um ihr altes zu beenden. Mein Vater fuhr mit seinem Fiat wochenlang durch die Gegend, klapperte jeden Winkel auf der Suche nach ihr ab, wollte nicht akzeptieren, dass sie nicht mehr zurückkam, vernachlässigte mich darüber so sehr, dass meine Großeltern eingriffen und mich zu sich nahmen. Nachdem dann mein Vater die Stadt in Richtung Süditalien verließ, um aus dem Teufelskreis der Erinnerung und der fehlenden Antworten auszubrechen, nahmen sie mich mit meiner verletzten Kinderseele ganz in ihre Obhut, kümmerten sich liebevoll um mich, aber vermieden das Thema und taten damit in bester Absicht das Falsche. Man muss keine Spezialistin für das Seelenleben sein, um zu verstehen, warum mich Albas Verzweiflung so berührte, mich fast wider Willen dazu verleitete, mich um sie und ihren Fall zu kümmern.

Dass ich Psychologin werden wollte, stand dann schon früh fest und hatte sicher mit diesen Ereignissen zu tun. Nach dem Studium bewarb ich mich für die Ausbildung zur Psychoanalytikerin, aber eigentlich hatte mich die Kriminologie fast noch mehr gelockt. Die Entscheidung fiel mir schwer. Um mir klarer zu werden, was ich wollte, besuchte ich eine Informationsveranstaltung der Turiner Polizei, auf der ich Ennio kennenlernte, der über Polizeiarbeit in der Großstadt referierte. Ich fand ihn attraktiv, klug und humorvoll und sorgte dafür, dass wir nach der Veranstaltung noch miteinander ins Gespräch kamen. Wir tranken einen Espresso in einem nahen Café, und er schilderte mir seinen Alltag in einer Polizeibehörde so abschreckend, dass nicht zuletzt deshalb aus mir doch keine Kriminologin wurde. Stattdessen wandte ich mich den verletzten Seelen zu und wurde Psychoanalytikerin in meiner eigenen Praxis. Und Ennio und ich sind seither Freunde.

Mir fielen die Augen zu. Das Blättern und kursorische Lesen der Artikel über den Mordfall hatten mich müde gemacht. Ich streckte mich auf dem Sofa aus und schlief sofort ein, doch schon nach wenigen Minuten weckte mich das Klingeln meines Handys. Ich sah auf das Display. Ennio.

»Ciao, Camilla«, meldete er sich mit seiner warmen, dunklen Stimme. »Habe ich dich geweckt? Das tut mir leid.«

»Schon in Ordnung. Ich bin nur kurz auf dem Sofa eingeschlafen.« Ich sah auf die Uhr. Es war erst ein paar Minuten nach neun. »Schön, dass du anrufst. Was gibt es?«

»Ich bin gleich um die Ecke und habe Dienstschluss. Wenn du magst, komme ich vorbei, und wir trinken noch ein Glas Wein zusammen.«

Zehn Minuten später klingelte es, und er stand vor der Tür, zu meiner Überraschung in Uniform, daher noch breitschultriger als ohnehin schon. Er sah müde aus, hatte wahrscheinlich einen langen Tag hinter sich, und komischerweise gefiel er mir in diesem Zustand besonders gut. Ich machte eine Flasche Rotwein auf, öffnete uns eine Packung Grissini dazu, die Ennio allerdings verschmähte. Er ist ein sportlicher Typ, spielt regelmäßig Fußball mit Polizeikollegen, steht außerdem häufig auf dem Tennisplatz und ist jeden Samstagvormittag mit Freunden auf dem Rennrad rund um Turin unterwegs, aber es hilft alles nichts, trotzdem führt er einen stetigen Kampf gegen seinen Bauchansatz. Nach dem ersten Glas Wein zückte er sein Handy und zeigte mir ein paar Fotos, die er in letzter Zeit geschossen hatte. Ennio ist immer mit einem Kameraauge unterwegs, und was er ablichtet, fällt irgendwo zwischen Dokumentation und Kunst. Meist sind es Muster und Strukturen, zum Beispiel Details von Hauseingängen, wie man sie im alten Turin an jeder Ecke findet, die er manchmal noch zusätzlich verfremdet. Diesmal war eines dabei, das mir besonders gefiel und irgendwie zu diesem Tag passte, eine goldene Klinke an einer alten Holztür, die wie ein kleiner Teufel geformt war. Ennio versprach mir einen Abzug, und wir plauderten dann noch über dieses und jenes. Eigentlich wollte ich ihn, der ohnehin nicht gerne über dienstliche Dinge redet, mit meinem Thema des Tages verschonen, aber nach zwei Gläsern hielt ich mich doch nicht zurück und sprach ihn auf die *Frau in Rot* an, begierig zu erfahren, wie er über den Fall dachte. Zu meinem Erstaunen protestierte er nicht.

»Die Signora de Magris?« Er trank einen Schluck Wein, griff jetzt doch zu einem Grissino. »Ich glaube, ehrlich gesagt, nicht an Selbstmord. Aber die Kollegen waren am Ende ihrer Weisheit. Erst mal gab es unglaublich viele Fährten, der Ehemann, Antonio de Magris, und ein angeblicher Geliebter, die Drogenszene an den *Muretti*. Dann auch zahlreiche Motive: Mord aus Rache, aus Eifersucht oder Raubmord, alles war möglich. Sie war offenbar eine Frau, die sehr eigene, auch riskante Wege gegangen ist und damit provoziert hat, außerdem fasziniert von Magie und Okkultismus und in dieser Szene offenbar keine Unbekannte. Also gab es da viel zu ermitteln, aber das hat alles zu nichts geführt, und am Ende gab es einfach keine Spur mehr. So hat es mir jedenfalls Tonio erzählt.«

»Tonio?«

»Tonio Ferro. Den kennst du doch. Mit ihm und seiner Freundin waren wir mal Pizza essen. Das ist aber schon eine Weile her. Und der war in dem Fall im Ermittlerteam …«

»Stimmt, ich erinnere mich dunkel. Ein netter Typ war das und die Freundin auch.« Ich schenkte uns von dem Wein nach. »Franca meint, die Familie hat Druck gemacht …«

»Kann sein, kann nicht sein. Ich wäre da vorsichtig. Die Leute sind immer schnell dabei, diesen einflussreichen Turiner Familien so etwas nachzusagen …«

»Aber du glaubst doch auch nicht an Selbstmord, hast du gesagt?«

»Na ja, sie wurde ja unter einer Brücke gefunden, da, wo sie schon eine gewisse Höhe hat, aber noch nicht über den Fluss reicht, und ein Stück weiter halten sich auch viele Dealer auf. Die Leute, die sich dort herumtreiben, wurden natürlich befragt, aber keiner hat etwas gesehen, die waren wohl doch alle zu weit weg. Und von Anfang an hat sich die Frage gestellt, ob sie gestoßen wurde oder selbst gesprungen oder einfach unglücklich gestürzt ist.«

»Gibt es denn da keine Brüstung?«

»Nein, nur eine niedrige Mauer, die Brüstung fängt dann erst über dem Fluss an. Jedenfalls haben die Kollegen sogar eine Computeranalyse machen lassen, um aus der Lage der Leiche Rückschlüsse zu ziehen, was passiert ist. Und die Analyse sprach für Mord, aber auch nicht eindeutig. Außerdem ist sie wohl mal wegen einer Depression behandelt worden, das sprach dann wiederum für Selbstmord ...«

»Und der Unbekannte, mit dem man sie in der Nacht noch gesehen hat?«

»Ach, du weißt ja, wie das mit Zeugenaussagen ist. Jeder will sie mit dem noch gesehen haben, aber jeder hat etwas anderes gesehen ... Bei der Suche nach dem ist jedenfalls auch nichts herausgekommen. Kann gut sein, dass es den gar nicht gibt.«

»Und sie war betrunken?«

»Betrunken nicht, aber sie hatte Alkohol im Blut. Und auch Drogen. Also sie hatte gekifft. Das war alles nicht unerwartet. Im Gegenteil. Die hat ja aus ihren nächtlichen Eskapaden und auch aus ihrem Drogenkonsum kein Geheimnis gemacht. Ihre Familie und die meisten Leute aus ihrer Szene wussten darüber Bescheid.«

»Und an den *Muretti* wusste man auch, wer sie war? Und dass sie reich war?«

»Der eine oder andere bestimmt. Sie hat jedenfalls auch dort kein Geheimnis daraus gemacht.«

»Aber es war offenbar kein Raubmord?«

»Danach sah es jedenfalls nicht aus. Sie hatte ein ziemlich teures Pelzjäckchen an, das man ihr nicht weggenommen hat. Schmuck hat sie komischerweise nie getragen, obwohl sie sich ansonsten ziemlich aufgebrezelt hat. Ihr Portemonnaie war noch da, aber viel war nicht drin. Nur wusste keiner, welche Summe sie bei sich hatte.« Ennio nippte an seinem Wein, sah mich an. »Können wir dann jetzt vielleicht mal über etwas anderes reden? Warum interessiert dich das eigentlich so? Das ist doch jetzt schon gut drei Monate her und stand alles mehr als ausführlich in der Zeitung. Die haben ja ein Riesending daraus gemacht, alles etwas übertrieben. Und wie ich dich kenne, hast du doch sämtliche Berichte darüber schon damals verschlungen …« Er prostete mir schmunzelnd zu.

Ich ließ trotzdem nicht locker, schob im Gegenteil erneut meine professionellen Skrupel beiseite und brachte das Gespräch noch auf Alba und ihren Besuch in meiner Praxis, allerdings wie schon im Gespräch mit Franca, ohne ihren Namen zu nennen.

»An die kann ich mich erinnern«, sagte Ennio, doch wieder ganz bei der Sache. »Alba heißt die doch, oder? Die Kollegen haben damals versucht, sie aus den Ermittlungen herauszuhalten, soweit das eben möglich war. Ich glaube, ihr Vater hat sie sogar ein paar Tage in eine Klinik gebracht, weil er sich sorgte, dass sie sich etwas antun könnte. Und jetzt nimmst du sie unter deine Fittiche?«

»Nein, das nicht …« Ich leerte mein Glas. »Oder doch, ja. Aber anders als du denkst.«

Ennio fragte nicht weiter nach, hatte nun wahrscheinlich endgültig genug von dem Thema und ich eigentlich auch. Der Gesprächsstoff ging uns trotzdem nicht aus. Als er mich verließ, war es nach Mitternacht, und wir hatten die ganze Flasche Wein und auch die Tüte Grissini geleert. »*Buona notte*, Ennio, komm gut nach Hause«, sagte ich. »Immerhin haben wir jetzt Freitag, den 17. heil überstanden ...«, setzte ich noch lächelnd hinzu, als ich ihn in der Wohnungstür zum Abschied in den Arm nahm. Er sah mich verständnislos an. Wenigstens einer, dachte ich, der in diesem verrückten Turin nicht abergläubisch ist, und gab ihm einen freundschaftlichen Kuss.

5

Cesare freute sich diebisch. Er sprang ausgelassen an mir hoch, drehte sich gekonnt einmal um die eigene Achse, kam wieder auf seinen Hinterbeinen zu stehen und leckte meine Hand. Der weiß-braune, struppige Terrier war wohl schon länger allein gewesen, als ich ihn am Samstagnachmittag in der verwaisten Wohnung meines Nachbarn zum Gassigehen abholte. Wir hatten es nicht sehr weit, mussten bis zum Ponte Umberto I laufen, den Po überqueren, und dahinter ging es dann gleich in den Parco del Valentino. Der junge Hund kannte inzwischen das Ziel, zog an der Leine und lief schnurstracks darauf zu. Das schöne Frühlingswetter hielt an, mit einem lichtblauen Himmel, in den die lange Spitze der eigenwilligen Mole Antonelliana stach, bis vor nicht allzu langer Zeit das höchste Gebäude und Wahrzeichen der Stadt. Nur über den Bergen ballten sich ein paar Wolken.

Wir waren inzwischen an der Viale A. Virgilio angelangt, und der Parco del Valentino lag jetzt vor uns. Der große Park längs des Po ist – anders als die vornehmeren englischen Gartenanlagen – ein geselliger und unterhaltsamer Ort, ausgesprochen beliebt und immer gut besucht. Aber an diesem Samstagnachmittag war es noch voller als sonst. Offenbar hatte die trockene und laue Luft nach den langen Regenfällen besonders viele Besucher angelockt, und nun wuselte es auf den Wegen zwischen den uralten Bäumen vor Menschen, jungen und älteren Spaziergängern, einige von ihnen wie ich mit einem Hund unterwegs, Kindern, die auf den großen Wiesen herumtobten und Ball spielten, Joggern und jungen Leuten, die Slacklines zwischen die Bäume gespannt hatten und auf ihnen balancierten, und auch ein paar Einzelgängern, die auf den Bänken die ersten warmen Strahlen der Märzsonne genossen, vor sich hin träumten oder ein Buch lasen. Im Park verteilt fanden sich kleine, sechseckige Pavillons, meist mit ein paar Tischen und Stühlen davor, gut besetzt mit Leuten, die einen Imbiss, einen Espresso oder einen Spritz zu sich nahmen. Und auch vor dem Kiosk der *Gelateria Pepino* gleich hinter dem nördlichen Eingang zum Park hatte sich eine Schlange von Erwachsenen und Kindern gebildet, die darauf warteten, ein mit Schokolade umhülltes Vanilleeis am Stiel, ein *Pinguino*, zu ergattern. Ich konnte ebenfalls nicht widerstehen und stellte mich hinten an, neben mir der Hund, der wahrscheinlich hoffte, etwas von dem Eis abzubekommen und geduldig mit mir zusammen vorrückte.

Mit meinem *Pinguino* schlenderte ich dann gemächlich durch den Park, ließ meine Gedanken schweifen und den Hund hier und da ausgiebig schnuppern, traf unterwegs ein paar flüchtige Bekannte, darunter auch einige Hundebesitzer, von denen ich oft nur die Vierbeiner mit Namen kannte, grüßte, blieb auch mal stehen, um ein paar Worte zu wechseln, bis ich schließlich an meinem Lieblingsplatz ankam, einer Bank, die zum Glück gerade frei geworden war und von der aus man auf zwei Laternen schaut, die sich mit ihren Leuchtgehäusen einander zuwenden, ja fast umschlingen. Cesare streckte sich vollkommen entspannt, wie nur Hunde das können, nebenan auf der Wiese aus, nachdem ich ihm noch einen letzten Happen von meinem Eis zugeworfen hatte, dann machte ich auch meine Beine lang, lockerte meinen Seidenschal, knöpfte meine Steppjacke auf, atmete tief durch und ließ mir die Sonne ins

Gesicht scheinen. Vor mir die beiden Laternen, die mich immer wieder faszinieren, weil sie so viele Assoziationen erlauben und es mir Spaß macht, mir Geschichten zu ihnen auszudenken. Sind das Freunde, die sich nach einem Streit entzweit und wieder versöhnt haben? Oder ein Liebespaar, das getrennt war, aber wieder zusammengekommen ist? Mir fiel natürlich auf, dass es immer Geschichten von Trennung und Wiederfinden waren, die mir zu den Laternen einfielen – unübersehbar, dass das ein Lebensthema von mir ist. Und unweigerlich kam mir stets auch Ennio in den Sinn, für den ich mich als Liebhaber nicht entscheiden konnte, obwohl Franca mir zuredete und überzeugt davon war, dass wir ein perfektes Paar abgeben würden. Perfekt? Sicher nicht, dachte ich, aber etwas weniger hätte ja auch gereicht. Was hielt mich dann zurück? Vielleicht war mir zurzeit Freundschaft wichtiger als Liebe. Außerdem hielt ich Ennio für vergeben, denn wann immer er ein paar Tage frei hatte, fuhr er nach Pisa, ich vermutete, um eine Freundin zu besuchen. Das war ein Thema, über das wir nicht sprachen.

Jetzt hatte ich eine Wiese erreicht, die sich zum Flussufer hinunter neigt und wo auf einmal viel weniger los war. Nur ein paar Bänke am Rand waren noch besetzt. War das nicht …? Ich traute meinen Augen kaum, kniff sie zusammen, um besser zu sehen. Und ja, ich irrte mich nicht, zweifellos war das Alba, die dort nur wenige Meter entfernt auf einer Bank saß. Neben ihr ein Mann, sehr nah an ihr dran und bestimmt ein ganzes Stück älter als sie. Aber statt des braven Schulmädchens, das weinend im Treppenhaus vor meiner Praxis auf mich gewartet hatte, saß da eine geschminkte junge Frau, die Haare mit einem bunten Seidentuch zusammengebunden, eine teuer aussehende Handtasche neben sich und mit einem figurbetonten Pulli unter einem hellen Blazer etwas zu leicht für den Märztag angezogen, eine riesige Sonnenbrille auf der Nase, obwohl die

Sonne inzwischen ganz hinter den Wolken verschwunden war. Sie hatte mich noch nicht entdeckt, und da ich unbedingt vermeiden wollte, ihr zu begegnen, machte ich auf der Stelle kehrt, den Hund, der gerade etwas Interessantes zum Schnuppern gefunden hatte, mit mir wegzerrend.

Aber just in diesem Moment legte der Mann den Arm um Alba, und sie fuhr auf, offenbar überrascht von seiner Annäherung, versuchte ihn abzuwehren, worauf er ihr mit dem Handrücken leicht ins Gesicht schlug, sodass ihr die Brille von der Nase rutschte. Sie schlug reflexartig zurück, aber er wehrte sie ab und hielt ihre Hand brutal fest. Was jetzt? Ich war entsetzt, geriet aber für einen Moment in einen Konflikt, war hin- und hergerissen. Ich wollte mich nicht einmischen, schon gar nicht, wenn es um eine Frau ging, die gerne meine Patientin würde. Aber einfach hinnehmen, dass jemand sie schlug?

Sekunden später stand ich vor der Bank und fuhr den Mann an: »Lassen Sie die Frau in Ruhe. Und hauen Sie sofort ab. Ich rufe sonst die Polizei.« Mein Handy hatte ich schon gezückt, und mit der anderen Hand hielt ich Cesare zurück, der den Mann abwechselnd anbellte und anknurrte, sogar einen Moment die Zähne bleckte, was offenbar so beeindruckend war, dass der Typ aufstand, eine Kappe aufsetzte und sich schnell entfernte, nicht ohne mich mit einem derben Fluch zu bedenken: *vaffanculo!*

»Wer ist das? Kennen Sie den?«, wandte ich mich an Alba, die unbewegt auf der Bank saß, dem Mann hinterherstarrte.

»Nein«, antwortete sie. »So ein Widerling! Er ist mir im Park eine Weile gefolgt und hat mich dann angesprochen. Der war erst ganz nett, und dann haben wir uns hierhergesetzt und sind ins Gespräch gekommen. Ich habe nicht geahnt, dass ...«

Sie sprach etwas undeutlich, und erst jetzt fiel mir die Flasche Weißwein ins Auge, die neben der Bank auf dem Boden stand. Sie war fast leer.

»Haben Sie getrunken?«

»Den Wein hatte er dabei.«

Ich stöhnte angesichts ihrer Ausflucht innerlich auf, blieb aber gelassen. Am liebsten hätte ich mich jetzt, wo der Schläger weg war, mit dem Hund doch noch aus dem Staub gemacht, aber es siegte mein Verantwortungsgefühl. »Kommen Sie, Alba, ich bringe Sie nach Hause«, forderte ich sie auf.

»Das ist sehr nett von Ihnen, Dottoressa, aber wirklich nicht nötig. Ich bin mit dem Auto da und komme schon gut allein nach Hause. Ich habe es auch gar nicht so weit. Aber vielen Dank!« Sie stand auf und kam etwas unsicher auf die Beine, was sie aber geschickt überspielte.

»Sie können unmöglich Auto fahren.«

»Doch, das kann ich. So viel habe ich nicht getrunken. Das meiste hat er getrunken.«

»Nein, das können Sie nicht.« Mein Ton wurde schärfer. »Sie lassen bitte Ihr Auto stehen, und ich rufe Ihnen ein Taxi. Wo wohnen Sie denn eigentlich?«

»In Crocetta.«

Aha, dachte ich, wie passend. Das war ein Viertel der Wohlhabenden im Stadtzentrum, und wahrscheinlich war es die Wohnung der Eltern, in der sie zu Hause war. Im nächsten Moment wich mein Ressentiment aber dem Mitgefühl, und erneut ergriff mich ihre Verlorenheit. Wirklich erstaunlich, welche Turbulenzen Alba in mir auslöste! Jedenfalls hatte ich nun genug, wollte der Geschichte ein Ende bereiten, hätte nur zu gerne meine friedliche Stimmung von vorher zurückgehabt, was natürlich ein vergeblicher Wunsch war. Ich holte mein Handy aus der Jacke, bestellte ein Taxi zum nächstgelegenen Parkeingang, und als ich dort nach einem kurzen, überwiegend schweigend zurückgelegten Gang mit Alba und dem Hund ankam, stand es schon wartend da.

»Das war sehr nett von Ihnen, Dottoressa«, bedankte sich Alba, als sie in den Wagen stieg. »Bis Montag also.«

»Ja«, erwiderte ich, aber sehr wohl war mir bei dem Gedanken nicht.

Es war Abend geworden, und mein Nachbar war inzwischen zu Hause. Auf den letzten Metern hatte es angefangen zu nieseln, und ich war erneut nass geworden. Vittorio nahm Cesare in Empfang, wollte mir die Jacke abnehmen und bot mir einen Espresso an, aber ich lehnte dankend ab. Nach diesem Nachmittag war ich nicht sehr erpicht auf den üblichen routinierten Konversationston Vittorios, dieses typischen Turiners, meist höflich und zuvorkommend, aber verschlossen. Seit einiger Zeit war er zudem nicht gut beieinander, so schien es mir jedenfalls. Er wirkte manchmal bedrückt und hatte abgenommen, was mir an seiner sonst so gut sitzenden, eleganten Kleidung aufgefallen war, sodass ich mich sogar fragte, ob er womöglich krank war, aber niemals hätte ich gewagt, ihn darauf anzusprechen. Dann hatte er sich vor kurzem überraschend den Hund angeschafft, vielleicht weil er mit dem springlebendigen Cesare ein bisschen weniger einsam war. Aber auch das war eine Unterstellung, die mir jedoch nicht von ungefähr in den Sinn kam. Turin ist eine Stadt der Hunde, und es ist eine verbreitete Annahme, dass es auch deshalb so viele davon gibt, weil die reservierten Piemontesen unkomplizierte Nähe bei den Vierbeinern finden. Jedenfalls wollte ich an diesem Abend nur noch so schnell wie möglich in meine Wohnung, mich ausruhen und Abstand gewinnen zu der Begegnung im Park, die ich nur zu gerne vermieden hätte. Es waren außerdem noch Arztbriefe zu erledigen, und es stand mir der Ausflug mit Franca zu den *Muretti* bevor. Ich verfluchte meine Freundin, die mich dazu überredet hatte, hätte ihr am liebsten abgesagt.

Als ich aufwachte, war es schon nach neun Uhr. Die Arztbriefe waren liegengeblieben, denn ich war auf meinem Sofa eingeschlafen, noch nicht einmal die klamme Jacke hatte ich ausgezogen. Seit ich meine Praxis aufgemacht hatte, brauchte ich viel Schlaf. Die verschlafenen Stunden waren Auszeiten von meinen Patienten, in denen ich vergessen konnte, was sie mir den Tag über zumuteten, das Klagen über zugefügte Verletzungen, das Insistieren auf der Opferrolle. Einmal war ich – dessen müde, aber auch, weil ich am Vorabend ausgegangen und zu spät ins Bett gekommen war – in einer Analysestunde sogar in meinem Sessel kurz eingenickt, wie ich meinte, unbemerkt von der auf der Couch vor mir liegenden Patientin, was aber ein Irrtum war. Nach diesem Vorfall war sie nicht mehr wiedergekommen.

Aber, zugegeben: Eigentlich habe ich doch einen der schönsten Berufe der Welt. Wer neugierig auf Menschen ist, kann keinen besseren haben, finde ich. Jeden Tag gehe ich mit meinen Patientinnen und Patienten auf Reisen in ihr Seelenleben, erfahre von ihnen ihre Geheimnisse, teile ihre glücklichsten und traurigsten Momente, lerne sie fast besser kennen als meine Freunde und erfahre durch sie so viel aus ganz unterschiedlichen Welten, wie es in Begegnungen im ganz normalen Leben vollkommen unmöglich wäre.

Ich duschte heiß, bereitete mir auf die Schnelle eine Portion Pasta zu, trank dazu ein Glas kühlen Weißwein und stellte verwundert fest, dass ich auf einmal ausgesprochen gut gelaunt war. Ich freute mich jetzt richtig auf den weiteren Abend, überlegte, was ich anziehen würde. Es war ewig her, dass ich zum letzten Mal tanzen gegangen war, mit Ennio, der sich, sportlich wie er war, als guter Salsatänzer entpuppt hatte. Das Ziel war eine Disko im Zentrum Turins gewesen und nicht die *Muretti*, dieser etwas skandalumwitterte Ort am Ufer des Po, wo sich entlang der Dämme in den ehemaligen Lagerschuppen die sogenannte *Movidà*, die junge Turiner Szene, in Cocktailbars,

Restaurants und Diskotheken traf. An den *Muretti* florierten auch die Drogengeschäfte, es floss oft Urin und hin und wieder ein bisschen Blut. Wegen der Dealer, Junkies und der mit dem Drogenhandel einhergehenden Verschmutzungen sowie immer wieder vorkommenden kleineren Handgreiflichkeiten hatte die Kommune das Ausgehviertel sogar vor einiger Zeit schon einmal für eine Weile dichtgemacht.

Franca – wie üblich in einem bunten Kleid, hellem Trenchcoat darüber, mit Hut und etwas verspätet – klingelte nur, empfing mich unten auf der Straße und fiel mir überschwänglich um den Hals: »Wow, du siehst toll aus!«

Auch ich gefiel mir in meinem Outfit – einer weiten schwarzen Hose und meiner knapp sitzenden türkisen Lederjacke darüber, kaum geschminkt, nur die Lippen dunkelrot. Die Luft war immer noch lau für einen Märzabend, verströmte fast schon einen Hauch von Frühling, und vor allem regnete es nicht. Wir hatten Glück! Meine gute Laune hielt an, und als wir den Ponte Umberto I überquerten und die ersten Diskoklänge aus den über und über mit Graffiti besprühten Arkaden der *Muretti* zu uns herüberwehten, war ich sogar ein wenig aufgeregt. Der Sound einer Liveband, ein jazzig-rockiger Mix, übertönte die Geräusche des Flusses, der tiefschwarz vorbeiströmte, immer wieder blitzartig erhellt vom flackernden Licht aus den Diskos. Dunkle Wellen schlugen an die wuchtigen grauen Dämme, schwappten über, ohne dass im nächtlichen Gewimmel der jungen Szene draußen vor den Kneipen jemand Notiz davon nahm.

Die Stunden vergingen wie im Flug, und um drei Uhr nachts saß ich noch im *Azimut* an der Bar, einen Gin Tonic vor mir, immer noch gut gelaunt und inzwischen etwas angeheitert. Für meine Verhältnisse hatte ich jedenfalls viel getrunken, aber auch so viel getanzt, dass sich der Alkohol weitgehend verflüchtigt hatte. Die Band spielte nicht mehr, es kamen nur noch elektronische Klänge aus den Boxen. Franca war gerade gegangen, zusammen mit irgendeinem Typen. Noch auf der Tanzfläche hatte sie sich strahlend von mir verabschiedet, mir einen Kuss auf die Wange gedrückt, mir »Nimmst du dir bitte ein Taxi zurück?« ins Ohr geraunt und war mit dem jungen und gut aussehenden Mann an ihrer Seite verschwunden. Ich war kurz versucht, ebenfalls aufzubrechen, überlegte es mir dann aber doch anders, setzte mich an die Bar, bestellte mir einen letzten Drink und kam mit dem Barkeeper ins Gespräch. »Bist du jeden Abend hier?«, fragte ich.

»Nein, normalerweise nur an den Wochenenden.«

»Harter Job, oder nicht?«

»Na ja, es geht. Ich mache ihn gern.«

»Und als Barkeeper erfährt man doch eine Menge, oder?«

»Ja, schon, man erlebt jedenfalls einiges …«

»Mit den Leuten, die sich bei dir ihre Drinks holen?«

»Ja, manchmal sind ja ziemlich Durchgeknallte darunter, aber oft ist es auch interessant.«

»Kanntest du dann eigentlich die *Frau in Rot*?«

»Ja klar, wer kannte die hier nicht …«

»Und?«

»Was willst du denn wissen?«

»Keine Ahnung. Was fällt dir denn zu ihr ein?«

»Ziemlich verrückte Person, unkonventionell und selbstbewusst, eine Mischung aus Vamp und Dame von Welt, würde ich sagen. Ich mochte sie und fand sie ziemlich mutig. Sie war schon etwas Besonderes, nicht so nullachtfünfzehn.«

»Und hast du eine Idee, was mit ihr passiert ist?«

»Warum willst du das eigentlich alles wissen?«, fragte er langsam etwas genervt von meinen Fragen zurück. »Bist du von der Polizei?«

»Nein, nur neugierig.«

»Eigentlich weiß keiner so genau, was mit ihr passiert ist. Die Polizei hat uns damals ja auch alle befragt. Die sind hier tagelang umhergezogen, haben mit allen geredet, wollten die gleichen Sachen wissen wie du. Und dabei herausgekommen ist nichts.« Er griff zu einem weißen Geschirrtuch, begann ein paar Gläser zu trocknen und ausgiebig zu polieren, hielt sie prüfend ins Licht, polierte noch einmal nach. Dabei rutschten seine Ärmel nach oben und enthüllten von oben bis unten tätowierte Haut.

In diesem Moment fiel mein Glas um, rollte über die Theke, krachte dann klirrend, in tausend Teile zersplitternd auf den Steinboden, und ein Rest von meinem Gin Tonic ergoss sich über meine Hose. Ich drehte mich zu meinem Nachbarn, der das Glas mit einer brüsken Armbewegung ins Rollen gebracht hatte, was mir nicht entgangen war und fast nach Absicht ausgesehen hatte. Es war ein jüngerer, sehr athletischer Typ mit nach hinten gekämmten, nackenlangen dunklen Haaren, ganz in Schwarz gekleidet, und er machte keine Anstalten, sich bei mir zu entschuldigen, sondern erhob sich von seinem Hocker und zischte mir sehr leise, sodass nur ich es hören konnte, zu: »Sie sind ein bisschen zu neugierig, junge Frau.« Und schon war er unter den Tanzenden verschwunden.

Der Barkeeper war unbeeindruckt geblieben. »Willst du einen neuen?«, fragte er. »Den gebe ich dir aus.«

»Nein.«

»Kanntest du den?«, fragte ich noch.

»Nein«, bekam ich zur Antwort, die mir allerdings nicht überzeugend vorkam. Wahrscheinlich hatte der Keeper keine Lust, sich mit diesem unangenehmen Gast anzulegen. Meine gute Laune war jedenfalls verflogen, ich war auf einmal müde, hatte genug, wollte jetzt doch nach Hause. Taxi? überlegte ich. Nein, lieber nicht, die frische Luft würde mir guttun und weit war es ohnehin nicht. Draußen vor dem *Azimut* war nichts mehr los. Der Po strömte dunkel in seinem Bett und trieb noch immer Wellen auf, die klatschend an die Ufermauern schlugen. Überall lagen jetzt Müllreste herum, Flaschen, Papierreste und Kippen. Wie schnell meine Stimmung umschlagen konnte! Eben noch hatte ich mich beschwingt und abenteuerlustig gefühlt, jetzt hatte ich nur noch Augen für die Tristesse dieses Ortes und sehnte mich nach meinem Bett. Unwillkürlich sah ich mich um, ob sich mein Thekennachbar noch irgendwo herumtrieb, aber außer einem knutschenden Paar war niemand zu sehen. Wieder kam es mir so vor, als ob der Flusspegel noch weiter gestiegen war. Aber es hatte ja nur sehr wenig geregnet, auch in der Nacht war es trocken geblieben, und ich musste mir das einbilden. Ich ließ die *Muretti* mit ihrem bunten Flackern hinter mir, auch der Sound aus den Musikboxen verhallte, und ich überquerte die noch ziemlich belebte Brücke über den Po. Danach wurde es dunkler, nur noch ein paar Straßenlaternen verbreiteten schummriges gelbes Licht, und ich fand mich allein auf dem verwaisten Uferweg. Plötzlich hörte ich Schritte hinter mir. Ich wandte mich um, aber da war nichts, niemand zu sehen. Schlagartig ergriff mich Angst. Verfolgte mich jemand? Ich ging etwas langsamer, wandte mich erneut um. Nein, da war wirklich nichts. Camilla, du siehst Gespenster! versuchte ich mich selbst zu beruhigen. Es musste der Alkohol sein, der noch nachwirkte. Ich atmete tief durch, ging schneller. Aber da war wieder das Geräusch. Und wieder dachte ich an den Typen, der meinen Drink umgeworfen hatte. War das Absicht gewesen? Noch einmal drehte ich mich um, und diesmal meinte ich einen Schatten wahrzunehmen, jemanden, der sich hinter einen Baum drückte, um im Schein der Straßenlaternen nicht gesehen zu werden. Und erneut näherten sich Schritte. Aber jetzt kam das Geräusch von vorne. Ein Paar, eng umschlungen und miteinander tuschelnd, kam langsam auf mich zu. Als sie auf meiner Höhe waren, nickten sie mir freundlich zu. Ich lächelte zurück. Die beiden waren meine Rettung. Nun hatte ich es nicht mehr weit. Ich drehte mich ein letztes Mal um, entdeckte wieder nichts Auffälliges, verfiel in Laufschritt und war fünf Minuten später zu Hause.

6

»Bist du gut nach Hause gekommen?«
Ich nickte. Von meinen Ängsten auf dem nächtlichen Heimweg würde ich Franca nichts erzählen, denn im Nachhinein kamen sie mir lächerlich vor, und ich schob sie als Halluzinationen auf den Alkohol und die Erregung der durchtanzten Diskonacht.

»Und du?«, fragte ich anzüglich grinsend zurück, ohne auf ihre Frage einzugehen.

»Okay«, sagte sie und stach ihre Gabel mit Wucht in eine Sardelle auf ihrem Teller. »Aber nicht unbedingt wiederholungsreif.« Sie grinste zurück.

Wir saßen im überfüllten *Caffè Vini Manzoni*, einem Weinlokal um die Ecke vom Largo IV Marzo und ein paar Altstadtstraßen entfernt von meiner Praxis, wo wir uns an jedem Montagmittag zum Imbiss trafen, weil Francas Café dann immer Ruhetag hatte. Das *Manzoni* ist eine Turiner Institution, meist überlaufen, und dass wir immer einen Platz an einem der wenigen dunklen Holztische in dem kleinen, mit gerahmten Bildern und Plakaten voll gehängten Lokal fanden, verdankten wir der Tatsache, dass Roberto, der *Padrone*, uns zweifellos ins Herz geschlossen hatte, obwohl er sich das nicht anmerken ließ, wenn er uns unwirsch, wie alle seine Stammgäste, von seinem mit Flaschen voll gestellten Tresen aus begrüßte und mit ausgestrecktem Arm zu einem für uns frei gehaltenen Tisch wies.

Weinschenken wie das *Manzoni* hat es früher unzählige in Turin gegeben, aber nur wenige dieser sogenannten *piole* haben in ihrer Originalversion überlebt. Auf der Speisekarte im *Manzoni* stehen noch immer piemontesische Klassiker wie die *acciughe al verde*, die Sardellen in grüner Sauce, die Franca sich bestellt hatte. Längst vorbei aber sind die Zeiten, als Arbeiter und Handwerker am Feierabend in die *piole* gingen, um vielleicht eine Partie Scopa zu spielen und dazu ein oder mehrere Gläser *Barbera* zu trinken – nur unter Männern und auf Piemontesisch. Dass die *piole* von einst fast alle aus der Stadt verschwunden sind, liegt auch an Männern wie meinem Großvater, den Zuwanderern aus dem Süden Italiens, die in den fünfziger und sechziger Jahren in Scharen nach Turin kamen, zu Fiat, wo sie Arbeit am Fließband und damit Hoffnung auf ein besseres Leben fanden. Für die Ankömmlinge aus dem Süden wie meinen *nonno* war das Piemontesische eine Fremdsprache und die regionale Küche eine Zumutung, wie man auch umgekehrt in ihnen – abschätzig *terroni* genannte – Fremde sah, Bauernburschen ohne Kultur, die ein nicht minder seltsames Italienisch sprachen. Davon kann mein Großvater ein Lied singen, was er aber nur selten tut, weil er, wie er es ausdrückt, nicht undankbar sein will, worüber wir dann immer in Streit geraten, weil ich umgekehrt finde, dass man in Turin eigentlich ihm dankbar sein müsste. Die *piole* haben dann jedenfalls nach und nach ihre einstige Kundschaft verloren, natürlich auch, weil die Unterhaltungskultur mit dem über den Alltag triumphierenden Fernsehen ihren Teil dazu beitrug, und schließlich haben sie dichtgemacht oder sind schick geworden.

»Was macht deine junge Patientin?«, fragte Franca und schob sich noch eine Sardelle in den Mund.

»Die kommt heute Nachmittag. Aber sie ist nicht meine Patientin und sie wird es auch nicht.«

Diesmal ließ Franca das unkommentiert, akzeptierte wohl ausnahmsweise meine Entscheidung.

»Ich habe übrigens beim Herumblättern in dem Adressbuch der Signora de Magris etwas entdeckt«, sagte ich, legte die Gabel hin, ließ mein *Vitello tonnato* einen Moment stehen.

»Ach ja? Und ich darf sogar etwas darüber wissen?«, fragte Franca spöttisch, und wenn ich sie nicht so gut gekannt hätte, hätte ich vermutet, dass sie noch beleidigt war, weil ich ihr das Büchlein weggenommen hatte. Aber sie war eigentlich nie beleidigt, sondern wenn überhaupt, spielte sie höchstens die Beleidigte.

»Darfst du, ja, ausnahmsweise, das hat nämlich nichts mit der Patientin zu tun. Die Signora hat den Namen eines Dorfs und den eines Hotels dort notiert. Und jetzt rate mal, wo das ist! Das ist nämlich das Interessante.«

»Keine Ahnung. Woher soll ich das wissen?«

»Weil das Dorf uns beiden alles andere als unbekannt ist.«

»Jetzt mach es nicht so spannend, sag schon!«

»Saint-Martin-des-Moulins.«

»Ach komm! Da ist die gewesen?« Franca ließ ihre Gabel fallen. »Mein Gott, ist das lange her, dass wir da waren«, seufzte sie.

In das kleine Dorf im Aostatal, das ganz im Schatten der großen Wintersportorte im Westen von Turin wie Courmayeur oder Sestrière steht, führt nur eine schmale, kurvenreiche Straße, auf immerhin 1800 Meter. Ein Hotel, ein kleines Lebensmittelgeschäft, ein Tabakladen mit einer größeren Bar, in der man auch essen kann, eine Kirche, ein paar Häuser, acht Schlepplifte, drei Sessellifte, gut vierzig Kilometer Pisten, die bis auf eine Höhe von immerhin dreitausend Metern führen, sodass man in schneereichen Jahren mindestens bis in den späten April hinein

Ski fahren kann – das ist das ganze Dorf. Es ist kein einfaches Skigebiet, mit drei erstaunlichen schwarzen Pisten. Auch deshalb befand sich dort bis vor ein paar Jahren das Vereinshaus des Turiner Skiclubs, in dem Franca und ich als Jugendliche Mitglied waren. Seit wir dort in der Rennskigruppe aufeinandergetroffen waren, hatte sich im Dorf nicht viel verändert. Nur der dritte Sessellift war später dazugekommen, ein schneller Viersitzer, mit Schutzhauben ausgerüstet und finanziert aus den Fördertöpfen für die Olympischen Spiele, die 2006 von Turin ausgerichtet wurden.

»Und steht denn in dem Notizbuch sonst noch etwas zu unserem Dorf und dem Hotel?«, wollte Franca jetzt wissen.

»Ja, ein Name. Ich vermute, der eines Deutschen, jedenfalls klingt der so. Peter Maier. Und hinter seinen Namen hat sie einen Blitz gezeichnet.«

»Du meinst, das hat etwas zu bedeuten?«

»Keine Ahnung. Nein, wohl eher nicht.«

»Da liegt doch noch Schnee, oder?«, fragte Franca.

»Ja, bestimmt. Eine Menge, vermute ich.«

»Lass uns hinfahren, ja? Die Notiz ist doch ein Wink des Schicksals! Das dürfen wir nicht ignorieren. Nächstes Wochenende?«

»Ich weiß nicht ...«, sagte ich.

»Jetzt gib dir schon einen Ruck, Camilla. Wir machen uns ein tolles Skiwochenende, sausen die Pisten runter und fühlen uns wieder wie Fünfzehnjährige.«

Ich zögerte immer noch. Den ganzen Winter über hatte ich nicht auf Skiern gestanden, was ebenfalls meiner vermeintlichen Überlastung durch die Praxis geschuldet war. Aber die Idee war verlockend. Zugegeben, auch wegen dieses Peter Maier und des Blitzes hinter seinem Namen. Was ich Franca gegenüber herunterspielte, da sie mir wegen eines solchen Hirngespinstes bestimmt nur die Leviten lesen würde, und das wahrscheinlich zu Recht. Warum auch sollte das irgendeine Bedeutung haben? Meine Intuition ließ aber nicht locker.

»Ach komm, Camilla«, setzte Franca wie immer hartnäckig nach. »Überleg nicht so lange. So ein Ski-Trip tut dir bestimmt gut. Dann kommst du mal auf andere Gedanken.«

Damit hatte sie recht. Es gibt nichts, wobei ich so gut abschalten kann wie beim Skifahren, wenn vor mir die steile Piste liegt, möglichst mit ein paar Buckeln, ich den glitzernden Schnee unter den Skiern habe, mich dann in den Hang stürze, den kalten Zug im Gesicht spüre, das Schwingen, das Gleiten und die Geschwindigkeit. Ich habe es einem Sportlehrer zu verdanken, dass ich das Skilaufen gelernt habe, obwohl in meiner Familie kaum eine Sportart ferner lag als das, abgesehen vielleicht vom Golfspiel. Er hatte auf einer Skifreizeit mein Talent entdeckt und dafür gesorgt, dass ich in den Skiclub kam.

»Passen würde es ja«, sagte ich immer noch zögernd zu Franca. »Ich könnte nämlich schon ab Freitag. Denn eigentlich wollte ich am Wochenende auf ein Seminar gehen, das schon am Freitag beginnt. Das ist aber kurzfristig abgesagt worden. Und deshalb habe ich schon vor längerer Zeit alle meine Termine umgelegt.«

»Wenn das kein Zeichen ist …«, stöhnte Franca auf.

»Okay, ich bin dabei«, entschied ich mich plötzlich, und im selben Moment packte mich eine unbändige Lust aufs Skifahren.

Franca machte wie immer sofort Nägel mit Köpfen, wollte wahrscheinlich verhindern, dass ich doch noch auf die Idee kam, einen Rückzieher zu machen, griff zu ihrem Handy und reservierte von Freitag auf Sonntag das letzte freie Zimmer in dem einzigen Hotel des Dorfes – das, in dem vermutlich auch dieser Peter Maier untergekommen war.

Am Nachmittag hatte ich noch drei Termine mit Patienten, dann war es 17 Uhr, und pünktlich kam Alba wieder in meine Praxis, zum letzten Termin an diesem anstrengenden Montag. Den braven Rock hatte sie durch eine helle Chino ersetzt, aber darüber trug sie denselben blauen Blazer wie bei ihrem letzten Besuch und um den Hals ein gediegenes Tuch, das nach Hermès aussah. Nur die extravagante Handtasche erinnerte noch an die aufgemachte junge Frau aus dem Parco del Valentino.

Das Wetter war wieder umgeschlagen, Regentropfen trommelten lärmend gegen die großen Fenster, durch die das letzte Nachmittagslicht fiel und wenigstens etwas Helligkeit verbreitete. Ich setzte mich in meinen Ledersessel, während Alba mitten im Raum stehen blieb, sich suchend umsah, dann ein paar Schritte auf die Wand mit den Fotos zu machte, vor der Freud-Karikatur stehen blieb, sie eingehend betrachtete. Ich fragte mich, ob sie wohl erkannte, wen die Zeichnung darstellte, aber als sie sich schließlich zu mir umdrehte, wollte sie nur wissen: »Und wie funktioniert das jetzt hier? Lege ich mich auf die Couch?«

»Nein, setzen Sie sich doch bitte wieder in den Sessel mir gegenüber, wenn Sie so weit sind.«

Dort schwieg sie erst einmal. Schließlich zog sie ihren Blazer etwas umständlich aus, legte ihn über die Lehne und hob dann doch an: »Sorry noch mal für Samstag«, sagte sie, »und danke.«

»Hier müssen Sie sich für nichts entschuldigen, Alba. Egal, was es ist. Aber lassen Sie uns zur Sache kommen.« Ich sah sie auffordernd an.

Sie ließ sich in den Sessel zurückfallen, atmete tief durch, als wäre sie erst jetzt richtig angekommen. »Okay«, sagte sie, sah mich an. »Ich halte es einfach nicht mehr aus.«

Ich wartete schweigend ab, was nun kommen würde.

»Ich halte es nicht aus, dass ich nicht weiß, was mit meiner Mama passiert ist. Das macht mich wahnsinnig. Ich träume von ihr, wache nachts in Panik auf. Dann muss ich aus dem Bett springen, weil ich denke, mein Herz bleibt stehen.«

»Und das ist häufiger so?«

»Ja, eigentlich jede Nacht.«

»Und wie kommt Ihre Mutter in Ihren Träumen vor? Sehen Sie sie dann?«

»Nein, nicht wirklich. Oder doch. Ich weiß es gar nicht so genau. Es geht immer irgendwie um sie, und es passiert etwas Schreckliches. Aber wenn ich dann wieder richtig wach bin, erinnere ich mich nicht, was es war.«

»Waren Sie eigentlich in Turin, als es geschehen ist?«

»Ja, schon. Aber ich habe Ihnen ja schon am Donnerstag gesagt, dass ich mich daran nicht mehr erinnern kann. Das ist es ja. Ich stand einfach total unter Schock. Ich erinnere mich nur noch, dass sie am Abend losgezogen ist, wie immer, in ihrem roten Kleid. Danach ist alles weg. Meine Erinnerung setzt erst zwei Tage später wieder ein, als ich schon in der Klinik war, in die man mich gebracht hat, und als mein Vater mir dann gesagt hat, dass sie tot ist. ›Retrograde Amnesie‹ haben sie das im Krankenhaus genannt. Da ist einfach ein Loch. Aber wahrscheinlich kommt irgendwann alles wieder zurück, das haben jedenfalls die Ärzte gesagt.«

»Sie waren hier in Turin in der Klinik?«

»Ja, in der Uniklinik, dafür hat mein Vater gesorgt. Nach ein paar Tagen durfte ich schon wieder raus, ich war ja nicht selbstmordgefährdet. Aber bisher ist die Erinnerung an den Abend und die Nacht und auch den Tag danach nicht zurückgekommen.«

»Wussten Sie denn eigentlich von dem Doppelleben Ihrer Mutter?«, fragte ich.

»Ja klar, das wussten doch alle. Sie hat ja nie ein Geheimnis daraus gemacht. Und wenn sie dann in ihrem roten Kleid losgezogen ist, dann hat sie sich auch immer von mir verabschiedet.

Als ob das, was sie da tat, das Normalste von der Welt wäre. Aber ich fand sie trotzdem toll.«

»Und so war das also auch, als sie dann tot aufgefunden wurde? Da hat sie sich am Abend vorher auch noch von Ihnen verabschiedet?«

»Bevor sie ermordet wurde, ja.«

»An die Verabschiedung können Sie sich also noch erinnern?«

»Ja«, sagte sie, richtete sich in ihrem Sessel auf und fragte irgendwie hoffnungsvoll: »Sie glauben also auch, dass sie ermordet wurde?«

»Ich weiß es nicht. Aber das tut auch nichts zur Sache. Eine Rolle spielt nur, dass Sie das glauben.«

»Ich glaube das nicht, ich bin mir sicher«, gab sie zurück und ließ sich wieder tiefer in den Sessel fallen.

»Und warum sind Sie sich so sicher?«

»Sie war keine Selbstmörderin. Dann hätte sie sich schon längst umgebracht. Also es stimmt, dass sie schon manchmal sehr traurig war. Auch über längere Zeit. Aber wenn sie in ihrem roten Kleid unterwegs war, hatte sie immer beste Laune. Da hätte sie sich nie etwas angetan. Im Gegenteil. Sie hat dann eben Sachen gemacht, die man eigentlich nicht macht. Jedenfalls nicht in einer Familie wie unserer und mit der Stellung meines Vaters. Wissen Sie, diese reichen Turiner, das sind zum Teil schon ganz schöne Spießer. Und sie ist einfach immer mal wieder aus diesen ganzen Zwängen ausgebrochen.«

»Und Sie haben das immer miterlebt?«

Sie nickte.

»Sie wohnen also noch in der Wohnung Ihrer Eltern?«

»Ja, in unserer Stadtwohnung in Crocetta, da habe ich, seit ich angefangen habe zu studieren, zusammen mit meiner Mutter gelebt. Mein Vater war da nur selten, der ist eigentlich immer in unserer Villa in den Hügeln.«

»Das heißt, Ihre Eltern waren so gut wie getrennt?«

»Ja und nein. Das ist schwer zu erklären. Die sind schon noch zusammen, aber sie haben sich entschieden, so zu leben, also meine Mutter meist eher in der Wohnung, vor allem in diesen Phasen, in denen sie ständig ausgegangen ist, und er in der Villa war. Meine Mutter hatte dann auch Affären mit anderen Männern. Aber wenn es ihr nicht so gut ging, hat mein Vater sich immer um sie gekümmert, der hätte sie nie im Stich gelassen. Geliebt haben sie sich nämlich trotzdem, das ist von außen vielleicht ein bisschen schwer zu verstehen.«

»Es geht ja hier auch nicht um Ihre Eltern, sondern um Sie. Und Sie sind jetzt allein in dieser Wohnung?«

»Ja.«

Ich wartete ab, ob sie dem noch etwas hinzufügen würde, aber als nichts mehr kam, sie auch wider Erwarten nicht erneut in Tränen ausbrach, kehrte ich zu den Fakten zurück. »Wie alt sind Sie denn eigentlich?«, fragte ich.

»Gerade zwanzig geworden. Vor ein paar Wochen.«

»Und was machen Sie im Leben? Sie studieren, haben Sie gesagt?«

»Offiziell ja. Jura. Und bevor das passiert ist, habe ich richtig studiert. Seitdem bin ich aber ausgestiegen und hänge die meiste Zeit nur so herum.«

»Hören Sie, Alba. Es ist keine Frage, dass Sie Hilfe brauchen, aber ich kann Ihnen, wie ich Ihnen schon am Donnerstag gesagt habe, leider keine Therapie bei mir anbieten. Ich glaube, dass Sie eine Analyse machen sollten. Aber Sie müssen wissen, dass das viel Aufwand ist, es bedeutet mindestens zwei Stunden Therapie, besser sogar drei oder vier in jeder Woche. Dafür habe ich im Moment keine Kapazität. Aber wenn Sie einverstanden sind, vermittle ich Sie gerne an eine Kollegin. Sie ist schon informiert, mit ihr habe ich heute Morgen bereits über Sie gesprochen, und sie würde das gerne übernehmen.« Ich zückte die Visitenkarte der Kollegin aus meinem Vorrat, reichte sie weiter an Alba. »Rufen Sie sie an, gehen Sie dahin. Ich empfehle Ihnen das dringend. Und ich bin sicher, dass Sie bei ihr gut aufgehoben sind.«

»Aber ich möchte zu Ihnen. Bitte.« Alba hatte die Visitenkarte an sich genommen, schenkte ihr jedoch keinen Blick. Mir schoss sofort wieder der Gedanke durch den Kopf, ob sie mich wohl gezielt ausgewählt hatte, und stellte ihr daher die Frage, die ich ohnehin normalerweise an jeden neuen Patienten richte: »Wie sind Sie eigentlich auf mich gekommen?«

»Zufall«, erwiderte sie, »oder auch nicht. Ich habe Ihr Schild draußen gesehen und Sie und noch ein paar andere gegoogelt, und Sie haben mir sofort am besten gefallen.«

Das war erstaunlich. Wieso hatte sie mich im Netz finden können? Ich habe keine Website, und aus gutem Grund bewege ich mich auf keinem einzigen Social-Media-Kanal. Allerdings hatte ich mich noch nie selbst gegoogelt; die Idee, das zu tun, kam mir komischerweise erst in diesem Moment. »Sie haben ein Foto von mir im Internet entdeckt?«, fragte ich.

»Ja, beim Skilaufen, auf der Piste. Da waren Sie aber wohl noch ein paar Jahre jünger. Obwohl, so sehr verändert haben Sie sich nicht.«

Es musste ein Foto aus meiner Studentenzeit sein, das sie gefunden hatte, von einem unserer Skiwochenenden auf irgendwelchen Hütten. Als ich schon nur noch zum Spaß auf den Skiern unterwegs war. Da hatte immer jemand Fotos gemacht und sie dann wohl irgendwann ins Netz gestellt. Ich schwieg, war für einen Moment abwesend, hing der Erinnerung nach.

»Sie sind ja auch Rennen gefahren, habe ich dann im Internet gesehen ... Laufen Sie denn noch Ski?«, fragte Alba.

»Ja«, sagte ich, »aber nur selten.«

»Ich laufe für mein Leben gern«, sagte Alba. »Das habe ich auch früher oft mit meiner Mutter zusammen gemacht. Die war auch ein Ass auf den Skiern, so wie Sie. Ich glaube, deshalb wollte ich unbedingt zu Ihnen.« Die unerwartete Begründung erleichterte mich, was ich mir aber nicht anmerken ließ. »Können Sie es sich nicht doch noch mal überlegen und mich als Patientin aufnehmen?«, fragte Alba jetzt fast flehentlich und begann zu weinen. Ich angelte wieder eines meiner Taschentücher aus dem Vorrat, aber dieses Mal hatte sie selbst welche dabei und war mit dem Griff in ihre Handtasche schneller als ich.

»Nein«, erwiderte ich, »das geht wirklich nicht. Es tut mir leid.« Ich sah auf die Uhr. »Und ich muss das Gespräch jetzt auch leider beenden …«

Alba griff zu ihrem Blazer, resigniert und immer noch leise weinend. Und ich kämpfte innerlich mit mir, ob ich ihr noch den Vorschlag machen sollte, über den ich das ganze Wochenende nachgedacht hatte und von dem ich nur halb überzeugt war. Schließlich rang ich mich dazu durch, allerdings keineswegs sicher, dass ich damit das Richtige tat. »Aber eines könnte ich vielleicht für Sie tun.« Alba hob den Kopf, sah mich aus ihren verweinten Bernsteinaugen erwartungsvoll an. »Wenn Sie wollen, könnte ich Ihnen dabei helfen, mehr über den Tod Ihrer Mutter herauszubekommen. Zumindest könnte ich das versuchen. Ein Freund von mir ist bei der Polizei, da kann ich mich mal umhören. Aber das geht nur, wenn Sie nicht meine Patientin sind, sonst dürfte ich mich in Ihre persönlichen Dinge außerhalb dieser Praxis gar nicht einmischen.«

Alba hörte prompt auf zu weinen, wischte sich mit dem Taschentuch die Tränen aus dem Gesicht und sah mich erstaunt an. »Warum wollen Sie das tun? Aus Mitleid?«

»Wohl eher aus Neugier. Und natürlich nur, wenn Sie das wollen«, fügte ich hinzu, ihrer Frage ausweichend.

»Auf jeden Fall.«

Auf meinem Schreibtisch lag noch das Adressbuch ihrer Mutter. Ich griff danach, hielt es ihr entgegen. »Das haben Sie übrigens beim letzten Mal hier vergessen. Beziehungsweise muss es aus Ihrer Jacke gerutscht sein, als ich sie über die Heizung gehängt habe. Ich glaube, das gehörte wohl Ihrer Mutter. Hat das eigentlich die Polizei nicht interessiert?«

»Doch, die haben das bei uns in der Wohnung gefunden, es mir aber später wieder zurückgegeben. Ich wusste gar nicht, dass ich das noch in der Jacke hatte ...«

Ob sie die Wahrheit sagte? Ich überging meinen Zweifel. »Dürfte ich das noch ein paar Tage behalten?«, fragte ich. »Denn wenn ich mich wegen Ihrer Mutter ein bisschen umhören soll, könnte das vielleicht nützlich sein.«

Sie nickte, notierte mir auf meine Bitte noch ihre Adresse und wirkte nun viel gefasster. Es war dämmrig und still in der Praxis geworden, der Regen hatte aufgehört. Schon längst hätte ich eigentlich Licht machen müssen, und dass ich daran nicht gedacht hatte, war zweifellos ein Zeichen dafür, wie abgelenkt ich durch das Angebot war, das ich Alba de Magris gemacht hatte. Ich erhob mich aus meinem Sessel und schaltete die beiden Stehlampen an, die den Raum sofort in ein warmes Licht tauchten. Auf einmal spürte ich meine Müdigkeit, auch einen Anflug von Kopfweh. Alba war ebenfalls aufgestanden, schlüpfte jetzt in ihren Blazer.

»Sagt Ihnen eigentlich der Name Peter Maier etwas?«, fragte ich sie, einer plötzlichen Eingebung folgend.

»Peter Maier?« Sie schüttelte den Kopf. »Nein. Noch nie gehört. Hört sich nach einem Deutschen an. Oder doch ... warten Sie.« Sie überlegte. »Peter Maier, sagen Sie? Jetzt kommt es mir so vor, als ob ich den Namen doch schon mal gehört habe, kann sein, dass meine Mutter den gegenüber meinem Vater mal erwähnt hat. Warum? Ist das wichtig?«

»Nein, das war nur so eine Idee«, antwortete ich. »Vergessen Sie es. Ich lasse dann von mir hören. Das kann aber ein bisschen dauern. Und kommen Sie gut nach Hause.«

»Danke«, sagte sie leise, als sie die Praxis verließ.

Ich saß noch eine Weile nachdenklich an meinen Schreibtisch. Mein Kopfweh war etwas heftiger geworden. War es richtig, dass ich Alba dieses Angebot gemacht hatte? In was verstrickte ich mich und wo würde das hinführen? Und hatte ich nicht zu viel versprochen? Falsche Erwartungen geweckt? Die womöglich in eine große Enttäuschung münden und das Leiden der jungen Frau noch verschlimmern würden? Aber nun gab es kein Zurück mehr, und eigentlich wollte ich auch nicht zurück. Aber warum tat ich das? Wieso musste ich mich auf die Spuren dieser Frau begeben? Die Geschichte hatte mich gepackt, und ich kam nicht davon los. Wenn ich ehrlich war, tappte ich ja doch nicht ganz im Dunkeln, wusste, dass es mit der Parallele zum Schicksal meiner Mutter zusammenhing, deren unerklärliches Verschwinden mich ähnlich verzweifelt und trostlos zurückgelassen hatte wie Alba de Magris, die keine Erklärung dafür hatte, wie und warum ihre Mutter gestorben war. Wie festgenagelt saß ich an meinem Schreibtisch, obwohl ich doch schon längst hätte nach Hause gehen sollen. Mein Blick fiel auf das Adressbuch der Signora de Magris auf dem Schreibtisch vor mir, und erneut blätterte ich ziellos darin herum, landete wieder bei einem Namen und einer Telefonnummer. Das war der, der auch schon Franca aufgefallen war. Sollte ich? Ich zögerte lang, griff dann zu meinem Handy, gab die Nummer ein, brach aber nach ein paar Ziffern ab, legte das Telefon wieder hin. Hör auf, Camilla, sagte mir eine innere Stimme. Vergiss Laura de Magris, vergiss Alba, lass das Ganze fallen. Aber es ließ mich einfach nicht los. Erneut griff ich zum Handy, wählte die Nummer. Es klingelte. Jemand hob ab.

7

Ich weiß nicht genau, was ich erwartet hatte, jedoch sicher nicht dieses stillose, graue Bürohaus mit acht Stockwerken und einer heruntergekommenen Fassade, an der hier und da der Putz abbröckelte. Das Gebäude im Stadtviertel Aurora war der Ort, an dem ich mit dem – laut Franca stadtbekannten – Satanisten, der im Adressbuch der Signora de Magris stand, zu einer Séance verabredet war. Einen Moment überlegte ich, ob ich mich in der Adresse geirrt haben könnte, und holte das Büchlein, das ich für alle Fälle eingesteckt hatte, aus meiner Handtasche. Die Adresse stimmte.

Der Teufel ist in Turin eigentlich überall präsent: Man findet ihn vor allem an Hauseingängen und Fassaden, oft mehr oder weniger verborgen und häufig in Form von furchterregenden Masken oder Symbolen wie dem Pentagramm oder auch mal an einer Türklinke, wie Ennio sie fotografiert hatte. Wenn es das Böse auch in dem unscheinbaren Haus gab, vor dem ich jetzt stand, dann hatte es sich allerdings hinter einer neutralen Optik gut versteckt. Ich nahm den Aufzug in die steril gefliese siebte Etage, auf der nur eine einzige Wohnung lag, klingelte, ein Namensschild war nicht vorhanden, und wartete angespannt. Es dauerte eine Weile – und ich ertappte mich schon bei der leisen Hoffnung, dass das Ganze abgeblasen war und mir das Abenteuer erspart blieb –, bis mir von einem älteren, muskulösen, in eine schwarze Tunika gekleideten Mann, der sein tiefschwarz gefärbtes Haar zu einem Pferdeschwanz gebunden und sein linkes Ohr gepiercht hatte, geöffnet wurde. Er fragte mich nach meinem Namen.

»Signora Fontana«, stellte ich mich vor.

Er nickte. »Kommen Sie herein, die anderen sind schon da.«

Der Schwarzgekleidete musste jener Mann sein, dem ich mich am Telefon vor zwei Tagen als Maria Fontana, Freundin der verstorbenen Laura de Magris vorgestellt hatte. Er hatte mich sofort eingeladen, zur nächsten Sitzung der Gruppe zu kommen. »Am Mittwoch um 18 Uhr treffen wir uns«, hatte er gesagt, »und wenn Sie eine Freundin von unserer Signora de Magris waren, sind Sie natürlich willkommen.« Und hatte noch hinzugefügt: »Sie wird sicher auch kommen.« Eine erstaunliche Ankündigung, auf die ich nicht weiter eingegangen war.

Jetzt nahm er mir zuvorkommend meinen Regenmantel ab und führte mich in eine am Ende eines langen, kahlen Flurs gelegene kleine Kammer, die mich mit ihren Metallspinden eher an den Umkleideraum einer Turnhalle als an einen Ort okkulter Rituale erinnerte. Er reichte mir einen schwarzen Umhang. »Ziehen Sie den an. Und bitte kein Handy und keinen Schmuck«, sagte er und hielt mir bei diesen Worten auffordernd einen Beutel hin. Ich tat etwas widerwillig, was er verlangte, worauf Halskette und Handy in einer Seitentasche seiner Tunika verschwanden.

»Wenn Sie mir jetzt noch wie verabredet dreihundert Euro geben«, fuhr er fort, »und zwanzig für den Umhang, hole ich Sie gleich wieder ab. In ein paar Minuten fangen wir an.«

Es überraschte mich, wie unverhohlen geschäftsmäßig er das alles abwickelte, aber es sollte mir nur recht sein, denn wenn diese Séance eine Dienstleistung wie jede andere war, wie ein Friseurbesuch oder eine Autoreparatur, nahm mir das etwas von meiner Nervosität. Außerdem war mir ein vergleichbares Prozedere von manchen meiner Kollegen durchaus vertraut, wenn die sich zum Ende einer Analysestunde ihr Honorar ebenfalls bar bezahlen ließen. Ich selbst zog allerdings Überweisungen vor.

Fünf Minuten später kehrte der Schwarzgekleidete zurück und brachte mich in einen benachbarten Raum, der schon eher meinen Erwartungen entsprach, dem zugegeben klischeehaften Bild, das ich vom Schauplatz einer spiritistischen Sitzung im Kopf hatte. Rund um einen tiefen Holztisch hockten etwa zehn Personen, dicht an dicht, alle in Schwarz, und soweit man das im matten Schein einer roten Lampe und brennender Kerzen überhaupt erkennen konnte, Männer und Frauen jeden Alters. Von meiner Ankunft nahmen sie kaum Notiz, schienen alle bereits versunken in die Erwartung dessen, was da kommen sollte. Ich sah mich neugierig um. Der Raum war vollkommen abgeschirmt gegen das Licht von draußen, sogar das Schlüsselloch von innen verklebt. Was waren das für Leute um mich herum? In der Düsternis und mit den schwarzen Verhüllungen konnte ich kaum etwas sehen, keine Gesichter erkennen und keine Details ausmachen. Wonach suchten die Leute hier? Nach ein wenig Spiritualität in einem uninspirierten Alltag? Oder war das Ganze nur ein Spiel, das Abwechslung brachte und Gemeinschaft versprach? Und was war es, was die *Frau in Rot* in diesem Kreis gesucht hatte?

Es war totenstill, keiner sagte ein Wort, aber das Ganze wirkte nicht bedrohlich auf mich, eher wie ein kostümiertes Vereinstreffen. Der Mann, der mich empfangen hatte, setzte sich jetzt ebenfalls, auch das rote Licht ging aus, nur noch die Kerzen spendeten etwas Licht und esoterische Sphärenmusik erklang. Unaufgefordert verfielen alle Anwesenden in einen Singsang, wozu ein jung wirkender Mann rhythmisch eine Trommel schlug. Außer mir, die stumm blieb, schienen sich nur Eingeweihte versammelt zu haben. Dann kam Bewegung in die Sache. Man fasste sich an den Händen, die im Fall meines rechten Nachbarn unangenehm feucht und kalt waren. Alle schauten nun zur Decke, über die ein grüner Lichtpunkt tanzte, und nur einen Moment später schwebte ein schwach leuchtendes Taschentuch scheinbar schwerelos durch den Raum, verschwand dann im Dunkel. Schließlich legte der Magier ein Brett mit Buchstaben, Zahlen und einzelnen Wörtern auf den Tisch. Dazu gehörte ein Zeiger, auf den alle Anwesenden nacheinander einen Finger legten, auch der feuchte meines Nachbarn landete darauf. Der junge Mann trommelte wieder, und jetzt meldete sich der Magier mit einer sehr hohen Stimme, die gar nicht zu ihm passte. »Ist ein Geist anwesend?« Wieder flackerte der grüne Punkt über die Decke. »Wir rufen dich, *tigrotta*.« Mein Blick folgte dem grünen Punkt, versuchte zu entdecken, wo der Laserpointer versteckt war, der diesen Effekt zweifellos produzierte, als ich plötzlich spürte, dass alle Blicke erwartungsvoll auf mich gerichtet waren. Was wollten die bloß von mir?

»Sprechen Sie mit ihr«, forderte der Magier mich auf. »Sagen Sie ihr, dass Sie da sind, erinnern Sie sie an etwas Gemeinsames.« Zu spät begriff ich, dass mit *tigrotta* die Signora de Magris gemeint war, deren Spitzname das hier wohl gewesen war. Offenbar war für alle anderen nun ihr Geist in diesem Raum erschienen, und man hatte erwartet, dass ich mich an meine tote Freundin wenden würde. Ich überlegte verzweifelt, was ich bloß sagen könnte, aber die Gelegenheit war verpasst. Ich hatte einen folgenschweren Fehler gemacht. Das Deckenlicht ging mit einem Schlag an, alle Blicke lagen auf mir.

»Raus«, befahl der Schwarzgekleidete, sprang auf, packte mich am Handgelenk und zerrte mich zur Tür. Gegen den athletischen Mann hatte ich keine Chance, also versuchte ich gar nicht erst, mich zu wehren. Draußen im Flur schrie er mich erregt an: »Sie haben mich belogen, Sie kennen die Tote gar nicht. Was wollten Sie wirklich? Uns bespitzeln?«

Dann warf er mich nicht aus der Wohnung, wie ich es erwartet hatte, sondern schob mich in die Umkleidekammer. »Sie warten hier auf mich«, befahl er, verschwand im Flur und schloss hinter sich ab. Jetzt ergriff mich doch Panik. Was hatte dieser Typ vor? Zwar hatte die okkulte Runde ziemlich harmlos gewirkt, aber was war, wenn der Mann sich doch noch als der Satanist entpuppte, den Franca angekündigt hatte? Eine mir sehr lang vorkommende halbe Stunde verging, die ich in der Kammer saß. Ich beruhigte mich langsam etwas, bis ich schließlich Schritte hörte, mehr als das: ein Getrappel. Die Séance musste zu Ende gegangen sein, und die Gäste verließen die Wohnung. Ich hörte, wie die Tür sich schloss und sich erneut Schritte auf meine Kammer zu bewegten. Kurz darauf ging die Tür auf. Der Mann hatte seine Tunika abgelegt und wirkte in seinem schwarzen T-Shirt noch muskulöser. Unter anderen Umständen hätte ich mich vielleicht darüber amüsiert, wie sehr seine Erscheinung dem Klischee entsprach. Aber mir war gar nicht zum Lachen zumute. Als er in seine Hosentasche griff, setzte mein Herz für einen Schlag aus. Aber es war nur der Beutel mit meinem Handy und der Halskette, nach dem er gegriffen hatte und den er mir zuwarf. »Hauen Sie ab«, sagte er, langte noch in seine andere Tasche und holte die Geldscheine heraus, die ich ihm zuvor gegeben hatte. »Ich weiß nicht, was Sie von uns wollen«, sagte er, als er mir die Scheine in die Hand drückte, »ich vermute, Sie sind von der Presse. Die ist ja immer hinter uns her. Aber ich warne Sie, wenn Sie irgendetwas gegen mich im Schilde führen, haben Sie ein Problem, dann lernen Sie mich von einer anderen Seite kennen. Und jetzt raus!«

Ich ergriff meinen Mantel und drückte mich über die Schwelle der Kammer an ihm vorbei, nicht ganz frei von der Vorstellung, er könnte in diesem Moment der Nähe doch noch zuschlagen, dann lief ich durch den Flur, der mir jetzt endlos lang vorkam, erreichte die Wohnungstür, und ohne mich noch einmal umzublicken, verschwand ich ins Treppenhaus, nahm nicht den Aufzug, sondern raste über die Stufen aus dem siebten Stock hinunter ins Erdgeschoss und auf die Straße, wo mich strömender Regen empfing, in den ich mein Gesicht hielt, bis mir das wunderbar kühle Wasser unter den Mantelkragen lief, erst dann war es genug. Es war noch einmal gut gegangen. Im Grunde war das Treiben dieses Magiers viel harmloser gewesen, als ich es mir vorgestellt hatte. Wenn ich mir eingebildet hatte, dass sich unter diesen Leuten der Mörder oder die Mörderin der *Frau in Rot* befinden könnte, dann hatte ich jedenfalls falschgelegen. Was hatte ich mir nicht alles zusammenphantasiert! Grausame Opferungen, schwarze Messen, ekelerregende Rituale, jedenfalls bestimmt nicht diese, sich vermutlich wirtschaftlich lohnende, Illusionsveranstaltung mit ihren harmlosen Tricks, die eher an ein Zauberkabinett erinnerten.

»Du musst den Mann anzeigen, das ist Freiheitsberaubung, was der mit dir gemacht hat«, sagte Ennio. Ich hatte ihn von meinem Heimweg aus angerufen und ihm kurz von meinem Abenteuer berichtet. Jetzt saßen wir zusammen in einer netten Pizzeria im angesagten Stadtviertel Vanchiglia beim Espresso, Ennio diesmal nicht in Uniform, sondern in Jackett und dunklen Jeans, was ihn etwas schlanker wirken ließ.

»Nein, das mache ich nicht«, widersprach ich. »Immerhin habe ich mich ja bei ihm eingeschlichen, und er hat mir wenigstens mein Geld zurückgegeben. Außerdem habe ich keine Lust, so einen Wirbel zu machen.«

»Wie du meinst. Aber würdest du mich bitte mal darüber aufklären, was du eigentlich treibst?«

»Ich helfe Alba de Magris herauszufinden, was mit ihrer Mutter passiert ist.«

»Solltest du das nicht besser uns überlassen?«

»Ihr habt ja eure Chance gehabt«, sagte ich lächelnd, leerte das Zuckertütchen in meinen Espresso und verrührte ihn ausdauernd. »Weißt du denn, ob deine Kollegen der Spur zu dieser Szene überhaupt nachgegangen sind?«

»Ja, das sind sie, auch ohne Ergebnis, soviel ich weiß. Das ist doch alles von der Presse damals gewaltig aufgebauscht worden. Die Frau war eben abergläubisch und hat so manchen Hokuspokus mitgemacht. Aber damit war sie in Turin ja weiß Gott nicht allein. Angefangen bei deiner Freundin Franca …«

»Und du, bist du gar nicht abergläubisch?«

»Nein, ich habe damit nichts am Hut. Ich war mal in Damanhur, aus reiner Neugier allerdings.« Er verrührte ähnlich ausgiebig wie ich den Zucker in seinem Espresso, kippte ihn dann in einem Zug herunter.

»Damanhur?« Das kam mir bekannt vor, aber ich wusste im Augenblick nicht, woher. »Was ist das?«

»Sagt dir das wirklich nichts?«, fragte Ennio etwas erstaunt.

»Nein, muss ich das kennen?«

»Wenn du dich für Spirituelles und Okkultes interessiert, eigentlich ja.«

»Jetzt, da du das sagst, fällt mir ein, wo ich das gesehen habe.« Ich holte das Notizbuch von Laura de Magris aus meiner Handtasche.

»Und was ist das?« Ennio sah mich mit hochgezogenen Brauen an.

»Das hat der Signora de Magris gehört. Ich habe es von ihrer Tochter Alba. Da drin finden sich alle möglichen Namen und Telefonnummern. Da bin ich übrigens auch auf diesen Magier gestoßen. Aber du kannst beruhigt sein: Deine Kollegen hatten es auch und haben es Alba wieder zurückgegeben.« Ich blätterte ein paar Seiten vor, dann hatte ich die Stelle gefunden. »Hier ist es«, sagte ich, »ich habe mich nicht getäuscht. Hier steht Damanhur. Und dazu hat sie einen Namen notiert. Lupo Rucola. Hört sich ein bisschen seltsam an, oder?«

»Stimmt, aber die Leute, die da leben, ändern alle ihre ursprünglichen Namen in den von einem Tier plus dem einer Pflanze.«

»*Complimenti*, mein Lieber, wirklich beeindruckend, was du alles weißt!«, sagte ich ganz ohne Ironie, obwohl es mich manchmal doch nervte, dass Ennio immer über alles Bescheid wusste und auf alles eine Antwort hatte. »Und was ist das für ein Verein?«, fragte ich.

»Das ist eine Sekte oder eine spirituelle Gemeinschaft – ob es das eine oder das andere ist, daran scheiden sich die Geister –, und die haben so eine Art mystischen Tempel siebzig Meter tief in die Erde gesetzt, wie eine umgekehrte Kathedrale mit riesigen unterirdischen Sälen voller Mosaike, Glasmalereien, Skulpturen und Wandmalereien. Daran haben sie jahrzehntelang unbemerkt gegraben und gebaut, bis ein Abtrünniger der Sekte das Ganze ausgeplaudert hat. Durch seine Aussagen hat er die Polizei auf den Tempel aufmerksam gemacht, woraufhin der ganze unterirdische Bau eigentlich demoliert werden sollte. Dann ist er aber schließlich als Kulturgut anerkannt und legalisiert worden. Und die Gemeinschaft, die dahintersteckt, soll heute eine der größten esoterischen Kommunen der Welt sein. Die waren auch mal in den Schlagzeilen wegen irgendwelcher obskuren Vorgänge, aber das ist jetzt schon ein paar Jahre her und es war offenbar nichts dran. Ich kann mich irren, aber ich glaube, inzwischen ist das vor allem ein mehr oder weniger florierendes Geschäftsmodell …«

»Und wo ist das?«

»Gar nicht so weit weg von Turin, im Valchiusella. Das sagt dir doch bestimmt etwas?«

»Nein, nicht wirklich. Jedenfalls war ich da noch nie.«

»Da hast du was verpasst. Die Chiusella ist ein Fluss, und das ist ein sehr schönes Tal und keine fünfzig Kilometer von Turin entfernt, also mit dem Auto noch nicht mal eine Stunde Richtung Aostatal. Wenn du am Wochenende mit Franca nach Saint-Martin-des-Moulins fährst, kommst du auf dem Weg dorthin in der Gegend vorbei, jedenfalls ist das kein allzu großer Umweg.«

»Und das kann man sich ansehen?«

»Ja, kann man. Ich war, wie gesagt, mal da. Das ist aber schon länger her. Und es ist, ehrlich gesagt, ziemlich beeindruckend. Aber wahrscheinlich wirst du wieder ein paar von deinen Geldscheinen los.«

»Mal sehen, ob ich mir so etwas noch mal antue.« Ich legte das Notizbuch weg und trank meinen Espresso aus. »Aber abgesehen davon, dass du mal in Damanhur warst, hast du mit solchem esoterischen Zeug nie etwas zu tun gehabt?«, kam ich auf mein Erlebnis des Nachmittags zurück.

»Doch«, sagte Ennio, »als Jugendlicher, da haben wir mal gependelt. Dafür haben wir uns auch verkleidet, ganz in Schwarz, und Kerzen und Räucherstäbchen angezündet, also die komplette Inszenierung. Aber viel mehr als für diesen Hokuspokus habe ich mich für ein Mädchen interessiert, dass daran teilgenommen hat ...«

»Und, ist etwas daraus geworden?«

»Nein, natürlich nicht. Ich war sechzehn und noch etwas dicker als heute, und sie war achtzehn und wunderschön.«

»Mir hättest du auch damals schon gefallen ...«, rutschte mir heraus und Ennio sah mich überrascht an. Hastig setzte ich nach: »Gependelt habe ich auch mal. Und ich finde, komisch ist das schon, dass sich das Pendel wie von selbst, fast hätte ich gesagt, wie von Geisterhand bewegt. Manchmal frage ich mich, ob nicht doch etwas dran ist an diesen okkulten Theorien und ich die Welt viel zu rational betrachte.«

Ennio schaute mich wieder an. »Du überraschst mich, Camilla. Aber zumindest, was das Pendeln angeht«, er lächelte verschmitzt, »kann ich dich beruhigen. Das lässt sich ganz einfach erklären«, sagte er. »Du kannst deine Hand mit dem Pendel eben einfach nicht ruhig halten, und die Bewegungen übertragen sich. Und was immer man von all dem hält, mit Satanismus haben diese netten kleinen Spielereien jedenfalls wirklich nichts zu tun.«

»Aber den gibt es doch auch hier in der Stadt?« Ich sah mich zum Spaß suchend in der Pizzeria um, als könnte ich den Teufel in einer Ecke des Lokals entdecken.

Ennio musste lachen. »Ich habe übrigens noch etwas für dich, ein kleines Geschenk«, sagte er. »Als hätte ich es geahnt.« Immer noch schmunzelnd zog er den Abzug des Fotos von der Türklinke mit dem Teufel, das er mir vor ein paar Tagen gezeigt hatte, aus seinem Jackett und schob ihn mir zu. Dann wurde er doch wieder ernst. »Angeblich ist der Teufel hier in der Stadt ja tatsächlich präsenter als anderswo. Es hat doch sogar irgendein Papst mal behauptet, dass von Turin eine luziferische Atmosphäre ausgehe. Aber die meisten Leute in diesen okkulten Kreisen sind harmloser, als behauptet wird. Obwohl es doch schon einige kriminelle Vorfälle gegeben hat. Zum Beispiel Gewalttätigkeiten bei schwarzen Messen, etwa dass junge Frauen unter Drogen gesetzt und vergewaltigt worden sind. Aber das ist eher selten, und es dringt wenig davon nach außen, weil sich die Mitglieder solcher Sekten zu Geheimhaltung verpflichten. Und wenn sie aussteigen wollen, haben sie Schlimmes zu befürchten. Gerade weil es so geheimnisumwittert ist, eignet es sich gut dafür, die wildesten Gerüchte in die Welt zu setzen und damit Schlagzeilen zu machen. So wie Franca, die aus einem geschäftstüchtigen Magier gleich einen Satanisten macht.«

Ennio mochte Franca sehr, aber ihr Hang zu Übertreibungen brachte ihn auf. Er griff zu seinem Bierglas, das er zur Pizza bestellt hatte und das noch halb voll, dessen Inhalt inzwischen aber ziemlich abgestanden war, und trank einen Schluck, verzog das Gesicht. »Deine Signora de Magris«, fuhr er fort, »war jedenfalls keine Satanistin, auch wenn die Presse und manche unserer Mitbürger aus dem wohlanständigen Turin, gerade aus den sogenannten besseren Kreisen, denen sie ja angehörte, das verbreitet haben. Sie hat mit ihrem exzentrischen Lebenswandel einfach provoziert.« Er sah durch das Fenster nach draußen. Die Nacht war inzwischen eingebrochen, gelbes Laternenlicht fiel auf die nassen Straßen. Gerade bog laut kreischend eine der alten Turiner Straßenbahnen um die Ecke, verschwand mit ihren wenigen Fahrgästen wieder im Dunkel. »Es hat aufgehört zu regnen«, sagte Ennio, »ich glaube, man sieht sogar ein paar Sterne. Lass uns aufbrechen.«

Als er zur Kasse ging, um unsere Rechnung zu bezahlen, sah ich ihm nach, diesem großen Mann mit seinem etwas zersausten braunen Haarschopf, und freute mich nicht zum ersten Mal, dass ich ihn zum Freund hatte. Kurz darauf war er schon wieder an unserem Tisch zurück und wollte mir in meinen Mantel helfen, als sich mein Handy meldete. Franca.

»Camilla, *tesoro*«, krächzte sie. »Ich bin krank und liege mit fast vierzig Fieber im Bett. Das wird also leider nichts mit unserem Skiwochenende, ich könnte heulen, so ein Mist!«

»Oh je, du klingst ja wirklich fürchterlich, du Arme. Kann ich etwas für dich tun? Soll ich vorbeikommen? Dir etwas zu essen bringen? Eine Pizza?«

»Nein, das ist nett, aber lass mal.« Ihre Stimme brach weg. »Ich will nur schlafen. Nur eins noch: Soll ich unser Hotel absagen?«

Ich überlegte einen Moment.

»Nein«, sagte ich dann, »ich fahre.«

8

Am Freitagmorgen weckten mich Sonnenstrahlen, die sich durch die halb geöffneten Vorhänge und Klappläden in meinem Schlafzimmer Bahn brachen und, voller tanzender Staubkörner, flimmernd auf mein Bett fielen. Ich angelte mir mein Handy vom Nachttisch, schaute nach, wie spät es war. Acht Uhr. Das war später als gefühlt und früher als geplant. Denn geplant hatte ich, richtig auszuschlafen, bevor ich nach Saint-Martin-des-Moulins aufbrechen wollte. Aber in wenigen Stunden würde ich auf der Piste stehen! Der Gedanke weckte sofort meine Lebensgeister. Fast ein Jahr war es her, dass ich zum letzten Mal Ski gelaufen war, bei einem Wochenendausflug mit meinem Großvater nach Sestrière. Damals hatte gemeinsames Schneeschuhwandern auf dem Programm gestanden, aber am Samstagmorgen hatte er sich nicht wohl gefühlt, war lieber lesend auf seinem Hotelzimmer geblieben, und ich hatte die Zeit genutzt, um kurzerhand den Sessellift auf den Monte Motta zu nehmen und von dort die rasante schwarze Abfahrt hinunter ins Tal. Skilaufen verlernt man nicht, die Bewegungsabläufe sind ein für alle Mal im Gehirn gespeichert, und wenn die Kondition und die Muskeln und Knochen noch mitmachen, verliert man kaum etwas von seinem Können, zumindest was die Technik angeht, ein wenig langsamer war ich wohl schon geworden.

Unten an der Straße stand fertig gepackt Francas Auto, eine uralte Alfa Romeo Giulia, die sie liebte und hingebungsvoll pflegte und mir für das Wochenende in ihrer gewohnten Großzügigkeit ausgeliehen hatte. Nach wie vor lag sie krank im Bett, mit unverändert hohem Fieber, und die Minestrone, die ich ihr am Abend zuvor noch vorbeigebracht hatte, hatte sie zwar gegessen, an ihrem Zustand aber hatte sie leider nichts geändert. »Soll ich nicht doch hierbleiben?«, hatte ich sie gefragt, »wer kümmert sich denn sonst am Wochenende um dich?«

»Na klar fährst du. Und sei nicht so eingebildet. Als ob du meine einzige Freundin wärest! Außerdem, hast du schon mal von einer Cafébesitzerin gehört, die verhungert ist?«

Als ich die Bar im Erdgeschoss betrat, um vor der Abfahrt noch schnell zu frühstücken, sah Matteo mich schon aus der Entfernung erstaunt an und als ich mich dann der Theke näherte, musterte er mich ungläubig von oben bis unten. »Wie sehen Sie denn aus? Machen Sie mit Ihren Patienten ein Outdoortraining?«

»Das wäre gar keine schlechte Idee«, antwortete ich amüsiert, »aber nein, ich habe heute frei und gehe Ski laufen.«

»Wow. Also sportlich sind Sie auch noch! *Complimenti!* Dann Cappuccino und Brioche wie immer? Oder wollen Sie in diesem Fall nicht lieber etwas Kräftigeres? Ein *panino con prosciutto* vielleicht?«

»Auch keine schlechte Idee. Ja, gerne.«

Wie üblich blieb ich an der Theke stehen, und da ich mehr als eine Stunde später dran war als sonst, war die Rushhour schon vorüber, in der Bar nicht mehr viel los, und Matteo, der Zeit hatte, verwickelte mich in ein Gespräch, während ich mit dem riesigen, mit rohem Schinken, Tomaten und Mozzarella belegten Brötchen und dem Cappuccino beschäftigt war.

Eigentlich hätte ich lieber meine Ruhe gehabt, mich ungestört meiner Vorfreude auf das Wochenende hingegeben. »Wo geht es denn hin?«, fragte er.

»Nach Saint-Martin-des-Moulins.«

»Noch nie gehört. Wo ist das?«

»Nicht so weit weg von hier, im Aostatal.«

»Und da liegt noch genug Schnee?«, fragte er zweifelnd.

»Ja«, erwiderte ich, auf meinem Brötchen kauend. »Laufen Sie denn auch Ski?«

»Sehe ich so aus? Nein.«

Besonders sportlich wirkte der rundliche Matteo wirklich nicht, aber da hatte ich schon ganz andere Gestalten auf der Piste gesehen, und manchmal war man erstaunt, wie gekonnt sie dann doch auf den Brettern den Berg hinuntertanzten.

»Das richtige Wetter dafür haben Sie jedenfalls«, stellte Matteo noch fest, als er meine Tasse und den leeren Teller abräumte und ich in meine knallrote Skijacke schlüpfte. Damit hatte er recht. Als ich die Bar verließ, war ich vom Sonnenlicht überwältigt, das so grell leuchtete, dass ich fast nichts mehr sah und sofort zu meiner Sonnenbrille griff. Es war auch kälter geworden, einer dieser Märztage, die Turin in ein ganz eigenes, gleißendes Winterlicht tauchen. Und in der Ferne erhob sich das Objekt meiner Begierde, die Alpen, in einem kalten Weiß unter einem furchterregend blauen Himmel, so mächtig, schroff und glasklar, wie man sie selten sieht.

Langsam schraubte sich die Giulia die schmale Serpentinenstraße hoch, und ich war etwas in Sorge, ob der alte Wagen das durchhalten würde. Ab etwa zwölfhundert Metern veränderte sich die Landschaft, der dichte Wald lichtete sich allmählich, bis es schließlich nur noch wenige Bäume gab und die Hänge felsig und weiß wurden. Und wie! Was zunächst nur vereinzelte schmutzige Schneeflecken im frostigen Schatten waren,

türmte sich bald am Straßenrand zu weißen, von den Räum-
fahrzeugen hinterlassenen Wällen auf. Rundum war nun alles
meterhoch verschneit, eine glitzernde Landschaft, die mich
blendete und in der verstreut rustikale Steinhäuschen ver-
sanken, mit Dächern, die hohe weiße Hauben trugen. Aber
es taute. Man sah es und man hörte es. Überall fielen dicke
Tropfen von Bäumen und Dächern, landeten ploppend auf der
Schneedecke und höhlten tiefe Löcher aus. Hier und da krachte
die schwere weiße Last plötzlich von den Ästen herunter. Die
Sonne strahlte jetzt am späten Vormittag noch greller aus dem
wolkenlosen Himmel und hatte schon ungewöhnlich viel Kraft.
Mindestens drei Grad über null mussten es sein, schätzte ich,
vielleicht sogar ein bisschen mehr.

Noch ein paar letzte Serpentinen, und ich erreichte das Dorf,
befand mich nun immerhin auf einer Höhe von 1800 Metern.
Ab 1200 Metern schläft man schlecht, heißt es, zumindest in
den ersten Nächten. Ich weiß nicht, ob das stimmt, Franca jedenfalls schläft immer wie ein Murmeltier, während das auf
mich leider nicht zutrifft. Daher hatte ich vorsorglich ein paar
Schlaftabletten eingesteckt, in der Hoffnung, dass ich sie nicht
benötigen würde. Den Alfa stellte ich am Ortseingang auf dem
großen Parkplatz ab, wo die aus dem Tal hochführende Straße
endet und auch der neue Sessellift startet. Der Ort selbst ist
autofrei, was im Grunde ein zu großes Etikett für diesen Weiler
mit seiner zentralen Dorfstraße und gerade mal einem Dutzend
Seitengassen ist. Erstaunlicherweise war der Parkplatz nur halb
besetzt. Bei dem schönen Wetter, dem vielen Schnee und zu
Beginn des Wochenendes hatte ich mit einem größeren Auftrieb gerechnet. Aber es war ja noch früh, nicht einmal Mittagszeit. Da würde wohl noch etwas nachkommen, vermutete
ich. Mit meiner Reisetasche, den gebuckelten Skiern und dem
Skischuhsack nahm ich den verschneiten Weg zu dem gut dreihundert Meter entfernten Hotel, einem rustikalen Bau aus dem

letzten Jahrhundert mit nicht allzu vielen Zimmern, die durchweg Holzbalkone hatten, auf deren Brüstungen noch Schneereste lagen und dem Gebäude winterlichen Charme verliehen. Wann war ich das letzte Mal hier gewesen? Es musste mindestens fünf Jahre her sein, und ich war zusammen mit Franca da gewesen, hatte angestrengtes Nachdenken auf der Fahrt ergeben. Das war lang genug, um gespannt zu sein, was sich im Dorf wohl verändert hatte.

Nichts. Jedenfalls auf den ersten Blick. Aber was hatte ich auch erwartet? Denn was waren im Grunde schon fünf Jahre! Mit meinen zweiunddreißig Jahren war ich aus dem Alter heraus, als die Zeit sich noch schier endlos vor mir ausgedehnt hatte. Jetzt hatte sie begonnen zu fliegen. Warum sollte sich dann so viel verändert haben? Die Auslage im Schaufenster des Sportladens war vielleicht etwas schicker geworden, die norwegischen Wollpullover hatten endgültig Fleecejacken und synthetischen Hoodies Platz gemacht, aber der Lebensmittelladen schien ganz der Alte zu sein, genauso wie die große Bar beim Tabakladen, in der nichts los war, was aber nicht anders zu erwarten war, weil man um diese Zeit oben auf den Pisten unterwegs war oder schon in einer der Hütten bei der Mittagsvesper saß. Auch ich wollte möglichst schnell auf die Skier. Natürlich erst mal ins Hotel, dort aber nur schnell das Zimmer beziehen, die Reisetasche gar nicht erst auspacken – das hatte Zeit bis später – und dann ab in die Skischuhe, das war der Plan, den allerdings Raffaella durchkreuzte.

Sie hatte mich von der Ladenkasse aus auf der Straße entdeckt, kam rasch und erstaunlich behände aus dem Lebensmittelgeschäft auf mich zugelaufen. »Camilla!«, rief sie und wollte mir schon um den Hals fallen, zögerte aber und bremste sich in ihrem spontanen Impuls, ließ sich dann jedoch umgekehrt gerne von mir in den Arm nehmen. »Wie lange ist das her!«, sagte sie, und: »Toll siehst du aus!« Wieder hielt sie inne, fragte:

»Darf ich dich denn überhaupt noch duzen? Du bist ja jetzt eine Dottoressa, wie man hört.«

Ich hatte keine Ahnung, wie ihr das zu Ohren gekommen war. Raffaella kam, soweit ich wusste und wenn sich das inzwischen nicht geändert hatte, so gut wie nie aus dem Dorf heraus. Ihren Eltern gehörte das Hotel, in dem ich unterkommen würde, und zwar schon in der dritten Generation, außerdem betrieben sie den kleinen *Alimentari*, in dem Raffaella an der Kasse saß, sommers, wenn die Wanderer kamen, wie winters, wenn es mit dem Skisport losging. Sie ist in Saint-Martin-des-Moulins geboren und hat wahrscheinlich schon auf Skiern gestanden, bevor sie das Laufen gelernt hat. Die Bretter schienen jedenfalls immer schon ein Teil von ihr zu sein, waren wie mit ihr verwachsen. Sie war die Beste auf der Piste. Franca und ich waren gut, aber weit entfernt von ihrem Können. Und vollkommen zu Recht erwartete man, dass sie es sehr weit bringen würde. Das sportliche Ziel war das Jahr 2006, die Olympischen Winterspiele in Turin. Ein Jahr zuvor geschah das Unfassbare. Die Achtzehnjährige stürzte bei einem Abfahrtslauf, brach sich das Bein so kompliziert, dass es ihr nach einem schlechten, von einer Infektion begleiteten Heilungsverlauf abgenommen werden musste. Das war das Ende ihrer sportlichen Karriere, aber es war viel mehr als das. Als sie zurück aus dem Krankenhaus und der Reha war und alle erwarteten, dass sie zwar vielleicht keine Rennen mehr fahren, aber doch mit ihrem einen Bein weiter auf Skiern stehen würde, einfach weil sie das so leidenschaftlich getan hatte und man es sich bei ihr gar nicht anders vorstellen konnte, hängte sie die Bretter an den Nagel, für immer. Niemand konnte sie davon abbringen, obwohl es gerade beim Skilaufen so viele Beispiele von Menschen mit Behinderungen und besonders von Einbeinigen gibt, die sich perfekt auf einem Mono-Ski bewegen und ihr Handicap vergessen machen. Aber Raffaella ließ sich nicht umstimmen. Manchmal dachte ich, dass ihr damals vielleicht der ganze Skizirkus ohnehin zu viel geworden und der erzwungene Ausstieg, wenn er auch zweifellos eine Katastrophe war, ihr in gewisser Hinsicht doch entgegengekommen war. Aber im Grunde war das ein zynischer Gedanke, und es konnte gut sein, dass ich mir das nur einredete, um mir selbst ihr Schicksal und ihre Entscheidung erträglicher zu machen. Jedenfalls hatte sie mit dem Kapitel Skilaufen abgeschlossen, saß nun inmitten der Winterwelt hinter ihrer Kasse, und ich hatte keine Ahnung, ob sie glücklich oder unglücklich war, denn wir hatten schon lange keinen Kontakt mehr. Auch sie hatte ich zum letzten Mal vor fünf Jahren zusammen mit Franca gesehen, eine Begegnung, die herzlich, aber doch oberflächlich geblieben war. »Wollen wir einen Espresso trinken?«, fragte ich, obwohl es mich eigentlich auf den Berg zog.

»Nein, lass mal«, antwortete sie, »du bist doch gerade erst angekommen und willst bestimmt mit den Skiern los, und ich kann den Laden nicht im Stich lassen. Bist du eigentlich allein hier?«

»Ja. Dann heute Abend auf einen Wein? In der Bar?«, schlug ich vor.

»Oh ja, sehr gern, das wäre toll!«

Ich ließ Raffaella an ihrer Kasse zurück, zog mit meinen Skiern weiter zum Hotel, aber meine gespannte Erwartung war einer unbestimmten Traurigkeit gewichen. Dabei hatte Raffaella fröhlich und entspannt gewirkt, nur ihr Respekt vor mir war etwas irritierend. Aber ganz neu und nur meinem Doktortitel geschuldet war der nicht. Denn schon in der heimlichen sozialen Rangordnung unserer Rennskigruppe, in der wir uns als Dreizehnjährige kennengelernt hatten, rangierten Franca und ich höher als Raffaella, einfach nur, weil wir aus der Stadt kamen, und das obwohl sie, das Dorfmädchen, sportlich viel erfolgreicher war als wir. Es waren Nuancen, Blicke, Anspielungen und kleine Bemerkungen, in denen dieses Gefälle zwischen uns spürbar war, und zugegeben genoss ich meinen privilegierten Platz, zumal ich als Kind einer Arbeiterfamilie aus Mirafiori an einem Turiner Gymnasium das Gegenteil gewohnt war.

Es war dunkel und die Bar bis auf den letzten Platz besetzt, als ich dort ankam, die Luft zum Schneiden dick, und es war laut. An allen Tischen wurde palavert und wild gestikuliert, ein vibrierendes Stimmengewirr, das den Raum ausfüllte und nur sporadisch übertönt wurde von gellenden Lachsalven, die aus einer größeren Runde von Frauen an einem Ecktisch kamen. Nach der herb-frischen Luft auf der Piste, dem wunderbaren Schneegeruch und der lautlosen Landschaft um mich herum musste ich mich regelrecht überwinden, das stickige und lärmerfüllte Gasthaus zu betreten. Allerdings kam der nervöse Auftrieb dort für mich nicht ganz unerwartet. Denn als ich erschöpft, aber noch berauscht vom Skifahren ins Hotel zurückgekehrt war, hatte mich die Chefin des Albergo, Raffaellas Mutter, bereits mit der Nachricht empfangen, die Anlass für die erregte Stimmung war. Eine Lawine war abgegangen. Sie hatte sich am Rand des Steilhangs gelöst, auf dem die Freerider unterwegs sind, aber glücklicherweise war niemandem etwas passiert. Drei Jugendliche waren ihr allerdings gerade noch so davongefahren, und ich war froh, dass ich mich an meinem ersten Tag auf den Skiern noch nicht in dieses Gelände gewagt hatte. Am Morgen hatte es eine Lawinenwarnung gegeben, die angesichts der Schneemenge und des Tauwetters eigentlich nur bestätigt hatte, was man ohnehin wusste, wenn man eins und eins zusammenzählen konnte. In meiner Euphorie hatte ich dem allerdings trotzdem wenig Beachtung geschenkt, wie wahrscheinlich viele der Gäste in der Bar, die jetzt in ihren geselligen Runden beieinandersaßen, glücklich, dass sie lebten, Wein und Grappa tranken und sich einen harmlosen Nervenkitzel verschafften, indem sie sich von den Katastrophen erzählten, die sie alle schon erlebt und wundersamerweise überlebt hatten. In einer Ecke brannte ein Kaminfeuer, verbreitete wohlige Hüttenwärme, die die Stimmung zusätzlich aufheizte. Die meisten Gäste hatten nicht nur ihre Skijacken – die man in dem sportlichen Dorf auch am Abend nicht durch Eleganteres ersetzte –, sondern auch ihre Pullover ausgezogen und saßen in Hemden und T-Shirts mit vom Alkohol, von der Sonne, der Erschöpfung und der Aufregung bronzebraun bis glühendrot gefärbten Gesichtern vor üppigen Schinken- und Käseplatten und gefüllten Weingläsern.

Raffaella saß allein in einer Ecke an einem Zweiertisch, eine Flasche Wasser vor sich und blickte mir aus ihrem rundlichen Gesicht strahlend entgegen, schwenkte beide Arme, um in dem Getriebe auf sich aufmerksam zu machen, obwohl ich sie schon längst gesehen und ihr zugewinkt hatte. Ich bahnte mir meinen Weg durch die eng stehenden Tische und Stühle und war erleichtert, dass sie nicht aufstand, als ich sie in ihrer Ecke erreichte und mit einem Kuss auf die Wange begrüßte. Auch sie hatte eine dieser Käse- und Schinkenplatten vor sich, die offenbar der Renner oder das einzige Angebot der Bar waren. Mit einer einladenden Handbewegung forderte sie mich auf, mich zu bedienen, und mit der anderen Hand machte sie dem Kellner ein Zeichen, der daraufhin sofort ein Glas Rotwein für mich an den Tisch brachte. »Du hast bestimmt von der Lawine gehört?«, fragte sie, kaum dass ich saß.

»Ja klar, deine Mutter war die Erste, die es mir erzählt hat. Vorhin, als ich im Hotel ankam. Es ist ja gottlob niemandem etwas passiert ...«

»Ja, heute ist es noch mal gut gegangen, aber du musst echt vorsichtig sein, wenn du morgen wieder auf die Piste gehst. Das ist wirklich nicht ohne im Moment. Wie ist es denn bei dir gelaufen?«

»Dafür, dass ich das seit einem Jahr nicht mehr gemacht habe, lief es super«, erwiderte ich.

»Der Einbruch kommt beim Skilaufen immer an Tag drei, das weißt du ja«, sagte sie lächelnd und schob sich genüsslich eine der zarten Scheiben Alpenschinken in den Mund.

»Dann bin ich aber fast schon wieder weg. Ich fahre am Sonntag und heute, das zählt ja nur halb …«

»Du bist nur für das Wochenende gekommen?«

»Ja, mehr geht im Moment nicht, ich habe ja meine Patienten.«

»Davon habe ich gehört. Psychoanalytikerin bist du? *Complimenti!* Aber ist das nicht furchtbar anstrengend? Immer mit so kaputten Seelen zu tun zu haben?«

»Ja, anstrengend ist das schon«, gab ich zu, »aber auch sehr erfüllend.« Zu mehr kam ich nicht, da sie mich feixend unterbrach: »Ich habe gehört, dass ihr manchmal während einer Sitzung einschlaft, und euer Patient auf der Couch das gar nicht bemerkt. Passiert dir das auch?«

Ich gab auch das zu und hielt mich mit meinem Erstaunen darüber, wie wohlgelaunt und in sich ruhend Raffaella auf mich wirkte, zurück. Sie war so frei von Selbstmitleid und Wehleidigkeit, dachte ich, anders als manche meiner Patienten, deren Schicksal doch meist wesentlich leichter war als Raffaellas. »Und du?«, fragte ich und angelte mir auch eine Scheibe von dem köstlichen Schinken.

»Ich bin schwanger«, platzte es aus ihr heraus.

»Wow, Glückwunsch! Das ist ja großartig! Weißt du denn, was es wird? Und wann ist es denn soweit?« Verstohlen schaute ich auf ihren Bauch, ob schon etwas zu sehen war.

»Schau ruhig hin«, sagte sie. »Man sieht schon etwas. Ein Junge wird es. Ich bin im fünften Monat, und wenn der Kleine dann da ist, übernehmen mein Freund und ich das Hotel von meinen Eltern. Und wenn alles gut geht, möchten wir noch mehr Kinder.« Sie strahlte wieder. »Und die werden natürlich alle Asse auf den Skiern! Mindestens so wie du! Also natürlich nur, wenn sie das wollen«, setzte sie nach einer Pause, die ich bedeutsam fand, noch dazu. Wenn ich noch zweifelte, ob ihr Glück echt, nicht aufgesetzt war, und den Verdacht gehabt hatte, dass sie nach außen strahlte und nach innen verdrängte, dann hatte sie das spätestens jetzt überzeugend ausgeräumt. Eine Weile plauderten wir munter weiter, leerten die Platte und ich meinen Wein, bis die Müdigkeit mich übermannte, ich ständig gähnen musste und außerdem spürte, dass mir der Alkohol zu Kopf stieg. Aber bevor ich ins Hotel zurückkehrte, musste ich unbedingt noch eine Frage an Raffaella loswerden, die ja zweifellos über alles, was im Dorf geschah, am besten Bescheid wusste.

»Sag mal«, begann ich, »ich bin da auf einen Typen gestoßen, der hier im Dorf gewesen sein muss. Und zwar noch im letzten Jahr, irgendwann vor Weihnachten. Ein Peter Maier. Wahrscheinlich ein Deutscher. Sagt dir der Name etwas?«

»Ach komm«, sie setzte ihr Glas, aus dem sie gerade trinken wollte, mit einem Ruck zurück auf den Tisch. »Wie bist du denn auf den gestoßen? Das ist eine schreckliche Geschichte. Du müsstest eigentlich schon davon gehört haben.«

Ich schüttelte den Kopf.

»Das stand doch alles in der Zeitung. Na ja, kann schon sein, dass das nicht bis zu euch nach Turin durchgedrungen ist.«

Raffaella hatte sofort meine Neugier geweckt. Ich sah sie fragend an, mit einem Mal wieder wach und klar im Kopf. Vielleicht fiel mir auch deshalb jetzt ein älterer, grau gelockter Mann in einem karierten Hemd am Tisch nebenan auf, der zu uns herüberschaute und, wie mir schien, unser Gespräch belauschte. Als ich seinen Blick erwiderte, wandte er sich schnell wieder seinen Tischnachbarn zu.

»Der ist verschollen«, fuhr Raffaella fort. »Von einer Schneeschuhwanderung nicht zurückgekommen. Und du hast recht, ja, das war im Dezember, am 10., ich weiß nämlich das genaue Datum, weil ich an dem Tag beim Arzt war und erfahren habe, dass ich schwanger bin.«

»Und was genau ist da passiert?«

»Keine Ahnung, das weiß keiner. Der kam aus der Gegend von München und war allein hier. Er ist auch allein losgezogen, an einem ziemlich nebligen und verschneiten Tag. Und ist dann nicht wieder zurückgekommen. Die Bergwacht hat nach ihm gesucht, und auch viele Leute aus dem Dorf haben geholfen, aber da lag schon meterhoch Schnee, und an dem Tag hat es später wieder heftig angefangen zu schneien und man konnte seine Spur nicht verfolgen, auch die Lawinenhunde nicht. Nach zwei Tagen haben sie die Suche dann eingestellt.«

»Und er war allein hier, sagst du?«

»Ja, er hatte ein Zimmer bei uns im Hotel. Nur einmal war ein Paar aus Turin da, die Frau so eine superelegante und der Mann ein Managertyp, die haben im Hotel zusammen mit ihm gegessen, die beiden haben dann auch bei uns im Hotel übernachtet, aber in getrennten Zimmern, und sind dann am nächsten Morgen gleich wieder abgefahren. Und das war auch der Vormittag, an dem der Maier dann auf seinen Schneeschuhen losgezogen ist.«

Raffaellas Informationen elektrisierten mich. »Dieses Paar aus Turin, weißt du Genaueres über die?«

»Nein, eigentlich nicht. Wie gesagt, sie war so eine, der man die Turiner Schickeria von weitem ansieht. Und er war nicht das erste Mal im Dorf. Jedenfalls hat meine Mutter sich erinnert, dass er als kleiner Junge öfter mit seinen Eltern zum Skilaufen hier war.«

»Und sie war blond und schmal?«

»Ja, die hatte eine richtige Mähne, ich fand es fast ein bisschen übertrieben für ihr Alter.«

»Wie alt war sie denn?«

»Kann ich nur schätzen, ein paar Jahre älter als wir, so um die vierzig vielleicht. Sie war stark geschminkt, da kann man das bei dem Typ Frau schwer sagen. Also taufrisch war sie jedenfalls nicht mehr, sah aber sehr gut aus.«

Meine Müdigkeit war verflogen. Das mussten Laura de Magris und ihr Mann gewesen sein, alles passte. Aber was hatten sie im Dorf gewollt? Und bei diesem Peter Maier? Eine Woche, bevor die *Signora in rosso* tot aufgefunden wurde? Wenn sie mit ihrem Mann gekommen war, konnte der Deutsche wohl kaum einer ihrer Liebhaber gewesen sein. Ich musste unbedingt noch mehr über ihn erfahren. »Und was weiß man über diesen Peter Maier?«, fragte ich. »Da hat es dann doch bestimmt Nachforschungen gegeben ...«

»Wie gesagt, der kam aus der Nähe von München, ich glaube, ein Ingenieur, er hatte jedenfalls etwas mit Autos zu tun, sagt mein Vater. Aber hier hat er wohl nur ein paar Tage Urlaub gemacht. Vermutlich hat er sich im Nebel und Schneetreiben verirrt und ist in eine Eisspalte gefallen. Du weißt ja, wie gefährlich das hier ist. Und das sind halt die Leute aus der Stadt, die keine Ahnung von den Bergen haben und einfach bei jedem Wetter losziehen ... Er ist nicht der Erste, der auf diese Weise verloren gegangen ist. Da kannst du dann jahrelang in so einer Gletscherspalte liegen, und keiner findet dich, auch nicht mit Wärmebildkameras. Aber es gab übrigens auch Gerüchte, dass er vielleicht doch nicht tot ist, sondern sich auf diese Weise aus seinem Leben gestohlen hat.«

»Und wieso das?«

»Drüben auf der anderen Bergseite in Colle ist später an dem Tag, als er verschwunden ist, ein Hubschrauber gelandet und kurz darauf wieder gestartet, trotz des Nebels und des Schnees, und es wurde gemunkelt, dass Maier den genommen haben könnte, um sich irgendwohin aus dem Staub zu machen. Es hieß hier im Dorf, er habe Schulden gehabt und alle möglichen anderen Probleme. Aber die Polizei hat die ganze Sache schnell abgehakt, die waren überzeugt, dass er bei der Wanderung umgekommen ist. Später war dann noch ein deutscher Journalist hier, ich glaube, von einer Münchner Zeitung, und der ist überall herumgeschlichen und hat die Leute ausgefragt. Aber ich weiß nicht, was daraus geworden ist. Ich hatte dann auch genug von dieser ganzen Gerüchteküche und so spannend fand ich das alles außerdem auch wieder nicht. Jedenfalls haben manche im Dorf nach wie vor Zweifel, dass er wirklich tot ist. Aber warum interessiert dich der denn so?«

»Arztgeheimnis«, sagte ich schmunzelnd und legte den Finger auf den Mund, womit Raffaella sich zu meiner Erleichterung zufriedengab. Auch sie war müde, sah auf die Uhr und wollte aufbrechen. »Und du willst wirklich am Sonntag schon wieder zurück nach Turin?«

Ich nickte. »Ja, aber ich komme in jedem Fall noch mal bei dir im Laden vorbei, bevor ich starte.«

Als wir uns zum Abschied umarmten, hatte Raffaella jede Scheu verloren, und mir war leicht ums Herz. Bevor wir die noch immer gut besuchte Bar verließen, warf ich einen Blick auf den Nachbartisch und stellte fest, dass auch der Mann in dem karierten Hemd inzwischen verschwunden war.

Draußen empfing mich die kühle Nachtluft, ich atmete tief durch und konnte gar nicht genug davon kriegen, als ich durch das winterliche und um die späte Stunde ausgestorbene Dorf ins Hotel zurückkehrte. Es war eine helle Nacht mit einem grandiosen Sternenhimmel, und unter meinen Schritten knirschte der weiß leuchtende Schnee. Trotz meiner Erschöpfung bedauerte ich fast, dass der Weg ins Hotel so kurz war. An der Rezeption empfing mich ein junger Mann, der in eine Zeitung vertieft war, seine Lektüre aber sofort unterbrach und mir meinen

Schlüssel gab. »Haben Sie schon gehört, Dottoressa di Salvo?«, fragte er.

»Von der Lawine? Ja.«

»Auch von der zweiten?«

Ich blickte ihn fragend an.

»Vor einer Stunde ist noch eine heruntergekommen. Diesmal auf die Straße, ein paar hundert Meter vor dem Dorf. Gottlob ist wieder niemandem etwas passiert. Aber die Straße ist dicht. Räumen geht erst mal nicht. Die Gefahr, dass noch etwas runterkommt, ist zu groß. Also, bis auf weiteres kommt niemand mehr aus dem Dorf heraus.«

9

Um mich herum ist nichts als Schnee. Es ist dunkel. Wo ist oben, wo ist unten? Egal, ich muss hier raus. Ich habe mit meinem Ski ein Schneebrett gelöst, das mit mir ins Tal gedonnert ist und mich unter sich begraben hat. Bestimmt lastet der Schnee meterhoch auf mir. Ich kann mich kaum bewegen, aber meine Hände bekomme ich frei. Ich grabe verzweifelt, meine Finger sind starr vor Kälte. Ich grabe und grabe. Aber natürlich hilft es nichts. Es gibt keinen Weg hinaus. Vermutlich grabe ich mich nur immer tiefer in den Schnee hinein, und gleich werde ich in diesem Loch ersticken. Bloß nicht zu viel Sauerstoff in meiner kleinen Atemhöhle verbrauchen! Ich höre auf zu graben. Ich schreie. Natürlich hört mich niemand. Ich gebe auf. Ich werde sterben.

Schweißgebadet wachte ich auf, obwohl ein kalter Luftzug vom gekippten Fenster in mein Hotelzimmer wehte. Ich begriff schnell, dass ich aus einem Albtraum erwacht war, aber es dauerte einen Moment, bis ich mich von der Panik erholte, mein Herz wieder ruhig schlug. Auf meinem Nachttisch stand eine halb volle Flasche Wasser, die ich in einem Zug fast ganz austrank, dann überlegte, ob ich nicht das Licht anschalten sollte, um die Nachtgespenster vollends zu vertreiben. Besser nicht, entschied ich, dann würde ich vielleicht erst recht nicht wieder einschlafen können! Und jetzt bloß nicht wach liegen und fürchten, dass der Albtraum zurückkehrt! Ich griff in die Schublade, nahm eine der Schlaftabletten aus der Packung und spülte sie mit dem letzten Rest Wasser aus der Flasche herunter. Sie wirkte schnell, vielleicht auch wegen meiner Erschöpfung, jedenfalls überkam mich die Müdigkeit wie eine Welle, ein wenig so, als würde ich betäubt. Nur für ein paar Sekunden fühlte ich mich zuerst noch in einen wohligen Dämmerzustand versetzt, dann übermannte mich der Schlaf. Als ich wach wurde, war es hell, Sonnenstrahlen fielen auf mein Bett. Ich erinnerte mich sofort an meinen Albtraum. Eine Weile blieb ich noch liegen und versuchte, den Traum wieder einzufangen, aber er entzog sich mir, als würde ich nach einer gallertartigen Masse greifen, die immer dann, wenn meine Hand sie fast erreicht hatte und ich glaubte, nun ein Stück von ihr zu fassen zu bekommen, zurückwich. Dann war sie ganz verschwunden.

Statt des üblichen Buffets gab es zum Frühstück erfreulicherweise frisch zubereiteten Cappuccino und mit Marmelade gefüllte, noch warme Brioches, die mir von Raffaellas Mutter an meinem Fenstertisch im rustikalen Speiseraum des Albergo serviert wurden. Ich war immer noch mit meinem Albtraum beschäftigt. Was war mit mir los? Ich schlief vielleicht manchmal schlecht, aber Albträume hatte ich eigentlich nie. Natürlich lag es nahe, hier oben auf dem Berg, wo am Vortag zwei Lawinen abgegangen waren, von einer solchen Katastrophe zu träumen. Aber irgendwie kam mir die Lawine aus dem Traum wie ein schlechtes Omen vor. War es der Mord an Laura de Magris, auf dessen Spuren ich mich bewegte, der mich auf diese Weise im Schlaf heimsuchte? Und war das vielleicht ein Zeichen, das mir mein Unbewusstes gab, dass ich die Finger davon lassen und mich besser meinen eigentlichen Aufgaben, meinem Beruf und meinen Patienten in Turin widmen sollte? Aber so schnell wollte ich mich nicht ins Bockshorn jagen lassen. Eigentlich war ja gar nichts passiert, und wenn etwas bedrohlich war, dann spielte sich das in meiner Phantasie ab. Ich beschloss, den Traum von der Lawine nicht als Warnung, sondern als Ermutigung dazu zu lesen, mich nicht von meinen Ängsten dominieren zu lassen.

Silvia, Raffaellas Mutter, kam an meinen Tisch: »Willst du noch einen Cappuccino, Camilla?«

»Das ist nett, aber nein danke. Wie sieht es denn aus? Ist die Straße wieder frei?«

»Leider nein, Camilla, im Moment können die Räumdienste gar nichts tun. Die Lawinengefahr an dem Hang dort über der Straße ist immer noch zu groß, und der Einsatz wäre daher viel zu riskant. Aber du bleibst doch noch bis morgen, oder? Bis dahin könnten sie es geschafft haben.«

»Aber auf die Piste kann man?«

»Ja, es ist fast alles offen. Sieh dich trotzdem vor und bleib bloß auf dem markierten Gelände!«

»Sag mal, Silvia, ich habe gestern mit Raffaella über einen eurer Gäste gesprochen, den aus Deutschland, der im Dezember hier war und auf einer Schneetour verschollen ist.«

»Du meinst den Peter Maier? Ja, das war eine furchtbare Geschichte. Und was interessiert dich an dem?«

»Wie alt war der denn etwa?«

»Keine Ahnung, vielleicht um die vierzig.«

»Und weißt du sonst noch etwas über ihn?«

»Nein, er war ein schweigsamer Typ. Obwohl er eigentlich ganz gut Italienisch konnte, hat er nicht viel gesagt. Angeblich ist er«, sie unterbrach sich, um sich zu korrigieren, »oder war er in der Autobranche. Ich glaube, bei BMW in München.«

»Und das Paar, mit dem er am Abend zuvor bei euch gegessen hat? Raffaella sagt, du kanntest den Mann?«

»Na ja, sicher bin ich mir nicht, aber er hat einem Jungen

ähnlich gesehen, der vor langer Zeit öfter mal mit seinen Eltern zum Skilaufen hier war.«

»Die waren damals hier im Hotel?«

»Nein, die müssen irgendwo etwas angemietet haben. Was du aber auch alles wissen willst, Camilla! Das ist alles so lange her, und ich bin mir nicht sicher ...«

»Könntest du mir denn die Namen des Paars und die Adresse von diesem Peter Maier geben?«

»Nein, Camilla, das geht nicht, beim besten Willen nicht, aber das weißt du doch. Was willst du denn überhaupt damit?«

»Ist schon gut, Silvia, dann lass mal, das war nur so eine Idee. Eine Patientin von mir hat kürzlich den Peter Maier erwähnt. Aber es ist wirklich nicht so wichtig. Ich zieh dann mal los. Und danke fürs Frühstück!«

Eine halbe Stunde später schwebte ich mit dem neuen Sessellift auf den tief verschneiten Gipfel zu, neben mir zwei ausgelassene Kinder, ein Mädchen und ein etwas dickerer, kurzbeiniger Junge, beide mit knallbunten Skihelmen und Snowboards, fast so groß wie sie selbst, über mir der blaue Himmel. Es herrschte Bilderbuchwetter, das nichts erahnen ließ von der Gefahr, die in den Bergen rundum in den Schneemassen lauerte. Noch immer war es ziemlich warm, und es taute weiter heftig. Hin und wieder waren Explosionen zu hören, offenbar hatte die Bergwacht damit begonnen, die Schneebretter künstlich auszulösen.

Ich fahre ausgesprochen gern Sessellift, natürlich vor allem, wenn das Wetter mitspielt und mir nicht gerade ein eisiger Wind Schneeflocken wie Messerstiche ins Gesicht treibt. Ich ließ meinen Blick umherschweifen, in die Höhe zu den von Schneefahnen umwehten Bergspitzen der Beinaheviertausender und nach unten zu den wie bunte Tupfer auf der weißen Piste verstreuten Skifahrern. Ein Stück weiter entfernt, ganz am Rand des Hangs, plätscherte ein anthrazitfarbener Bach über vereiste Steine, daneben hatten Gämsen und Hasen im Tiefschnee ihre Spuren hinterlassen.

Für heute hatte ich mir die schwierigste Piste des Skigebiets vorgenommen, eine tiefschwarze, die oben auf dem Gipfel beginnt und durch sehr steiles und buckliges Gelände zurück ins Dorf führt, immerhin zehn Kilometer lang. Das war früher unser Übungshang gewesen, als wir für Wettkämpfe trainierten. Im oberen Drittel kann man sogar einen waghalsigen Abstecher in einen sogenannten Couloir machen, eine nicht besonders lange, aber steile und schmale Rinne zwischen Felsen, in der man besser keinen Fehler macht. Denn stürzt man dort, reißt es einen die vereiste Strecke hinunter, und im schlimmsten Fall erwischt man einen der seitlichen Felsen. Der Couloir ist eine Herausforderung, die ich mir an diesem Tag lieber nicht zumuten wollte. Oben am Ziel angekommen, ließ ich den Kindern mit ihren Snowboards den Vortritt, half noch dem Jungen mit den kurzen Beinen dabei, seinen etwas holprigen Sprung mit dem Board aus dem langsam weiterlaufenden Sessel aufzufangen. Dann erwartete mich direkt an der Bergstation auf fast dreitausend Metern Höhe eine urige Skihütte und davor eine große Sonnenterrasse mit Holztischen und Bänken, auch ein paar Liegen. Obwohl es noch recht früh am Vormittag war, war sie schon gut besucht, von Frauen und Männern, jüngeren und älteren, die alle ihre winterliche Vermummung abgelegt hatten und sich in T-Shirts und mit dunklen Brillen auf der Nase der Sonne entgegenstreckten, diverse Cremes griffbereit neben sich. Auf einmal klang ein summendes *ommm* zu mir herüber, das von einer Gruppe von Frauen ausging, die einen Kreis neben der Hütte gebildet hatten und dort tatsächlich Yoga machten. Es hatte sich also doch etwas verändert in meiner alten Skiheimat.

Ich sparte mir die Einkehr in die Hütte für später auf, setzte meinen Sturzhelm auf und ließ mich in die Piste fallen, probierte ein paar erste Schwünge. Es fühlte sich gut an. Noch einige weitere Schwünge und ein Sprung über einen Buckel, dann machte ich halt, um vor der langen Abfahrt das Panorama zu genießen. Hinter mir hatte ein vermummter Skifahrer in einem roten Skianzug, das Gesicht von Helm und Schneebrille verdeckt, ebenfalls abgeschwungen, und als ich wieder losfuhr, setzte auch er sich wieder in Bewegung. Ich fuhr ein paar Kurven. Er blieb hinter mir, als würde er einem Skilehrer in dessen Spur folgen. Ich fuhr weiter, kam immer besser ins Schwingen, der Typ blieb wie angeklebt hinter mir. Ein paar Mal hielt ich an, er ebenfalls, immer im gleichen Abstand zu mir. Was wollte er von mir? Man konnte in seiner Montur gar nichts von ihm erkennen, außer einer grauen Strähne, die aus dem Helm seitlich herausfiel. War das vielleicht der ältere Mann, der am Nebentisch in der Bar gesessen und mein Gespräch mit Raffaella belauscht hatte? Jetzt folgte ein weniger steiles Stück Piste, und ich ging in Schussfahrt. Er blieb mir auf den Fersen, und mit wachsender Irritation fasste ich einen Plan, um ihn loszuwerden. Noch ein paar Hundert Meter, dann würde ich den Abzweig zum Couloir erreichen. Ich raste darauf zu, bog dann im letzten Moment für meinen Verfolger überraschend dorthin ab, warf noch einmal einen schnellen Blick über die Schulter zurück, sah, dass er angehalten hatte, offenbar zögerte. Für mich gab es jetzt kein Zurück mehr. Ich musste durch den Couloir. Ein unfreiwilliges Abenteuer, das ich nicht ganz stilsicher, aber ohne Sturz hinter mich brachte. Am Ende der Rinne atmete ich tief durch, blickte nach oben. Niemand zu sehen, der Typ war mir nicht gefolgt. Hatte ich mir die Verfolgung eingebildet? Wenn es so war, musste ich mir langsam selbst einen handfesten Verfolgungswahn attestieren. Erst der vermeintliche Verfolger an den *Muretti*, dann der Albtraum, jetzt das. Aber ich hatte mir ja vorgenommen, mich nicht einschüchtern zu lassen, schon gar nicht von meiner Phantasie. Wenn es denn eine war …

Die Abfahrt durch den Couloir steckte mir in den Knochen, und ich ging daher den Rest meines Skitages ruhiger an. In weiten Kurven fuhr ich gemütlich hinunter ins Dorf, nahm dort am Parkplatz, der inzwischen doch voll besetzt war, wieder den Sessellift, der mich zurück zur Hütte auf den Gipfel brachte. Unterwegs hatte ich jetzt weniger Augen für das Alpenpanorama, hielt stattdessen ständig Ausschau nach dem Vermummten im roten Skianzug, konnte ihn aber nirgendwo entdecken.

Und diesmal ließ ich, oben angekommen, die Hütte nicht links liegen, mied aber die Terrasse, die nun vollkommen überfüllt war. Drinnen in dem ganz aus Lärchenholz gezimmerten Gastraum fand ich es ohnehin viel schöner. Wenn man aus dem grellen Sonnenlicht kam, war es zwar etwas dämmrig, aber an den langen Holztischen gab es viel Platz, und anders als draußen kam kein Gedudel aus Lautsprechern, sondern es herrschte eine wunderbare Ruhe. Ich bestellte mir aus nostalgischen Gründen eine Portion Polenta mit Wildschweinragout und Steinpilzen, ein Gericht, das ich inzwischen sehr mochte, trank dazu ein Glas Rotwein, verzichtete aber auf den Espresso danach, ging dann doch hinaus auf die Terrasse, die sich inzwischen halb geleert hatte und schon im Halbschatten lag, legte mich in einen der frei gewordenen Liegestühle, hüllte mich in eine Wolldecke und schlief tief und traumlos eine gute Stunde, bis mich mein Handy weckte. Es war einer meiner Patienten, ein Mann um die vierzig, der schizophren war und sich seit einiger Zeit auf einen psychotischen Schub zubewegte. Ich hatte ihm daher für alle Fälle meine Telefonnummer gegeben. Am Telefon wirkte er ruhig und klar, bat mich aber um ein Gespräch, möglichst bald und nicht zu seinem planmäßigen Termin, der erst in vier Tagen anstand. Ich überlegte, beschloss, auf Nummer sicher zu gehen, und schlug ihm vor, noch am nächsten Tag am frühen Abend zu mir in die Praxis zu kommen. Aus unerfindlichen

Gründen war ich zuversichtlich, dass es mir gelingen würde, rechtzeitig das Dorf zu verlassen.

Ich hatte mich nicht getäuscht. Als ich am Sonntagmorgen im Hotel beim Frühstück saß, überbrachte mir Silvia mit dem Cappuccino die gute Nachricht, dass die Straße frei war. Ich beschloss, sofort abzufahren, bevor womöglich doch wieder etwas passierte, denn nach wie vor taute es heftig, und es hatte sich an der lawinenträchtigen Situation nichts verändert. Ich hatte gut geschlafen, ohne Tabletten und ohne Albtraum und auch ohne einen Gedanken an den Typen im roten Skianzug. Bis zum späten Nachmittag war ich noch Ski gelaufen, und er war mir nirgendwo mehr begegnet.

Gleich nach dem Frühstück packte ich meine Sachen und brachte sie zum Auto, schaute aber, bevor ich startete, noch bei Raffaella vorbei, die den Lebensmittelladen auch sonntags offen hielt.

»Toll, dass wir uns mal wiedergesehen haben«, sagte sie strahlend. »Und vielleicht kommst du ja noch mal wieder, bevor der Kleine auf der Welt ist.«

»Ja, das wäre schön. Ich schau mal, was sich machen lässt«, antwortete ich, und wir nahmen uns in den Arm wie gute Freundinnen. Ich spürte, dass sie mir dabei diskret etwas in meine Jackentasche steckte, tat aber so, als bemerkte ich es nicht. Als ich im Auto saß, schaute ich nach, was es war. Es war ein Zettel, und darauf hatte sie eine Adresse notiert: Peter Maier, Ringstraße 44, 81695 Oberharlachhausen.

10

Die Straße ins Tal hinunter war geräumt, aber immer wieder überschwemmt von Tauwasser, und dort, wo die Lawine heruntergekommen war, hatte man in die gewaltigen Schneemassen eine Bresche geschlagen. Die hatte ich schon nach ein paar Metern durchquert, aber auch danach war mir in Francas Alfa noch etwas mulmig zumute, da es weiter rundum stetig unter der brennenden Sonne tropfte, und ich mich fragte, ob die Lawinengefahr wirklich gebannt war. Aber die Straße war ja freigegeben, und darauf konnte man sich eigentlich verlassen. Ein paar Kilometer und einige Serpentinen später war es dann ohnehin vorbei mit der Winterlandschaft, schlagartig wurde es Frühling, ein Szenenwechsel, den ich ungleich stärker wahrnahm als auf der Hinfahrt – kein glitzerndes Weiß mehr, sondern sattgrüne Almen, Lärchenwald und ins Tal rauschende, von der Schneeschmelze randvolle Bäche. Das war das Wasser, das schließlich auch im Po landete, dachte ich, und das – neben dem Dauerregen – dafür gesorgt hatte, dass der Flusspegel in letzter Zeit so kräftig gestiegen war.

In Gedanken noch immer oben auf dem Berg und der Piste, landete ich schließlich fast wie automatisch gesteuert auf der Autobahn, die aus dem Aostatal bis nach Turin führt. Aber auf der Höhe von Ivrea gab ich einem plötzlichen Hungergefühl nach und verließ die *autostrada*, um in das Städtchen an der

Dora zu fahren und mir dort ein Restaurant zu suchen. Nach ein paar Kilometern auf der Landstraße erreichte ich eine größere Kreuzung, überquerte sie und war schon gut hundert Meter weiter, als mir auffiel, dass ich dort ein Schild wohl wahrgenommen, aber doch nicht weiter beachtet hatte. Wenn ich nicht irrte, hatte es den Weg ins Valchiusella gewiesen, also dorthin, wo sich der unterirdische Tempel befand, jener Ort namens Damanhur, den Ennio kürzlich erwähnt hatte und der auch im Adressbuch von Laura de Magris auftauchte – und das keine zwanzig Kilometer entfernt. Ich sah auf die Uhr. Warum nicht?

Ich fuhr also wieder auf die Berge zu, aber die Dreitausender mit ihren schneebedeckten Gipfeln waren nur noch eine Hintergrundkulisse über einer sehr grünen und harmonischen Hügellandschaft. Schließlich passierte ich einen von der aufgestauten Chiusella gebildeten See, um im Dorf Vidracco anzukommen, wo mich eine Überraschung erwartete. Statt vor einer Tempelanlage stand ich vor einem nüchternen, mit vielen Fenstern originell gestalteten Flachbau, der, wie ich später erfuhr, früher ein Betrieb des legendären Büromaschinenherstellers Olivetti war und in dem heute der Empfang der Damanhur-Gemeinschaft untergebracht ist. Was für eine Ironie der Geschichte, dachte ich, dass die Esoteriker ausgerechnet dort untergeschlüpft sind, wo einst die aus Ivrea stammenden Pioniere des italienischen Industriedesigns und einer rationalistischen Architektur gewirkt haben. Aber vielleicht hätten die Olivettis das sogar ohne allzu großes Murren hingenommen, denn Vater und Sohn waren nicht nur erfolgreiche und innovative Unternehmer, sondern strebten auch eine Industriekultur an, in der soziales Engagement ein wichtiger Bestandteil war, und sie waren angefeuert von der Idee der *comunità*, einer gelebten Gemeinschaft, einem Miteinander von Angestellten und Unternehmern.

Der Platz vor dem großen Gebäude, auf dem ich die Giulia parkte, war voll gestellt mit Autos, darunter einige mit ausländischen Kennzeichen. Auch das war unerwartet. Auf dem Weg zum Eingang kam mir dann schon ein junger Mann entgegen und blieb lächelnd vor mir stehen. »*Con te*«, sagte er, und ich glaubte zu verstehen, dass das die hier übliche Begrüßung war.

»*Buongiorno*, ich bin Camilla«, erwiderte ich und dass ich zum ersten Mal hier sei und mir ein Bild von der spirituellen Gemeinschaft machen wolle. Das Wort Sekte nahm ich nicht in den Mund.

»*Benvenuta*, Camilla«, sagte er immer noch lächelnd und stellte sich mir als Delfino Cocco vor. Das erinnerte mich an Ennios Bemerkung, dass die Damanhurianer alle einen Doppelnamen annahmen, den eines Tieres und den einer Pflanze. Der junge Mann hatte aber nicht nur einen besonderen Namen, sondern auch einen markanten Akzent, und es stellte sich heraus, dass er aus Berlin kam und vor einem Jahr nach Italien gezogen war, um sich der Gemeinschaft anzuschließen. Ich ließ ein paar Brocken Deutsch fallen – Sprachkenntnisse, die ich meinem Großvater verdanke, der sie aus seiner Zeit in München mitgebracht und an mich weitergegeben hat –, und das gefiel dem Delphin und wir blieben dabei. Er führte mich in das Café des Zentrums, das auch ein Restaurant ist. Gleich nebenan gibt es einen Bio-Supermarkt und einen Verkaufsraum mit Devotionalien wie esoterischen Ratgebern und Schmuckstücken, Tarotkarten und von Künstlern der Gemeinschaft hergestellten Mosaiken, im Untergeschoss dann weitere Läden, ein medizinisches Zentrum und einen Konferenzraum, der Adriano Olivetti gewidmet ist, was mich im ersten Moment positiv überraschte, um mich bei genauerer Überlegung allerdings zu fragen, ob dem zutiefst demokratischen Unternehmer diese namentliche Aneignung durch Mitglieder einer Sekte dann nicht doch zu weit gegangen wäre.

»Ich kann dir ein bisschen etwas über uns erzählen, aber um die Anlage zu besichtigen, muss man sich vorab für eine Führung anmelden«, sagte der Delphin, als wir uns in dem Café gegenübersaßen, »und das kostet auch etwas.«

»Spontan geht das also nicht?«, insistierte ich.

Er schüttelte den Kopf, und ich ließ mir meine Enttäuschung nicht anmerken, überlegte kurz, ob ich gleich wieder aufbrechen sollte, aber dann fiel mein Blick auf die Speisekarte, woraufhin sich unmittelbar mein leerer Magen meldete und ich mir eine Minestrone bestellte. »Dann erzähl mir mal etwas«, forderte ich den jungen Mann auf, als die Suppe serviert war und auch der Espresso, den ich ihm spendiert hatte. »Wie viel Leute seid ihr denn hier?«

»Rund fünfhundert«, gab er mit einem Anflug von Stolz zurück. »Und zwar von überall her, nur etwa die Hälfte sind Italiener.«

»Und du, was machst du hier?« Ich nahm einen Löffel von der Minestrone, die sehr lecker war und mich augenblicklich in eine entspanntere Stimmung versetzte.

»Ich kümmere mich um den Empfang. Also um Menschen wie dich.« Er strahlte. Ich überlegte, wie alt er wohl war. Vielleicht Mitte zwanzig, dachte ich, vielleicht aber auch jünger. Der Bart in seinem freundlichen Gesicht und eine Brille mit dunklem Gestell und runden Gläsern machten ihn wahrscheinlich älter.

»Und sonst? Was tun die Leute hier alle?«

»Viele arbeiten in einem eigenen Betrieb, züchten zum Beispiel Vieh, stellen Käse her oder haben eine Weberei. Andere, die hier leben, sind Ärzte oder Unternehmer, arbeiten aber außerhalb. Damanhur ist ein richtiger kleiner Staat im Staat, mit allem, was dazugehört, einer Hauptstadt, einer Schule, einer Bank und einer eigenen Währung. Und übrigens ist auch der Bürgermeister hier in Vidracco einer von uns.«

»Und warum seid ihr gerade hier?«

»Weil genau an diesem Ort ein Kraftzentrum ist, in dem sich vier Energielinien kreuzen.« Er bemerkte meinen ratlosen Blick und fuhr fort: »Also, diese Linien, das ist so was Ähnliches wie magische Autobahnen, die über die ganze Erde verlaufen …«

Er brach ab, spürte wohl, dass er auch mit dieser zusätzlichen Erläuterung bei mir auf ziemlich taube Ohren stieß, leerte seinen Espresso, erhob sich schon halb, während ich meine Minestrone bis auf den letzten Rest auslöffelte und dann eilig versuchte, noch die Frage loszuwerden, die mich wirklich umtrieb. »Kanntest du vielleicht die Signora de Magris?«, erkundigte ich mich in möglichst beiläufigem Ton.

»Natürlich kannte ich die«, antwortete er und ließ sich zurück auf seinen Stuhl fallen. »Sie war ja oft hier. Und wenn die hier aufgetaucht ist, war sie nicht zu übersehen. Das war dann immer so, als würde uns eine Königin einen Besuch abstatten.«

»So eindrucksvoll?«

»Ja, das war es. Eine tolle Frau.«

»Sie ist also regelmäßig hier gewesen?«

»Ja, bis man sie dann vor ein paar Monaten unter einer Brücke in Turin tot gefunden hat, wahrscheinlich ermordet. Aber das weißt du doch, oder? Deshalb bist du doch hier, vermute ich.«

Der junge Mann war nicht auf den Kopf gefallen. Es rächte sich, dass ich mir bei meiner spontanen Anreise nicht überlegt hatte, wie ich vorgehen wollte, um etwas über Laura de Magris in Erfahrung zu bringen. Ich dachte kurz nach, entschied mich dann für die schon erprobte Lüge, auch wenn ich mit der bei der Séance in Turin auf die Nase gefallen war. »Ja, natürlich weiß ich das«, sagte ich. »Sorry, das hätte ich gleich erwähnen sollen. Ich war mit ihr befreundet. Sie hat mir von eurer Gemeinschaft erzählt. Und das hat mich neugierig gemacht.«

»Dann müsstest du doch eigentlich wissen, dass sie regelmäßig hierherkam. Normalerweise einmal im Monat, immer zum Orakelritus.«

»Orakelritus?«

»Das ist eine unserer wichtigsten Zeremonien, die feiern wir in jedem Monat in der Vollmondnacht, und das Orakel gibt uns dann Antworten auf unsere Fragen.«

Das schien ein eigenartiges Ritual zu sein, unter dem ich mir nichts vorstellen konnte, aber so tief in die esoterische Materie wollte ich gar nicht eindringen und mich vor allem nicht von meinem eigenlichen Thema ablenken lassen. »Und da war meine Freundin immer dabei?«, fragte ich.

»Ja, das hat sie nur ganz selten ausgelassen. Und sie hatte dann wie gesagt immer einen großen Auftritt. Obwohl sie gar nicht viel dafür getan hat, im Gegenteil. Sie war ja eine sehr schöne Frau mit einer besonderen Ausstrahlung. Aber wem erzähle ich das. Du kanntest sie ja besser als ich.«

»Das stimmt. Das interessiert mich aber trotzdem.«

»Sie war immer ganz in Weiß gekleidet und sehr elegant. Und sie wirkte sehr nachdenklich, geradezu philosophisch, jedenfalls hat sie das Orakel immer Sachen gefragt, die mich beeindruckt haben. Zum Beispiel, was ihre Aufgabe im Leben ist oder ob Menschen von Natur aus gut sind, ob Wahrheit relativ ist, solche Sachen. Als ich nach ihrem Tod die Zeitungsberichte über sie gelesen habe, hatte ich das Gefühl, da würde eine völlig andere Frau beschrieben. Hier bei uns war sie oft eher in sich gekehrt und hat überhaupt kein Aufhebens um sich gemacht, obwohl sie ja in Turin offenbar eine Art VIP war, das haben jedenfalls alle erzählt. Ihr Mann soll ja ein hohes Tier bei Fiat sein.«

»Sie hat mal einen Lupo Rucola erwähnt. Kennst du den? Lebt der hier auch in eurer Gemeinschaft?«

»Ja, Lupo ist Yogalehrer, und die Signora hat an seinen Kursen teilgenommen. Der ist aber zurzeit in den USA. Da hat es dann allerdings kurz vor ihrem Tod diesen Zwischenfall gegeben. Davon hat sie dir bestimmt erzählt.«

Ich schüttelte den Kopf. »Zwischenfall? Nein, davon weiß ich nichts.«

»Sie ist von einer Frau mit einem Messer attackiert worden. Das war kurz bevor sie in Turin tot aufgefunden worden ist.« Er sah mich an, las mir meine Ahnungslosigkeit vom Gesicht ab und fuhr fort: »Es ist aber nichts passiert, es war ein normales Speisemesser, nicht besonders scharf, und die anderen Leute aus dem Kurs haben die Frau sofort festgehalten.«

»Davon wusste ich nichts. Sie ist wohl nicht mehr dazu gekommen, mir das zu erzählen. Und warum hat diese Frau das getan?«

»Aus Eifersucht. Sie hat sich eingebildet, dass die Signora ihr den Mann wegnehmen wollte. Es ist natürlich so, dass in unserer Gemeinschaft – wie im Übrigen überall – auch Leute Unterschlupf finden, die psychische Probleme haben. Das war wohl bei ihr der Fall. Es gab jedenfalls keinerlei Anlass für ihre Eifersucht. Hier bei uns zumindest war die Signora nämlich das Gegenteil des Vamps, den die Zeitungen nach ihrem Tod aus ihr gemacht haben. Natürlich haben sich einige Männer für sie interessiert, aber darauf ist sie gar nicht eingegangen, das war nicht das, was sie hier gesucht hat.«

»Und was hat sie gesucht?«

»Müsstest du das nicht viel besser wissen als ich? Ich würde sagen, sie war auf der Suche nach sich selbst, wollte zu sich finden und Antworten auf wesentliche Fragen des Lebens erhalten. Manchmal habe ich gedacht, dass sie auch eine sehr traurige, vielleicht sogar verzweifelte Seite hat und daher immer auf der Suche ist. Nach Sinn, nach Tiefe, so was.«

»Und was ist dann nach dem Vorfall mit der Messerstecherin passiert?«

»Es wurde nicht an die große Glocke gehängt. Sie hat uns dann gleich verlassen, noch am selben Tag. Gewalt ist hier nicht akzeptiert. Aber mit dem Tod der Signora de Magris hat sie bestimmt nichts zu tun, falls du das vermutest.« Er setzte seine Brille ab, strich sich das Haar aus der Stirn, sprach dann weiter: »Deine Freundin wird hier jedenfalls sehr vermisst. Sie war nicht nur eine eindrucksvolle Erscheinung, sie hat außerdem auch viel für unsere Gemeinschaft getan.«

Ich sah den Delphin fragend an.

»Sie war sehr großzügig. Aber darüber weiß ich nichts Genaueres. Es soll angeblich eine Menge Geld geflossen sein.«

Ich insistierte nicht weiter, um den sympathischen Deutschen nicht zu sehr in Verlegenheit zu bringen und mich nicht verdächtig zu machen. »Willst du das Gelände und den Tempel immer noch besichtigen?«, fragte er mich plötzlich.

»Ja, klar, aber ich dachte, das geht nicht?«

»Da du mit der Signora de Magris befreundet warst, mache ich eine Ausnahme und bringe dich dorthin. Wir müssen aber erst ein Stück mit deinem Auto fahren, wenn das für dich okay ist«, sagte er charmant lächelnd und mit der Brille wieder auf der Nase.

Ich nickte ihm hocherfreut zu, bezahlte an der Theke und erhielt mein Wechselgeld zu meinem Erstaunen in *Credito*, der Währung der Damahurianer. Erst wollte ich es gar nicht annehmen, aber dann steckte ich es doch ein. Vielleicht würde ich es später noch als Trinkgeld gebrauchen können.

Wir waren ein kurzes Stück mit meinem Auto gefahren und spazierten nun an Steinkreisen, Skulpturen und einem Teich vorbei, in dessen Nähe Steine kunstvoll aufeinandergestapelt waren. Altäre seien das, erläuterte der Delphin, die dem Wasser, dem Wind, der Erde und der Sonne gewidmet seien. Schließlich erreichten wir ein weitläufiges, in Stufen ansteigendes Areal, auf beiden Seiten umgeben von hoch aufragenden und bunt bemalten Säulen, ganz oben dann wieder ein Altar.

»Das ist unser offener Tempel«, sagte der junge Berliner, »da kommen wir zum Beispiel in den Vollmondnächten zusammen, von denen ich dir erzählt habe und zu denen auch deine Freundin immer erschienen ist. Du kannst gern einmal dazukommen.«

Ich blieb ihm die Antwort auf diese Einladung schuldig, und wir setzten schweigend unseren Weg fort, bis wir zu einigen mit Blumen und riesigen Insekten bemalten Häusern gelangten. »Lebst du in einem dieser Häuser?«, fragte ich.

»Ja, in dem dort hinten.«

»In so einer Art Wohngemeinschaft?«

»Ja, wir sind zwanzig Personen in unserem *nucleo*, so nennen wir das hier, es gibt aber auch kleinere.«

»Zwanzig? Wow, das ist viel. Und das geht gut?«

»Meistens«, erwiderte er mit einem hintergründigen Lächeln und fuhr fort, ohne mir einen Moment zum Nachhaken zu gönnen: »Wenn du dir wirklich noch die Tempelanlage ansehen willst, Camilla, musst du eine Führung mitmachen, und die beginnt in einer halben Stunde. Die ist eigentlich ausgebucht, aber das kriege ich hin. Das ist allerdings noch ein ganzes Stück entfernt und kostet außerdem achtzig Euro.«

»Euro, nicht *Credito*?«, fragte ich lächelnd.

»Euro.« Er grinste zurück. Wir hatten einen Umgangston miteinander gefunden. Ich mochte diesen Mann, der mir gar nicht so verrückt vorkam und der offenbar sogar Humor hatte.

Vor dem unscheinbaren Eingang zu dem unterirdischen Tempel hatten sich schon einige Besucher versammelt, mehr Frauen als Männer und alles Italiener, und kaum war ich bei ihnen angelangt, ging es los. Ich hatte gerade noch Zeit, dem Delphin die achtzig Euro und dazu die *Credito* aus dem Café in die Hand zu drücken, dann verabschiedete er sich mit einer angedeuteten Verbeugung. Die junge Frau, die sich als *farfalla*, Schmetterling, vorgestellt hatte, und uns nun führte, öffnete eine aus groben Brettern gezimmerte Tür, dahinter ging es in einen engen, in die Erde getriebenen und mit Malereien verzierten Gang. Dann weiter in die Tiefe, bis wir in ein weitläufiges Labyrinth kamen, das wie ein mehrstöckiges Haus aus verschiedenen Kammern und riesigen, mit unzähligen Bildnissen und Mosaiken ausgeschmückten Sälen besteht. Ich war sprachlos. Das Interieur dieses Tempels kann fast schon mit dem Prunk katholischer Kirchen mithalten, ist nur ganz anders, sehr bunt, zum Teil naiv naturalistisch und kitschig, hier und da auch wieder eindrucksvoll künstlerisch, mit Marmorböden, vielen Mosaiken und buntem Glas, und ich fragte mich, wie es einer kleinen Gruppe hatte gelingen können, dies alles eigenhändig in diese Tiefe zu setzen und derart opulent zu gestalten. Und wie das außerdem über viele Jahre hinweg unbemerkt gelingen konnte, war mir erst recht rätselhaft. Jedenfalls leuchtete mir ein, dass die Behörden den Tempel dann doch nicht hatten zerstören wollen, auch wenn er illegal errichtet worden war. Trotzdem ließ mich das alles eigentümlich kalt. Wahrscheinlich auch, weil mir noch die Episode durch den Kopf ging, von der mir der Berliner erzählt hatte. Konnte die eifersüchtige Frau die Mörderin der *Signora in rosso* sein, fragte ich mich. Nach allem, was der Delphin dazu gesagt hatte, war das vollkommen unwahrscheinlich. Aber zumindest musste ich herausbekommen, was aus ihr geworden war. Allerdings war ich mir sicher, dass diese Spur auch den Turiner Ermittlern nicht verborgen geblieben war und sich daher vermutlich schon längst erledigt hatte. Ich würde aber trotzdem Ennio bitten, das für mich herauszufinden.

Der Besuch des Tempels hatte sich hingezogen, und als ich wieder beim Auto ankam, war es spät geworden, und ich hatte es nun eilig, nach Turin zurückzukommen, wo ich von meinem Patienten erwartet wurde. Auf der Fahrt wanderten meine Gedanken ständig hin und her zwischen dem, was ich über Laura de Magris erfahren hatte und meinen Eindrücken dieses Nachmittags. Der Tempel hatte mich überrascht, der kreative Elan zweifellos beeindruckt, aber ich war auch misstrauisch. Der Elan konnte der von Eiferern sein, und das bunte und freundliche Erscheinungsbild der Gemeinschaft konnte selbstverständlich täuschen. Was nach außen ziemlich offen wirkte, war nach innen womöglich eine geschlossene, undemokratische Gemeinschaft, in der Kontrolle und Gruppenzwang herrschten, Kritik unmöglich war und der Abschied von der Familie von den Mitgliedern verlangt wurde. Ich hielt es nicht für ausgeschlossen, dass der eine oder andere unter den Damhurianern irgendwann in einer Praxis wie meiner landete. Aber andererseits fand vielleicht mancher von ihnen gerade durch den Zusammenhalt in einer solchen Gemeinschaft Halt. Gehörte die Messerstecherin zu der einen oder anderen Gruppe? Ich wusste es nicht. Zweifellos stellten sich mir mehr Fragen, als ich Antworten hatte. Im Übrigen auch, was die Signora de Magris anging.

Ich erreichte meine Praxis eine Viertelstunde vor meinem Patienten, und schon auf dem Weg zur Haustür sah ich, dass in meinem Briefkasten ein flaches Paket steckte. Ich nahm es in die Hand, wog es, betrachtete es von allen Seiten. Es war nicht besonders schwer, und jemand musste es persönlich vorbeigebracht haben, denn es stand nur mein Name drauf und war nicht frankiert. Ich nahm es mit in die Praxis und riss dann noch im Mantel ungeduldig die Verpackung auf. Zum Vorschein kam ein Fotoalbum, eines von der Sorte, die man heutzutage selbst online zusammenstellt und dann gedruckt und gebunden zurückerhält. Ich warf einen schnellen Blick hinein und wusste sofort, von wem es kam. Unter den ersten Seiten entdeckte ich beim Blättern einen handgeschriebenen Zettel, nur ein paar Zeilen in einer akkuraten Schrift und von Alba de Magris unterschrieben. Das Album mit den Familienbildern habe ihre Mutter ihr zum 18. Geburtstag geschenkt, schrieb sie, und sie hatte hinzugefügt: *Da sehen Sie sie mal, also meine Mutter, nicht die Frau in Rot.* Ich steckte alles zurück in den Umschlag. Dafür hatte ich an diesem Tag keine Energie übrig. Und auch keine Zeit, denn es klingelte, und mein Patient stand vor der Tür.

11

Es war bereits nach Mitternacht, und ich saß mal wieder an der Bar im *Azimut*, einen Gin Tonic vor mir, der dritte dieses Freitagabends. Ich war allein dorthin aufgebrochen, ohne Franca, die noch nicht wieder ganz gesund war. Ein jähe Frühlingslaune hatte mich zum Beginn meines Wochenendes in die Disko getrieben, jetzt, wo der Dauerregen aufgehört hatte, laue Lüfte durch Turin wehten und der Vollmond am wolkenlosen Nachthimmel stand. Sogar der Po hatte sich beruhigt. Im *Azimut* war viel los, ein DJ legte auf, die Bässe dröhnten bis in die Magengrube, und die Tanzfläche war überfüllt. Das alles konnte ich gut gebrauchen, auch wenn es eine ganz neue Erfahrung für mich war, allein auszugehen und auf diese Weise abzuschalten. Auch drei Gin Tonics hintereinander hatte ich noch nie in meinem Leben getrunken. Aber es tat gut.

Hinter mir lag eine arbeitsame Woche. Angefangen hatte es mit meinem Patienten vom Sonntagabend, bei dem tatsächlich ein psychotischer Schub begonnen hatte, sodass ich ihn zu seinem eigenen Schutz noch am selben Abend in die psychiatrische Ambulanz gebracht hatte. Er war schon der zweite meiner Patienten innerhalb von gut zwei Wochen, der stationär behandelt werden musste, und an mir begannen Selbstzweifel zu nagen. Hatte ich womöglich einen falschen Weg in der Therapie eingeschlagen? Zugleich ärgerte ich mich darüber, dass ich mich so verunsichern ließ, wo ich doch meistens sehr gute Erfolge mit meinen Behandlungen erzielte.

Gleich am nächsten Morgen rief ich meinen Supervisor an, der verstand, dass es dringlich war, und mich noch am selben Abend empfing. Dottore Andrea Ferlaino ist ein drahtiger Typ, fast achtzig Jahre alt und ein wenig professoral im Auftreten, aber wach, menschenklug und lebenserfahren. Es wurde ein ausführliches Gespräch, bei dem er mir lange konzentriert zuhörte, während ich mein Vorgehen bei den beiden Patienten schilderte, und als er das Wort ergriff, hinterfragte er zwar einige Details, stellte es aber nicht grundsätzlich infrage. Dann schwieg er, schien nachzudenken, wirkte fast ein wenig abwesend, hob schließlich den Kopf und fragte: »Kann es sein, dass Sie nicht ganz bei Ihren Patienten, sondern zurzeit sehr mit sich selbst beschäftigt sind?« Ich nickte. Die erstaunliche Intuition dieses Mannes war mir nicht neu. »Ich vermute«, fuhr er fort, »es geht dabei um Ihr altes Thema, wenn ich so sagen darf: Ihre Sollbruchstelle, also das Verschwinden Ihrer Mutter?« Er lächelte mich entwaffnend an. Erwischt, dachte ich. Letztlich ist es bei uns Psychoanalytikern doch nicht anders als bei unseren Patienten: Es hilft, seine wunden Punkte, die Muster, denen unser Verhalten folgt, besser zu kennen, all die vergangenen großen und kleinen Verletzungen der Seele, aber es räumt sie noch lange nicht aus dem Weg. »Ja«, gab ich zu, »und ich habe mich da in eine Geschichte verrannt, die mich daran erinnert.«

»Geht es um eine Patientin?«

Ich nickte wieder, auch wenn Alba das nicht im eigentlichen Sinn war. Und schon hatte der kluge Dottore mich zu dem Entschluss gebracht, in Zukunft meine Finger von dem Fall der *Frau in Rot* zu lassen, weil ich in diesem Augenblick sofort begriff, dass ich Dinge miteinander vermischte, die besser getrennt blieben und dass das weder mir noch meinen Patienten guttat.

In den folgenden Tagen hielt ich mich eisern an diesen Entschluss. Das Fotoalbum von Alba und die Presseberichte lagen seither unangerührt im Regal, und auch sonst hatte ich keine Schritte mehr unternommen, weder nach Peter Maier gesucht noch nach der Messerstecherin aus Damanhur. Zu meiner Überraschung fiel mir das sogar weniger schwer als gedacht, was bestimmt auch daran lag, dass es sehr viel in der Praxis zu tun gab und mir kaum Zeit für andere Beschäftigungen blieb. Außerdem war ich wohl der Nachforschungen ohnehin ein wenig müde geworden, denn letztlich hatten sie alle zu nichts geführt. Auch von Alba hatte ich nichts mehr gehört, und für mich stand fest, dass ich bei der Kollegin, an die ich sie verwiesen hatte, auf keinen Fall nachfragen wollte. Und dass Alba selbst sich an die Verabredung hielt, abzuwarten, dass ich mich bei ihr meldete, war ein gutes Zeichen. Ich hoffte, dass sie mich sogar gar nicht mehr brauchte und ich die ganze Geschichte vergessen konnte.

Jetzt saß ich also im *Azimut*, und mein dritter Gin Tonic war geleert.

»Willst du noch einen?«, fragte der Barkeeper, der Gianni hieß, was er mir schon nach dem ersten Drink in vertraulichem Ton mitgeteilt hatte, wie ein Privileg, das er mir als einer der wenigen Auserwählten unter seinen Gästen angedeihen ließ. Den ganzen Abend hatte ich immer mal wieder mit ihm geplaudert, unterbrochen von ein paar Tanzeinlagen zu den Sommerhits, die der DJ in der warmen Frühlingsnacht schon etwas verfrüht auflegte und die mich richtig ins Schwitzen brachten. Diesmal hatte ich das Gespräch mit dem Barkeeper nicht auf Laura de Magris gebracht.

»Nein danke, ich glaube, ich habe genug. Ich sollte wohl langsam mal nach Hause gehen.«

»Dann einen Espresso?«

»Nein, auch besser nicht.«

»Soll ich dir vielleicht ein Taxi rufen?«, fragte er.

Der Gin hatte meine Zunge wohl gelockert, und so hatte ich ihm von meinem vermeintlichen Verfolger auf dem letzten Heimweg erzählt und ihn auch auf meinen geheimnisvollen Thekennachbarn angesprochen, an den und an das umgeworfene Glas er sich erinnerte.

»Nein, lass mal, aber danke«, antwortete ich, wohlgelaunt wie ich war und außerdem darauf bedacht, bloß keine diffusen Ängste von mir Besitz ergreifen zu lassen, daher entschlossen, auch dieses Mal wieder zu Fuß durch das nächtliche Turin nach Hause zu gehen. Zudem war ich inzwischen fest überzeugt davon, dass ich mir den Verfolger am vergangenen Samstag nur eingebildet hatte.

»Oder, wenn du noch eine Stunde ausharrst«, sagte Gianni, ein bauchiges Glas mit seinem weißen Geschirrtuch ausgiebig polierend, sodass ich genug Zeit hatte, die Tätowierungen an seinem freien Arm zu bewundern. »Dann ist hier Schluss für mich, und ich könnte dich nach Hause bringen ...« Er unterbrach das Polieren, sah mir in die Augen und setzte ein vielsagend charmantes Lächeln auf.

»Nein, auch das besser nicht«, gab ich grinsend zurück. Ganz so benebelt war ich dann doch nicht.

Mit schwerem Kopf und brennendem Durst erwachte ich am nächsten Morgen, quälte mich aus dem Bett und riss die Fenster und Klappläden weit auf, um die Frühlingsluft hereinzulassen. Noch konnte ich von meiner Wohnung aus den Po sehen, aber lange würde es nicht mehr dauern, bis er sich hinter dem jungen Grün der Kastanien und Pappeln am Ufer verstecken und mir fast vollständig aus den Augen geraten würde. Wie er mir jetzt schon fehlte! Aber wenigstens die Hochwassergefahr schien gebannt zu sein.

Zum Frühstücken wie immer in die Bar? Nein. In meiner derangierten Verfassung zog ich es vor, vorerst niemandem zu begegnen und mir lieber auf die Schnelle zu Hause einen Cappuccino und ein Panino mit Käse und Tomaten zuzubereiten, dazu trank ich ein großes Glas Orangensaft. Danach ging es mir deutlich besser und wie an fast jedem Samstagvormittag brach ich mit dem Fahrrad zum Markt an der Porta Palazzo auf, um meinen Wochenendeinkauf zu erledigen.

Ich war spät dran und das Gedränge zwischen den Ständen groß. Ganz Turin deckt sich auf der Piazza della Repubblica mit Lebensmitteln ein, aber dennoch frage ich mich angesichts der Überfülle an Waren stets, wie all diese Berge von Gemüse, Obst, Fleisch und Fisch jeden Tag zu den Leuten kommen. Lebensmittel sind zwar die Haupthandelsware an der Porta Palazzo, aber es gibt so gut wie nichts, so ausgefallen es sein mag, was auf diesem größten Freiluftmarkt Europas nicht zu haben ist. Franca versorgt sich hier regelmäßig mit ihren originellen Secondhandkleidern oder gerne auch mal mit einem schrägen Hut. Sie hat ein Händchen für solche Trouvaillen, während ich selten fündig werde.

Ich bahnte mir den Weg durch das Gedränge zu dem Bauernmarkt hinter der großen Markthalle, wo unter einer schönen gusseisernen Jugendstilüberdachung nur Obst und Gemüse aus der Region verkauft wird. Unterwegs drang das übliche Stimmengewirr an mein Ohr, Italienisch, Piemontesisch und Sizilianisch, hin und wieder auch arabische Fetzen, alles übertönt von Verkäufern, die sich ihre Sonderangebote aus der Kehle schrien. In den letzten Jahren waren auch viele Chinesen und Marokkaner mit ihren Waren auf den Markt gekommen, oft war Ramsch darunter, vor allem bei den Textilien, aber auch wunderbare exotische Lebensmittel, Gewürze und andere Delikatessen. Von allen Seiten stiegen mir die Gerüche dieser kulinarischen

Welten in die Nase, so intensiv, dass es mir fast zu viel wurde. Inzwischen war ich bei Mariella angekommen, meiner Lieblingsverkäuferin, die von Montag bis Samstag von ihrem Biobauernhof in der Nähe von Alba nach Turin angefahren kommt. Trotz der Schlange, die sich an diesem Samstag wie stets vor ihrem Stand gebildet hatte, fand Mariella wie immer Zeit für eine kurze Plauderei mit mir und ließ mich alles Mögliche kosten. Schließlich landeten Ziegenkäse und Büffelmozzarella, Oliven, Brot und Salat, Auberginen, Kartoffeln und ein paar Kräuter in meiner Einkaufstasche, außerdem noch Krabben und Seeteufel vom Fischhändler in einer Halle nebenan. Ugo ist ein Freund meines Großvaters, zwar wesentlich jünger, aber aus demselben sizilianischen Dorf, und er spendiert mir immer noch etwas zu meinem Einkauf dazu, diesmal waren es ein paar pralle sizilianische Zitronen zum Fisch. Mit all dem würde ich wunderbar über das Wochenende kommen, denn viel brauchte ich ohnehin nicht, da ich am Abend mit Ennio verabredet war und am Sonntag zur genesenen Franca ins Café wollte.

Zu Hause bereitete ich mir mit den Auberginen, dem Mozzarella und dem duftenden Basilikum im Ofen eine Parmigiana zu, die ich mir auf meinem kleinen, von der Frühlingssonne bestrahlten Balkon zusammen mit dem knusprigen Weißbrot von Mariella schmecken ließ. Gerade schob ich mir den letzten Bissen in den Mund, als mein Nachbar Vittorio mit Cesare auf seinen Balkon nebenan trat, sich ein Zigarillo entzündete, mich dann entdeckte, weil mir der Terrier seine Schnauze durch das Balkongitter entgegenstreckte und bellte. Vittorio grüßte freundlich, und wir plauderten über das schöne Wetter, den gesunkenen Wasserstand des Po und das glücklich abgewendete Hochwasser. Cesare jaulte währenddessen ein paarmal in meine Richtung, und ich redete mir ein, dass sein Flehen mir und nicht der Parmigiana galt. Vittorio und ich verabredeten noch einen Sonntagsspaziergang, den ich mit seinem jungen Hund unternehmen würde, dann war ich reif für meinen Mittagsschlaf, aus dem ich erst eine Stunde später mit frischen Lebensgeistern erwachte.

Kurz darauf blubberte schon meine Moka auf dem Herd, und Espressoduft zog durch die Wohnung. Das Glück ist immer ein nur ein flüchtiger Moment, und manchmal überfällt es einen ganz plötzlich und man weiß gar nicht, aus welcher Ecke es kommt. Wahrscheinlich spielte eine Rolle, dass ich mich auf Ennio freute, mit dem ich am späten Nachmittag zu einer Lesung im Literaturhaus verabredet war. Warum das plötzliche Hochgefühl mich dazu verleitete, mich wieder der *Frau in Rot* zuzuwenden, kann ich nicht sagen. Sicher ist, dass ich – anders, als ich mir das eingeredet hatte – eben doch noch nicht ganz fertig damit war. Jedenfalls griff ich mir das Fotoalbum von Alba, blätterte zunächst nur ziellos darin herum, wollte es eigentlich mit wenigen schnellen Blicken bewenden lassen. Es war ein Familienalbum wie tausend andere, eine Sammlung von Kinderbildern und älteren Schnappschüssen aus Haus und Garten, die meisten bei festlichen Anlässen aufgenommen. Alles spielte sich in einer weißen Landhausvilla in den grünen Hügeln von Turin ab, einem luxuriösen Wohnsitz, umgeben von einem riesigen, akkurat gepflegten Park mit einem ebenso riesigen Pool. Auch Angestellte tauchten auf den Fotos auf, wie zufällig ins Bild geraten, ein junger Mann in Livree, der einer Gästerunde am Pool Cocktails servierte, die Frauen in bodenlangen Sommerkleidern, die Männer in hellen Anzügen, oder auf einem anderen Foto eine nicht mehr ganz so junge Frau mit weißer Schürze, die auf der Terrasse ein Silbertablett herumtrug und Tramezzini zu knallbunten Drinks reichte. Die Signora de Magris in noch viel jüngeren Jahren stand zweifellos im Mittelpunkt, eine blonde Schönheit, die, so wie es aussah, perfekt die Rolle der Hausherrin gab, *bella figura* in teuer aussehenden Kleidern machte, die mit Volants und viel Tüll schon einen leichten Hang zur Exzentrik verrieten. Ohne Zweifel eine beeindruckende Persönlichkeit, nicht die schrille und etwas abseitige Person, die die Berichterstattung zum Teil aus ihr gemacht hatte. Ihr Mann war nur auf wenigen Bildern zu sehen, hielt sich stets im Hintergrund, immer in feinem Tuch. Wer hatte diese Fotos aufgenommen? Für einen professionellen Fotografen war die Qualität zu schlecht. Alba war häufig abgelichtet, und auf einigen Fotos war noch ein etwas jüngeres Mädchen zu sehen, wahrscheinlich die Tochter von Gästen des Hauses. Alba hatte man zu ihrem sechsten Geburtstag eine goldene Krone ins blonde Haar gebunden, mit einer Sechs in der Mitte. Ich stutzte. Das Foto war leicht verwackelt, und ich nahm es schärfer in den Blick. Aber auch wenn die Bildqualität nicht gut war, gab es keinen Zweifel. Als Sechsjährige hatte Alba eine große, aber vollkommen gerade Nase. Was war da geschehen? Ich blätterte weiter, aber nun tat sich in dem Album eine große Lücke auf, und es gab erst wieder Fotos von der schon jugendlichen Alba, in Internatsuniform, was auch neu für mich war, und mit krummer Nase. Ich blätterte noch einmal zurück zu der Sechsjährigen und stieß auf ein weiteres Foto, auf dem Alba vielleicht zehn Jahre alt war, die Nase gekrümmt. Zwischen den beiden Aufnahmen, der Sechs- und der vermutlich Zehnjährigen, also im Zeitraum von etwa vier Jahren, musste etwas passiert sein, was ihr die eigenwillige Nase eingebracht hatte.

Aber es gab noch etwas anderes auf diesem Foto, was meine Aufmerksamkeit erregte: Alba – mit krummer Nase und geschätzte zehn Jahre alt – saß auf dem Schoß eines Mannes, der nicht ihr Vater war, aber jemand in dessen Alter. Wie viele andere Fotos war auch dieses beschriftet, diesmal mit den Namen der Personen, die sich rund um einen Tisch im Salon des Hauses versammelt hatten, Espressotassen und eine Schale mit Gebäck vor sich. Ein Name fiel mir ins Auge, kam mir bekannt vor. Fabio Ruggieri. Hatte ich den vielleicht in dem Adressbuch von Laura de Magris gesehen? Das war schnell überprüft, und es stimmte. Er war dort verzeichnet, mit Namen und Telefonnummer, was natürlich nicht viel aussagte. Aber irgendwo musste ich noch mehr über ihn gelesen haben. Vielleicht in den Zeitungsberichten, die ich im Internet gefunden und zusammengestellt hatte? Einen Moment zögerte ich, mich wieder in die Geschichte der Signora de Magris hineinziehen zu lassen. Aber wie instinktgetrieben griff ich mir dann doch den Stapel mit den Artikeln zu dem Fall, blätterte sie alle erneut durch. Und tatsächlich wurde ich fündig. Fabio Ruggieri war der ermittelnde Staatsanwalt in der Causa de Magris gewesen – der Mann, der das Verfahren eingestellt hatte. Eine Verwechslung war ausgeschlossen, denn ein Foto neben dem Artikel zeigte unverkennbar den Mann, auf dessen Schoß Alba saß. Ein Jahrzehnt jünger war er auf dem Foto in dem Album zwar mindestens gewesen, aber doch ohne weiteres wiederzuerkennen. Was sagte dieses Foto aus? Dass Ruggieri ein Freund der Familie de Magris war? Was den Verdacht bestärkte, dass er ihnen in dem Verfahren gefällig gewesen sein könnte. Aber wenn dem so war, wie weit mochte seine Gefälligkeit gegangen sein? Hatte er sie mit seiner Entscheidung zur Einstellung der Ermittlung aus den Schlagzeilen holen wollen, aber nicht ohne dafür gute juristische Gründe gehabt zu haben, oder schützte er sie? Wovor? Und hatte er vielleicht selbst einen Grund dafür, der Familie gefällig zu sein? War es ein Geschäft auf Gegenseitigkeit gewesen?

Ich hatte einen bösen Verdacht. Verriet das Foto von ihm und Alba ein Geheimnis? So ein kleines Mädchen auf dem Schoß eines Mannes im besten Alter, das musste nicht, aber das konnte etwas bedeuten, was ich kaum zu denken wagte. Denn vielleicht ging meine Phantasie mit mir durch, und ich sah in einem harmlosen Foto von einem netten Mann, der der Tochter seiner Freunde liebevoll zugewandt war, gleich einen Missbrauchsfall. Ich hatte sofort auch wieder die Szene mit Alba im Parco del Valentino vor Augen, ihren Auftritt mit dem Mann auf der Bank. Konnte es sein, dass sie als Kind missbraucht worden war? Passen würde es, denn ich hatte an ihr leise Anzeichen von etwas erlebt, was ich von Missbrauchsopfern kannte, die Mischung aus sexualisiertem und kindlichem Verhalten. Und wenn das stimmte, welche Rolle hatten dann ihre Eltern gespielt?

Ich versuchte, meine wild wuchernden Assoziationen etwas zu bremsen, denn mir war klar, dass das alles Unsinn sein konnte. Andererseits war es auch nicht abwegig genug, um dem nicht nachzugehen. Ich musste jedenfalls unbedingt mehr über Staatsanwalt Ruggieri wissen.

Ich beschloss, Ennio anzurufen und erwischte ihn in der Straßenbahn auf dem Weg ins Fußballstadion. Das hatte ich vergessen. Es war der Tag des *Derby della Mole*, Juventus gegen den FC Torino, Schwarz-Weiß gegen Granatrot, ein echtes Fußball-Highlight in Turin, und da musste Ennio, der ein großer Fan des FC Torino ist, natürlich auf die Tribüne.

»Kann ich dich trotzdem etwas fragen?«

»Wenn es sein muss. Hat das nicht Zeit bis nachher? Wir sind doch sowieso verabredet. Worum geht es denn? Ich hoffe, nicht um die *Frau in Rot*, dann lege ich lieber sofort auf.«

»Bitte, Ennio.«

»Du kannst ganz schön nerven, Camilla. Aber weil du es bist ... Also leg schon los, es ist allerdings ziemlich laut hier.« Das hätte er nicht erwähnen müssen, denn die Fangesänge im Hintergrund waren unüberhörbar.

»Sagt dir Fabio Ruggieri etwas?« Ich schrie fast in mein Telefon.

»Der Staatsanwalt?«

»Ja, der.«

»Ich denke, du bist raus aus der Sache?«

»Bitte, Ennio, ich habe einen guten Grund für meine Frage.«

»Viel weiß ich nicht. Ein Karrierejurist. Hat einen untadeligen Ruf. Das ist der, der die Ermittlungen im Fall der *Frau in Rot* geleitet hat, aber das weißt du bestimmt, sonst würdest du ja nicht fragen.«

»Kannst du dich mal ein bisschen umhören über ihn?«

»Von mir aus, du hast sogar Glück. Ich bin nämlich gerade an der Quelle, Tonio Ferro ist bei mir. Du weißt ja, der Kollege aus dem Ermittlerteam. Wir sind zusammen unterwegs zum Stadion.«

»Ja, der, mit dem wir Pizza essen waren, ich weiß. Kannst du den vielleicht noch etwas anderes fragen? Ich bin nämlich in Damanhur gewesen.« Ich blieb einen Moment stumm, erwartete, dass Ennio überrascht auf meine Mitteilung reagieren würde, da ich ihm bisher noch nichts davon erzählt hatte, aber er sagte gar nichts dazu, wollte mich wahrscheinlich schnell loswerden, und ich schrie daher weiter in mein Handy. »Es gab in Damanhur im Dezember einen Vorfall mit einer Frau. Die ist mit einem Küchenmesser auf die Signora de Magris losgegangen. Aus Eifersucht.«

»Und?«, fragte Ennio zunehmend unwirsch.

»Es ist nicht wirklich etwas passiert. Das Messer war nicht scharf, und die Leute drum herum haben es ihr sofort abgenommen. Aber ich würde gerne wissen, ob eure Ermittler davon wussten. Und wenn ja, was mit dieser Frau inzwischen geschehen ist. In Damanhur ist sie nämlich nicht mehr.«

»*Agli ordini*, Dottoressa. Zu Befehl.«

»Danke, Ennio. Und ich freue mich sehr auf dich«, fügte ich noch hinzu, was stimmte, womit ich aber auch hoffte, ihn zu besänftigen. Er hatte es aber wahrscheinlich gar nicht mehr gehört, weil er so schnell aufgelegt hatte, sicherlich froh, mich und meine nervigen Fragen endlich los zu sein.

Der FC Torino hatte knapp gegen Juventus gewonnen, und Ennio war gut gelaunt. Direkt nach dem Spiel war er zu unserer Verabredung geeilt, einer Lesung im *Circolo dei Lettori*, diesem architektonischen Juwel und Durchlauferhitzer für Ideen in der Stadt Turin, die mit ihrer Buchmesse und den vielen Verlagen und Buchhandlungen noch immer als ambitionierte Literaturstadt glänzt. Ich hatte damit gerechnet, dass Ennio sich noch über meinen Anruf beschweren würde, womöglich immer noch wütend auf mich war, aber auch dafür war er wegen des gewonnenen Matches wohl zu positiv gestimmt. Nach der Lesung kehrten wir in die schöne Bar des Literaturhauses auf einen frühabendlichen Drink ein. Früher, als ich noch studiert habe, bin ich oft allein in den *Circolo* gegangen, habe mich auf einen der Sessel in der lichten Galleria des alten Palazzo gesetzt, mit Blick auf die hoch aufragende Spitze der Mole Antonelliana und einem Buch in der Hand, und manchmal habe ich im wunderbar heiteren Ernst dieser Institution auch nur dagesessen und vor mich hin geträumt. Wenn ich doch heute noch Zeit für solche Müßiggänge hätte!

Ennio war in Gedanken noch ganz bei der Lesung, schwelgte in Erinnerungen an das Dorf im Weingebiet des Hügelpiemonts, in dem der gerade erschienene Roman spielte. Das kennt er gut, da er dort als Kind viele Sommer mit seinen Eltern verbracht hat und immer noch von Zeit zu Zeit hinfährt, um Wein zu kaufen. Ich wurde langsam unruhig, begierig darauf, endlich eine Antwort auf meine Fragen zu bekommen. Schließlich siegte meine Ungeduld. »Was hat Tonio denn nun eigentlich zu Fabio Ruggieri gesagt?«, wechselte ich unvermittelt das Thema. »Hast du ihn denn darauf angesprochen? Oder hast du das in deinem Fußballfieber etwa vergessen?«, geriet mir die Frage ungewollt schnippisch.

»Du lässt wirklich nicht locker, oder?«, erwiderte Ennio, jetzt doch wieder unüberhörbar genervt. »Ja, natürlich habe ich ihn gefragt. Der hat so etwas Ähnliches gesagt wie ich auch schon. Ruggieri scheint ein scharfer Hund zu sein, ist aber wohl absolut integer. Untadelig in jeder Hinsicht, fachlich und persönlich, hat Tonio gesagt. Er war zwar ein bisschen erstaunt, dass Ruggieri in dem Fall der Signora de Magris vielleicht nicht ganz so zäh ermittelt habe, wie er das sonst von ihm gewohnt ist, jedenfalls das Verfahren recht früh eingestellt hat. Aber Ruggieri hatte doch gute Gründe dafür, meint Tonio, und es hat eben wirklich viel für Selbstmord gesprochen. Tonio fand das daher vollkommen in Ordnung.«

»Und privat?«

»Keine Ahnung, danach habe ich ihn nicht gefragt. Wieso interessiert dich das denn überhaupt? Auf die Idee bin ich gar nicht gekommen.«

»Und was ist mit der Frau mit dem Messer aus Damanhur? Wussten Tonio und das Team von ihr und haben sie dort ermittelt?«

»Ja, haben sie. Aber du hättest mir wirklich schon früher erzählen können, dass du da warst. Wie war es denn eigentlich?«

»So wie du gesagt hast, der unterirdische Tempel ist wirklich imposant. Es ist kaum zu glauben, dass die so ein gewaltiges Ding im Untergrund bauen konnten, ohne dass jemand etwas davon mitbekommen hat. Ansonsten weiß ich nicht so recht, was ich von dem Ganzen halten soll. Ziemlich undurchsichtig finde ich es schon. Aber lass uns bitte ein anderes Mal darüber reden, ja? Mich interessiert jetzt erst mal, was mit dieser Messerstecherin ist.«

»Also die ist harmlos, sagt Tonio, nur ein bisschen verrückt, krankhaft eifersüchtig wohl. In Damanhur wollten sie sie nach diesem Vorfall schnell loswerden, und jetzt wohnt sie bei ihren Eltern in Siena. Jedenfalls kommt sie als Täterin nicht infrage, weil sie zu diesem Zeitpunkt schon in der Toskana war, was gleich mehrere Zeugen bestätigt haben. Reicht dir das an Infos?«

Reichte mir das? Ich hatte mir eine andere Antwort erhofft. Und einen redseligeren Ennio. Es war schlicht frustrierend, dass sich fast alle Spuren in Luft auflösten. Aber was den Staatsanwalt anging, war ich mir noch nicht ganz sicher. Außerdem war vollkommen offen, was das Ehepaar de Magris in Saint-Martin-des-Moulins gewollt hatte und was es mit diesem Peter Maier aus München verband. Das war eine Spur, die mir durch die anderen Fährten etwas aus dem Blick geraten war und der ich unbedingt noch nachgehen musste. Es war keine Frage: Der Fall der *Frau in Rot* hatte mich wieder gepackt.

Ennio brachte mich nach Hause, wollte aber nicht auf einen Espresso mit zu mir hochkommen. Und auch nicht mit mir und dem Hund am Sonntag spazieren gehen, was ich ihm beim Abschied vorschlug.

»Sorry, Camilla«, sagte er, »aber ich habe am Montag und Dienstag frei und fahre daher morgen schon früh nach Pisa.«

Ich hatte nun langsam keinen Zweifel mehr, dass er von mir genervt war, ließ mir meine Enttäuschung aber nicht anmerken, fragte wie immer nicht weiter nach und verabschiedete mich mit einem freundschaftlichen Kuss von ihm.

Im Treppenhaus, als ich die letzten Stufen zu meiner Wohnung im zweiten Stock nahm, klingelte mein Handy. Mein Großvater. »Was machst du am nächsten Wochenende, *tesoro?*«, fragte er.

»Wollten wir nicht endlich mal wieder zusammen essen?«, fragte ich zurück.

»Stimmt, ja, aber ich schlage eine Planänderung vor. Ich bin am kommenden Freitagabend zu einem Ehemaligentreffen der Fiat-Mitarbeiter ins Automuseum eingeladen. Das hätte ich fast vergessen, aber da will ich natürlich in jedem Fall hin. Da laufen auch Leute aus der Führungsetage auf, und der Aperitivo wird exzellent sein. Willst du vielleicht mitkommen?«

Das passte. Das war die Welt, aus der die Signora de Magris und ihr Mann kamen. Das war interessant. Ich sagte dem *nonno* zu.

12

Wenn man das nahe dem Po und der ehemaligen Fiat-Produktionsstätte Lingotto im Süden Turins gelegene *Museo Nazionale dell'Automobile* betritt, empfängt einen im zweiten Stockwerk nicht etwa der satte Klang von Limousinen oder das Aufheulen von Rennmaschinen, sondern ein Video mit Pferden, die eine Kutsche ziehen. Dann lösen sich die Kutschpferde plötzlich wie von Geisterhand auf, und der Kutscher lenkt statt ihrer einen leibhaftigen dampfbetriebenen Wagen. So beginnt die Zeitreise in die Geschichte des Automobils im *MAUTO*, das im Übrigen kein Fiat-Museum ist, sondern von öffentlicher Hand geführt wird.

Ich war nicht zum ersten Mal dort, und an meiner Seite war der *nonno*, der sich an diesem freundlichen Frühlingstag mit hellem Anzug, Weste, Krawatte und Einstecktuch richtig in Schale geworfen, außerdem seinen vollen weißen Haarschopf mit etwas Gel gebändigt hatte. Auch ich hatte mich vorausschauend, und um ihm einen Gefallen zu tun, in einen meiner edleren schwarzen Hosenanzüge gehüllt und in Stilettos gezwängt. Das elegante Outfit meines Großvaters verstärkte seine Ähnlichkeit mit dem Mann, ohne den es das Museum vielleicht gar nicht geben würde: Gianni Agnelli, den 2003 verstorbenen legendären Chef von Fiat, den alle respektvoll *l'avvocato* nannten und für den mein Großvater die allergrößte Bewunderung hegte. Gianni Agnelli war über Jahrzehnte hinweg das Gesicht von Turin gewesen. Er hatte die *Fabbrica Italiana Automobili Torino* als Patriarch der Familiendynastie durch die Boom-Jahre der Nachkriegszeit gelenkt, ganz Italien motorisiert und Fiat zu einem der größten europäischen Automobilhersteller und zum bedeutendsten Industrieunternehmen Italiens gemacht. Turin wurde damals zu einer einzigartigen Plattform des europäischen Automobilbaus mit einem dichten Netz von Produktionsstätten, Ingenieurbüros und Designern. Dort, wo die Willkommensparty stattfand, im ersten Stock des Museums, standen wir locker verteilt auf einem in den Boden eingelassenen Stadtplan von Turin, in den all die oft gar nicht mehr existierenden Zulieferer und Designer verzeichnet sind, darunter klingende Namen wie Abarth, Pininfarina oder Ghia. Mitten auf dem Stadtplan thront – wie ein Symbol für die Herrschaft des Autos über Turin – ein knallroter Fiat 500 aus dem Jahr 1962, das Auto der kleinen Leute, übrigens auch meines Großvaters, dessen ganzer Stolz der Erwerb seines ersten *Cinquecento* war. Auch meine Eltern fuhren später einen Fiat, allerdings ein größeres Modell, einen brandneuen Fiat Bravo, den die Firma damals, Mitte der neunziger Jahre, schon genderte und zusätzlich in einer Brava genannten Version als Fünftürer auf die Straße schickte. Der Bravo meiner Eltern war weiß, hatte ein Schiebedach, und es war das Auto, in dem mein Vater wenig später wochenlang herumfuhr, um meine verschollene Mutter zu suchen und in dem er schließlich Richtung Süden aufbrach und mich verließ.

Gianni Agnelli, der mit seinem lässigen Stil das *Made in Italy* prägte und den viele als König Italiens betrachteten, gehörte außer der Autofabrik ein Medienimperium, und er war darüber hinaus der fußballbegeisterte Chef von Juventus, dem Verein, zu dem mein Großvater frenetisch hält – anders als Ennio, der ja ein großer Fan der Konkurrenz ist, des FC Torino. Und so gab es auch nur einen einzigen Anlass, dem unsere gemeinsamen Schiffsausflüge am Wochenende auf dem Po zum Opfer fallen konnten: wenn der Flussfahrt ein entscheidendes Spiel von *Juve* in die Quere kam und der *nonno*, statt mit mir zum Po aufzubrechen, ins Stadion pilgerte.

Der Agnelli-Clan erinnert mich in seinem Glanz, seiner Macht und seinem Glamour stets an die Kennedy-Familie und ähnelt ihr auch in seiner Tragik, den Katastrophen, den Flugzeugabstürzen, Autounfällen, tödlichen Krankheiten und Selbstmorden, die die Familie regelmäßig heimsuchten. Ihr geradezu unverschämter Reichtum, der Gestus, mit dem sie ihn zur Schau stellte, mit luxuriösen Wohnsitzen überall in der Welt, beeindruckte mich und missfiel mir zugleich, aber ich muss zugeben, dass Gianni Agnelli mich im Grunde bis heute doch sehr fasziniert, natürlich mit seinem unternehmerischen Geschick, aber vor allem mit seiner Leidenschaft und seiner Lebenslust.

Für den Empfang der ehemaligen Mitarbeiter in dem Museum hatte man zwischen die automobilen Ikonen aus aller Welt einige Stehtische gestellt und mit Rücksicht auf das Alter der Geladenen auch von Sesseln umstellte tiefe Tische. Ständig wuselten schwarz beschürzte junge Frauen und Männer mit Tabletts durch den Raum und boten Häppchen zum Aperitivo an, Tramezzini natürlich, wie es in Turin nicht anders sein konnte. Mein Großvater hatte nicht zu viel versprochen. Ich hatte auf meinem Teller einen ganzen Berg der köstlichen Weißbrotschnitten mit Thunfisch gestapelt, die wir eine nach der anderen vertilgten. Der Raum hatte sich inzwischen gefüllt, und man stand plaudernd mit Prosecco-Gläsern zwischen den Automobilen, eines eindrucksvoller als das andere. Ich hatte ein Lieblingsgefährt, zu dem ich meinen Großvater lotste, bevor das Programm losging, was nicht ganz einfach war, weil er ständig irgendwo hängenblieb, um andere Gäste zu begrüßen, meist ehemalige Kollegen, mit denen er am Fließband gestanden hatte und die sich zu dem feierlichen Anlass ähnlich elegant ausstaffiert hatten wie er. Allen Ehemaligen hatte man außerdem beim Einlass eine Ansteckbrosche mit dem Fiat-Logo in die Hand gedrückt, die sie sich an ihre Revers hefteten, damit man sie von den Männern und Frauen in ihrer Begleitung, die wie ich nicht dem Werk angehört hatten, unterscheiden konnte.

Endlich kamen wir bei dem Autowunder an, dem silbern glänzenden Cisitalia 202 SMM, einem offenen Sportwagen, von dem Anfang der fünfziger Jahre in der besonders formvollendeten Version als Coupé nur 170 Modelle gebaut wurden, von denen eines sogar im Museum of Modern Art in New York gelandet ist. Ich fahre zwar gerne Auto, aber mehr als ein Gebrauchsgegenstand ist es für mich nicht. Dieser offene Cisitalia ist jedoch die pure Verführung. Jedes Mal, wenn ich vor ihm stehe, fühle ich mich versetzt in einen Spielfilm, in dem ich an der Seite von Marcello Mastroianni in den roten Lederpolstern sitze und wir auf einer kurvigen Uferstraße am tiefblauen Mittelmeer entlangbrausen, beide mit Sonnenbrillen auf der Nase und ich mit wehenden, in ein flatterndes Seidentuch gehüllten Haaren. Und es macht auch nichts, dass ich in einer der nächsten Kurven zusammen mit Marcello von der Straße fliegen und den Abhang hinunter über die Klippen ins Meer stürzen werde, denn die Vergänglichkeit gehört zu diesen elegant geschwungenen automobilen Wesen einfach dazu.

»Bella macchina«, entfuhr es bewundernd meinem Großvater, der den silbernen Sportwagen bestimmt auch nicht zum ersten Mal sah, sich aber genauso wie ich von ihm bezirzen ließ.

»Wollen wir den kaufen?«, fragte ich schmunzelnd. Aus Spaß hatte ich das Objekt meiner Begierde einmal gegoogelt: Für eine halbe Million Dollar wäre ein Exemplar zu haben gewesen …

Der nonno nahm mich am Arm und zog mich von dem wundersamen Sportwagen zurück in eine der geselligen Runden.

Unter den vielleicht hundert ehemaligen Mitarbeitern – viele von ihnen waren ergraut und darunter nur wenige Frauen – herrschte ein munterer Plauderton. Ich schätzte, dass die meisten Geladenen wie mein Großvater weit über siebzig waren, aber sie waren fast alle noch sehr agil. Immerhin hatten viele von ihnen jahrzehntelang am Fließband gestanden, waren frümorgens oder spätabends zur Schicht angetreten, hatten pausenlos die immer gleichen Handgriffe ausgeführt, um schließlich erschöpft in den Feierabend zu gehen. Natürlich waren die hier Versammelten eine Auswahl der Rüstigen, um nicht zu sagen, der Überlebenden. Ich wusste von meinem Großvater, dass einige seiner Exkollegen schwer krank oder früh verstorben waren. Aber die Männer und Frauen, die an diesem Abend der Einladung gefolgt waren, waren alle unübersehbar stolz darauf, für die Weltfirma mit dem großen Namen gearbeitet zu haben. Das galt auch für meinen Großvater, der zusätzlich noch unverkennbar stolz auf mich war, mich ständig an der Hand nahm und irgendwohin zog, um seine studierte Enkelin mit dem Doktortitel immer anderen Exkollegen vorzustellen.

»Sie sind also Psychoanalytikerin, Dottoressa?«, war ganz sicher die mir von den Gästen an diesem Abend am häufigsten gestellte Frage, stets in einer Mischung aus Respekt und einem gewissen Befremden, als berührten sie einen etwas unheimlichen, wenn nicht gar unappetitlichen Gegenstand.

»*Salve*, Camilla«, begrüßte mich jetzt einer der Ehemaligen, der sich gerade vom Anblick eines mintgrünen *Chevi* löste, einer Cabrio-Corvette aus den fünfziger Jahren, um mir kräftig die Hand zu schütteln. »Ich habe dich ja kaum erkannt. Gut siehst du aus!« Ich brauchte einen Moment, bis ich in dem freundlichen und mit einem sportlichen Jackett und Fliege etwas weniger förmlich gekleideten Mann Stefano erkannte, mit dem mein Vater einige Jahre Seite an Seite am Fließband gearbeitet hatte und der ein Freund meines Großvaters ist, wenn auch ein paar Jahre jünger. Ich war erstaunt, dass man auch ihn eingeladen hatte, denn Stefano war Mitglied des Betriebsrats gewesen, und zwar ein sehr streitlustiges, das sich nie etwas hatte gefallen lassen. In den späten sechziger Jahren hatte er die heftigen Streiks bei Fiat mitorganisiert, mit denen man für mehr Geld, Pausen und Arbeitsschutz, überhaupt für ein Ende der Abhängigkeit vom übermächtigen Fiat-Konzern kämpfte. Für meine Mutter, das wusste ich von meinem Großvater, war der kämpferische Stefano stets ein Vorbild gewesen. Immerhin, dachte ich, ist man in den oberen Konzernetagen nicht nachtragend.

»Du hast jetzt also deine eigene Praxis?«, fragte er, und ich nickte. »Deine Mutter wäre mächtig stolz auf dich«, fuhr er fort, »das kannst du mir glauben. Dass du es geschafft hast zu studieren und jetzt ganz auf deinen eigenen Beinen stehst. Das hätte sie sich auch gewünscht ...« Er lächelte meinem Großvater zu, der ein bescheidener Mann war, aber Komplimente, die mir galten, wie etwas Selbstverständliches hinnahm. »Du siehst ihr übrigens sehr ähnlich«, fügte Stefano wieder an mich gewandt hinzu, »bist sogar fast noch schöner.«

Wir mussten dann unsere Plauderei abbrechen, weil das Programm losging. Ein hochgewachsener Mann mittleren Alters in dunklem Maßanzug, blassblauem Hemd und randloser Brille unter der hohen Stirn, dem man von weitem ansah, dass er zum Management gehörte, trat mit einem Mikrofon in der Hand vor die versammelten Gäste, die sofort verstummten, und begrüßte die Anwesenden.

»Kennst du den?«, fragte ich leise meinen Großvater.

»Ja klar, das ist Signor de Magris, der leitet die Abteilung Elektromobilität, ist ein ganz hohes Tier.« In den Worten meines *nonno* schwang mit, wie sehr er es als Auszeichnung empfand, dass sich jemand aus der Führungsetage des Unternehmens wegen seiner Wenigkeit, wie er das ausgedrückt hätte, herbei bemüht hatte. Mich traf bei der Nennung dieses Namens der Schlag, und ich brauchte einen Moment, bis ich begriff, dass der Mann mit dem Mikrofon, der neben dem roten Fiat 500 stand und jetzt seine Ansprache begonnen hatte, offenbar tatsächlich der Ehemann der *Frau in Rot* und der Vater von Alba war. Dann fasste ich mich wieder und wandte mich erneut an den Großvater. »De Magris? Antonio de Magris? Ist das etwa der, der im Verdacht stand, seine Frau ermordet zu haben?«

»Ja, aber der hatte nichts damit zu tun. Den hat man vollkommen zu Unrecht verdächtigt«, flüsterte er mir zu. »Der ist über jeden Verdacht erhaben, das kannst du mir glauben. Das ist beste Fiat-Familie. Schon sein Vater war einer von den Chefs. Den habe ich selbst noch erlebt.«

Ich kannte meinen Großvater gut genug, um zu wissen, dass er, anders als Stefano, auf seine Fiat-Familie nichts kommen ließ, und würde ihm nicht widersprechen. Außerdem gab es dafür auch keinen Grund, jedenfalls wenn Ennio recht hatte, und das hatte er meistens. Aber auch wenn es stimmte, dass Antonio de Magris ein Alibi hatte und unschuldig am Tod seiner Frau war, war er mir doch auf Anhieb unsympathisch, und durch die Art seines Vortrags fühlte ich mich in meinem Vorurteil bestätigt. Er sprach nicht über und schon gar nicht mit seinen ehemaligen Mitarbeitern, die doch im Mittelpunkt der Veranstaltung stehen sollten, sondern über die Firma. Ratterte Erfolgszahlen herunter, die ein inzwischen globalisierter Autokonzern produzierte. Denn Fiat war schon lange nicht mehr das Aushängeschild Turins mit dem Gesicht des *avvocato*, es war seit einigen Jahren mit Chrysler und Peugeot zu einem internationalen Player namens Stellantis verschmolzen, der seine Autos überall in der Welt baut, seinen rechtlichen Sitz in den Niederlanden hat und in New York an der Börse notiert ist. Aber immerhin arbeiten in Turin im Komplex Mirafiori, also dort, wo auch mein Großvater einst die Fiats mitgebaut hatte, immer noch rund 20 000 Menschen in der Entwicklung, dem Design und Vertrieb, eine Zahl, die auch de Magris jetzt in seiner Rede erwähnte, um sich dann kurz zu unterbrechen, seine Brille abzunehmen und einen Zwischenapplaus entgegenzunehmen. Dann wurde der Vortrag aber doch noch interessant, brachte Bewegung in die inzwischen etwas gelangweilt wirkenden Zuhörenden und zauberte ein Lächeln auf ihre Gesichter. Denn Fiat kehre nach Hause zurück, verkündete de Magris, nämlich mit dem viel geliebten Fiat 500, und zwar in einer vollelektrischen Version, die fortan in der wiederbelebten alten Produktionsstätte Mirafiori gebaut werde, also der Wiege des *Cinquecento*, dort, wo die meisten der Anwesenden früher am Fließband gestanden hatten.

»In unserem 1939 eröffneten Werk Mirafiori schlagen wir nun eine symbolische Brücke zwischen Vergangenheit und Zukunft.« De Magris zeigte jetzt doch so etwas wie Begeisterung. »An diesem symbolträchtigen Ort«, sagte er, »der für Sie alle ein Arbeitsplatz und auch eine Art Zuhause war, haben wir die neue und hochmoderne Produktionslinie für den Elektro-500 eingerichtet, dieses Juwel der Technik und des Stils, auf das wir alle stolz sind«, fuhr er fort. »Mit der Produktion des *New 500* schlagen wir ein neues Kapitel auf und setzen hier in Turin wieder einen Meilenstein in der Geschichte des Automobils. Eine Entwicklung, an der Sie alle Anteil haben und die wir nun mit dem neuen, elektrischen *Cinquecento made in Torino* krönen.«

Stürmischer Applaus brandete auf. Ich sah zu Stefano, der immer noch bei uns stand und ebenfalls klatschte, wenn auch nicht ganz so frenetisch wie mein Großvater. Der Beifall wollte gar nicht enden, auch die auf den Sesseln sitzenden Gäste waren aufgestanden und applaudierten, bis de Magris schließlich selbst in die Hände klatschte, damit das Zeichen für das Ende des offiziellen Teils der Veranstaltung gab und es nun eilig hatte, hinter den Kulissen zu verschwinden. Ich blickte ihm bei seinem Abgang hinterher, immer noch überrascht über die unerwartete Begegnung mit diesem Mann, und erneut zuckte ich innerlich zusammen. Jemand folgte ihm, anscheinend eine Art Leibwächter, ein junger Typ ganz in Schwarz mit nacken-langem Haar. War das nicht …? Ich sah ihn nur von hinten, aber bevor die beiden ganz verschwunden waren, warf der Mann noch einmal einen Kontrollblick zurück in den Raum, und nun hatte ich keinen Zweifel mehr: Das war der Typ, der an der Theke des *Azimut* bei den *Muretti* neben mir gesessen und mein Glas umgeworfen hatte. Mich außerdem gewarnt hatte, nicht zu neugierig zu sein, als ich mich bei dem Bar-keeper nach der *Frau in Rot* erkundigt hatte. War er es auch, der mir dann auf dem Heimweg gefolgt war? Das war nun nach dem Foto mit Fabio Ruggieri, das ich in Albas Album entdeckt hatte und das dessen Nähe zu den de Magris' dokumentierte, schon der zweite Hinweis in die gleiche Richtung. Hatte Anto-nio de Magris womöglich doch etwas mit dem Tod seiner Frau zu tun?

Mein Großvater ließ mir keine Zeit zum Nachdenken, packte mich an der Hand und zog mich an die Seite, wo zum feierlichen Anlass dieses Tages über zwei Wände hinweg eine Fotodokumen-tation zur Fiat-Historie gezeigt wurde. Stefano war inzwischen gegangen, aber der Raum noch voll von Menschen, die jetzt lo-cker zusammen herumstanden. Einige schauten sich ebenfalls die ausgestellten Bilder an. Und wieder eilten die schwarz be-schürzten jungen Leute durch den Raum, verteilten aber keine Tramezzini und keinen Prosecco mehr, sondern händigten je-dem ehemaligen Mitarbeiter ein Geschenk aus, eine Flasche Wermut – auch so ein Turiner Exportschlager – und ein kleines Modell des Fiat 500e in einem schönen Dschungelgrün. Auch mein Großvater bekam eines und gab es sofort an mich weiter, den Wermut behielt er für sich. Dann warfen wir beide einen

Blick auf die Fotos an der Wand. Es begann mit dem historischen Lingotto-Gebäude, der allerersten fünfstöckigen Fiat-Produktionsstätte mit der spektakulären Teststrecke auf dem Dach, dann sprang die Dokumentation in die dreißiger Jahre, und es fuhr der Topolino aus dem Mirafiori-Werk, das das Lingotto-Werk inzwischen abgelöst hatte. Es folgten Szenen aus der Fertigung und Aufnahmen von Fiat-Modellen aus unterschiedlichen Jahrzehnten, und schließlich gab es ein paar Szenen außerhalb der Produktion, darunter eine Betriebsversammlung in den neunziger Jahren mit vielen Frauen in Werkskitteln. Eines der Fotos erregte meine Aufmerksamkeit, traf mich bei genauerem Hinsehen mitten ins Herz. »Das ist doch die Mama, oder?«, wandte ich mich an meinen Großvater. Auf der Aufnahme war eine schlanke Frau mit langen schwarzen Haaren zu sehen, die mir ähnlich sah, umrahmt von Kolleginnen, von denen eine den Arm um meine Mutter gelegt hatte.

»Ja«, sagte der *nonno*, »das ist Maria. Du hast recht. Das Foto habe ich auch noch nie gesehen.«

»Und die Frau neben ihr ist doch Giorgia, oder?«, fragte ich.

»Ja, das ist sie.«

Giorgia, das wusste ich aus den Erzählungen und meinen späteren Nachforschungen, war eine Arbeitskollegin und die beste Freundin meiner Mutter gewesen. Sie war schon ein paar Wochen vor meiner Mutter verschwunden, was Anlass zu allen möglichen Spekulationen gab, vor allem, als meine Mutter dann wenig später auch spurlos von der Bildfläche verschwand. Es kursierte natürlich die Vermutung, dass ein Serienmörder umging, aber als es dann keine weiteren Vermisstenfälle gab, erledigte sich diese Furcht langsam von selbst, und die Frauen im Viertel trauten sich nach und nach auch nachts wieder auf die Straße. Giorgia, die anders als meine Mutter allein lebte und bei ihren Kolleginnen nicht besonders gut angesehen war, weil sie als arrogant galt, außerdem wegen Drogenbesitzes im

Gefängnis gesessen hatte, war wie meine Mutter nie wieder aufgetaucht.

Ich war immer noch vertieft in das Foto. »Stefano hat ja nicht unrecht«, bemerkte ich zu meinem Großvater. »Auf dem Foto sieht sie mir besonders ähnlich, findest du nicht?«

»Ja, das stimmt, aber nicht nur auf dem Foto, sie war dir tatsächlich sehr ähnlich, und das nicht nur äußerlich.«

Ich sah ihn fragend an, wie stets begierig, mehr über meine Mutter zu erfahren, ein Thema, das er im Allgemeinen vermied. Über alles, was mit meiner Mutter zu tun hatte, herrschte bei uns großes Schweigen, und wann immer ich es versucht hatte – und das war insbesondere während meines Studiums häufig der Fall gewesen –, war ich nicht dagegen angekommen.

»Die war genauso aufmüpfig wie du.«

»Aufmüpfig? Was meinst du denn damit?«

»*Scusa cara*, du hast recht, das ist das falsche Wort. Ich meine, dass sie sich nie etwas hat gefallen lassen. Sie fand zum Beispiel immer, dass wir uns im Betrieb zu viel bieten lassen. Also ich vor allem … Und das findest du doch auch, oder?«

Statt einer Antwort nahm ich ihn in den Arm, strich ihm über sein weißes Haar. »Ach, mein lieber *nonno*«, sagte ich schließlich, »du hast doch schon sehr vieles richtig gemacht in deinem Leben, und ich bin sehr stolz auf dich.«

Er löste sich aus meiner Umarmung, hatte offensichtlich genug von den Erinnerungen an meine Mutter und wahrscheinlich auch von der Gefühlsduselei und zog mich weg von dem Foto zu den nächsten Aufnahmen. »Schau mal hier«, sagte er, »das ist der *avvocato*, da sitzt er in seinem Lancia Delta. Den hat er sich zu einem Spider umbauen lassen. Für den hatten Autos noch eine Seele. Und er war wirklich mit ganzem Herzen dabei …« Hörte ich da doch eine leise Kritik an dem Auftritt von Antonio de Magris heraus?

Schließlich langten wir bei den letzten Fotos an, einigen

neueren Aufnahmen aus den modernen Produktionshallen, mit gewaltigen Robotern, die ihre Greifer ausfuhren. Den Schluss bildeten Schnappschüsse aus einem Wirtshaus, offenbar bei einem Betriebsausflug aufgenommen. Unter den jüngeren und älteren Leuten, die vor riesigen Bierkrügen saßen, entdeckte ich auch Antonio de Magris. Aber dann machte ich eine weitere überraschende Entdeckung. Ich schaute noch einmal hin, und es gab keinen Zweifel: Am Tisch saß nicht nur de Magris, sondern ein wenig im Hintergrund und doch nicht zu übersehen: mein Nachbar Vittorio, wie immer wie aus dem Ei gepellt. Was hatte der in dieser Runde zu suchen? Ich schaute nach der Bildunterschrift, aber da gab es keine Namen, nur den der Gaststube, *Zum Staudinger*. »Schau mal«, wandte ich mich an meinen Großvater, »das ist mein Nachbar auf dem Foto hinter de Magris, kennst du den? Weißt du vielleicht, was der da zu suchen hat? Hat der auch etwas mit Fiat zu tun?«

»Ja, klar, das ist Vittorio Petrini. Der hat eine Software-Firma und ist schon seit langer Zeit einer unserer Zulieferer, aber was er genau macht, weiß ich nicht, bei dem Thema komme ich doch nicht mehr ganz mit. Wenn das dein Nachbar ist, kannst du ihn ja selbst mal fragen …«

»Ja, das werde ich sicher tun«, sagte ich. »Und weißt du denn, wo das ist, wo das Foto aufgenommen wurde?«, fragte ich.

»Das ist in Bayern«, antwortete er. »Solche Ausflüge gab es immer mal wieder für verdiente Mitarbeiter. Ich war da auch mal vor langer Zeit.«

»Das hast du mir nie erzählt.«

»Als ich dort war, hattest du gerade angefangen zu studieren und dich für ganz andere Sachen interessiert.«

»Und wo wart ihr, ist das in München?«

»Nein, das ist ein Wirtshaus in einem Dorf ganz in der Nähe. Nichts Besonderes. Aber da wurden und werden wir Fiat-Leute immer in einem Hotel untergebracht.«

»Und kannst du dich erinnern, wie dieses Dorf heißt?«

»Ja klar. Denn auch wenn es dich vielleicht erstaunt, *tesoro*, funktioniert mein Gedächtnis doch immer noch ziemlich gut. In Oberharlachhausen war das.«

13

»Prost!«

»Prost«, erwiderte ich und ließ meinen Weißbierkrug mit dem meines Großvaters zusammenklirren. Es war Samstag, und wir waren zum Mittagstisch in den *Staudinger* eingekehrt, das Wirtshaus im bayerischen Oberharlachhausen, woher auch Peter Maier stammen sollte. Mit dem Ort verbanden sich so viele Ungereimtheiten und Zufälle, dass ich nicht anders gekonnt hatte, als dorthin zu fahren. Irgendeine Verbindung dieses Deutschen zum Tod der *Frau in Rot* musste es geben, da war ich mir sicher. Mit einem Mietwagen waren der Großvater und ich also am Freitagabend, kaum dass mein letzter Patient gegangen war, Richtung München aufgebrochen. Der *nonno* hatte begeistert auf meinen Vorschlag reagiert, mich dorthin zu begleiten und sofort zugesagt, wobei ich ihm das eigentliche Motiv für den Ausflug vorenthielt. Er hatte nicht weiter nachgefragt, auch nicht, als ich den Vorschlag machte, in Oberharlachhausen Quartier zu nehmen. Vermutlich verbuchte er es als eine schöne Idee von mir, mit ihm in dem Dorf und in dem Hotel zu übernachten, in dem er vor vielen Jahren schon einmal mit seinen Turiner Fiat-Kollegen gewesen war.

Nur Franca hatte ich vor unserer Abfahrt in meinen Plan eingeweiht, und die hatte sich mit ihrer Verwunderung nicht zurückgehalten. »Was ist denn bloß in dich gefahren?«, er-

eiferte sie sich. »Du bist ja richtig besessen von dieser Mordge-
schichte. Dabei hast du mit dem allem doch gar nichts zu tun.
Und das von einer Psychoanalytikerin! Ich begreife das einfach
nicht.«

Sie hatte natürlich recht. »Aber warum sollten Psychoanaly-
tiker nicht genauso verrückt sein wie alle anderen Menschen?«,
hatte ich zurückgegeben.

»Oder sogar noch verrückter«, war ihre Antwort, bei der sie
es jedoch beließ.

Beim Frühstück im Hotel hatte mein Großvater dann von sich
aus vorgeschlagen, zum Mittagessen in den *Staudinger* einzu-
kehren, und ich hatte natürlich sofort zugestimmt. Es entpuppte
sich als ein Wirtshaus, das mit seinem rustikalen Charme und
weiß-blauen Fähnchen auf allen Tischen einem Werbeprospekt
hätte entnommen sein können, und war jetzt zur Mittagszeit
fast bis auf den letzten Platz gefüllt. Der *nonno* hatte eine im
Biersud gegarte Schweinshaxe bestellt, deren opulentes Format
mich sprachlos machte, während er sie ganz selbstverständlich
entgegennahm und routiniert zerlegte. Ich hatte mir Weiß-
würste mit süßem Senf bestellt. Eigentlich teile ich die Vorur-
teile der meisten Italiener gegen die deutsche Küche, aber ich
musste zugeben, dass es sich in Bayern gut speisen ließ.

»Mein Gott«, sagte mein Großvater, einen Knödel sorgfältig
zerlegend und in die Sauce tunkend, »so viele Jahre ist das nun
her, dass ich aus Sizilien weg bin, im Zug hierher gesessen habe.
Und keine Ahnung hatte, was mich erwartete …«

Seit wir uns auf bayerischem Boden befanden, war ständig
spürbar, dass dieser Ausflug meinen *nonno* nicht unberührt
ließ und alle möglichen Erinnerungen in ihm weckte. Er, der
eigentlich nicht gerne von sich selbst sprach, war so mitteil-
sam, wie ich ihn selten erlebt hatte und was mir sehr gefiel.
»Wo bist du damals eigentlich untergekommen?«, fragte ich.

»In München«, antwortete er, »in einem Wohnheim direkt beim Werk von BMW, in Milbertshofen war das. Das ist ein Stadtteil im Norden, da ist bis heute das Stammwerk. Ich bin ja damals auf eigene Faust aus Sizilien weg. Nur mit meinem Personalausweis, einem kleinen Koffer und ein paar Lire in der Tasche. Die von BMW haben uns dann in Baracken gesteckt, nicht gerade komfortabel. Aber wir waren ja jung …«

»Und warum bist du ausgerechnet nach München?«

»Ich hatte einen Freund in unserem Dorf, der schon ein paar Wochen vor mir weg ist. Der hat aber anders als ich die damals übliche Anwerbeprozedur gemacht und ist bei BMW gelandet. Dem bin ich dann einfach nachgereist. Er hatte mir das vorgeschlagen und auch schon einen Arbeitsvertrag für mich organisiert.«

»Und du konntest kein Wort Deutsch?«

»Nein, kein Wort, aber darüber habe ich nicht groß nachgedacht. Das Ganze war für mich, ehrlich gesagt, auch ein Abenteuer. Zum ersten Mal raus aus dem Dorf und weg von der Familie. In ein anderes Land, und dazu noch in eine Großstadt. Ich war ja auch noch sehr jung, keine achtzehn, allein und unabhängig. Deine Großmutter habe ich erst zwei Jahre später kennengelernt, als ich im Sommer für zwei Wochen nach Hause gefahren bin. Und die ist damals gleich mit deiner Mutter schwanger geworden …«

»Und ist dann nachgekommen, so war das doch, oder?«

»Ja, aber nicht nach München. Ihretwegen bin ich aus München weg und nach Turin zu Fiat. Deine Großmutter hatte Angst vor der Fremde. Sie wäre am liebsten in Sizilien geblieben, mindestens aber in Italien. Dabei war es da nicht leichter. Turin war damals nicht die Stadt, die du heute kennst. Es war alles viel düsterer und dazu ja so nass und elend kalt, zumindest im Winter. Und dann das Essen! In Turin wussten die noch nicht mal, was eine Pizza ist, also es gab vielleicht zwei oder drei Pizzerien, das war's. Und gekocht wurde nur mit Bergen von Butter, nie mit Olivenöl. Aber vor allem haben die Turiner sich von uns überfallen gefühlt. An manchen Häusern gab es sogar Schilder: *Süditaliener unerwünscht*. Die Ablehnung war vielleicht sogar noch größer als die von den Bayern. Für die waren wir zwar *Spaghettifresser*, aber München hat irgendwie so ein Faible für den Süden. Und vielleicht waren wir deshalb dort fast willkommener als in Turin, für manche jedenfalls …«

»Wirklich?«

»Na, willkommen ist wohl zu viel gesagt. Wir waren auch in München Menschen zweiter Klasse. Mit denen man nichts zu tun haben wollte, jedenfalls die meisten. Wir sind daher in unseren Baracken und auch bei der Arbeit eigentlich immer nur unter uns geblieben.« Der Großvater lächelte verschmitzt in sich hinein. »Ich glaube, wir waren den Deutschen einfach zu laut«, sagte er. »Und wir haben zu viel gesungen.« Jetzt grinste er, und einen Moment dachte ich, er würde nun gleich anfangen zu singen, was er bis heute gut und gerne tut, aber dann griff er doch zu seinem Bier, trank einen Schluck und fuhr fort. »Ich hatte aber Glück. Im Werk bin ich dann doch auf ein paar nette deutsche Kollegen getroffen. Die waren in meinem Alter, und wir haben uns angefreundet. Mit denen war ich dann öfter mal im Fußballstadion. Da stand damals schon Sepp Maier für Bayern München im Tor, aber das sagt dir Banausin ja bestimmt nichts …«

Ich schüttelte bestätigend den Kopf. »Und manchmal sind wir auch tanzen gegangen«, fuhr der Großvater ungerührt von meiner Ignoranz in Sachen Fußball fort, »solche Sachen. Und Haxen essen …« Er schmunzelte und schob sich die Gabel mit einem Stück Fleisch in den Mund. »Und deshalb habe ich ja sogar ein paar Brocken Deutsch gelernt.« Kaum hatte er das gesagt, bekam er Gelegenheit, seine Sprachkenntnisse, die über ein paar Brocken weit hinausgehen, unter Beweis zu stellen.

»Schmeckt's?«, fragte der Wirt, während er ein Tablett mit sechs Bierkrügen gekonnt an den Nebentisch jonglierte.

»Ja, passt schon«, antwortete der Großvater.

»Noch a Maß?«, wollte der Wirt wissen.

Der Großvater sah mich fragend an. Ich schüttelte wieder den Kopf, diesmal heftig. Mein Krug war noch halb voll. Ich war es nicht gewohnt, so viel Flüssigkeit zu trinken, und der halbe Liter war mir schon zu Kopf gestiegen.

»*Allora un dolce?*«, fragte mich mein Großvater.

»*Cosa c'è?*«, fragte ich zurück.

Der Wirt hatte uns offenbar verstanden und antwortete an mich gewandt: »Bayerische Creme mit Himbeeren«.

»Die nehmen wir, danke«, entschied der *nonno*, ohne mich zu fragen.

Als wir nach dem Dessert bei einem erstaunlich guten Espresso saßen, kam der Wirt noch einmal zu uns an den Tisch, zog sich einen Stuhl heran. »Wo seid's ihr dann her?«, fragte er.

»Aus Turin«, erwiderte mein Großvater.

»Also Fiat, des hob i mir scho dacht.«

»Na, das ist aber lang her. Ich bin schon über siebzig.«

»Ja mei, Respekt! Des sieht man Ihnen fei gar ned an. Und Ihre schöne Tochter? Oder ist das Ihr Gspusi?« Er grinste.

»Meine Enkelin ist Psychoanalytikerin.« Bei der Aussprache meines Berufs holperte das Deutsch meines Großvaters doch ein wenig, aber der stolze Ton machte das wieder wett.

»Respekt, Frau Doktor, dann san Sie ja a Studierte.«

Als er dann aufstand und unsere leeren Tassen abräumte, hatte ich es eilig, noch eine Frage an ihn loszuwerden. Im Biernebel meines Hirns kramte ich alle meine eigentlich gar nicht so schlechten Deutschkenntnisse zusammen. »Entschuldigen Sie meine Neugier«, sagte ich, »aber ich möchte Sie gern etwas fragen. Kennen Sie einen Peter Maier? Der muss hier in Oberharlachhausen zu Hause sein und bei BMW arbeiten.«

Der Wirt ließ sich in seinen Stuhl zurückfallen, sah mich überrascht an. Auch der Großvater warf mir einen erstaunten Blick zu. »Wie kommen Sie denn auf den?«, fragte der Wirt, ins Hochdeutsche wechselnd.

Ich blieb ihm die Antwort schuldig, da ich keine Idee hatte, wie ich ihm meine Frage erklären sollte, und war froh, als er sich dennoch zu einer Auskunft entschloss. »Also Maiers gibt's hier im Dorf einige, wie Sie sich wohl denken können. Aber wenn Sie den Maier Peter meinen, den mit *ai* und der mir als Erster zu Ihrer Frage einfällt, dann ist das eine ganz rätselhafte Geschichte. Der ist nämlich verschollen.«

»Verschollen?«

»Ja, weg, seit ein paar Monaten, irgendwo in den Alpen verloren gegangen, und keiner weiß, wie und wohin. Tot oder verunglückt oder untergetaucht …«

»Und der hat hier im Dorf ein Haus?«

»Ja, aber nur gemietet. Das steht jetzt schon eine ganze Weile leer, weil der Besitzer nicht weiß, ob der Maier nicht vielleicht doch wieder zurückkommt. Aber ich glaube, jetzt sucht er doch einen neuen Mieter und will das Haus ausräumen. Der Maier ist vor ein paar Jahren hierhergezogen, und hin und wieder hat er sich auch hier im Wirtshaus blicken lassen. Wenn die Italiener da waren, hat er immer auf einem Platz in ihrer Nähe bestanden. Ich fand das ein bisschen komisch, aber es war mir auch egal. Und es stimmt, er arbeitet bei BMW, besser gesagt, hat da gearbeitet, wohl als Ingenieur. Seine Freundin ist Vietnamesin, aber angeblich hat er auch andere Frauengeschichten gehabt … Aber da wird ja viel getratscht. Aber wieso interessieren Sie sich eigentlich so für den? Hat das was mit Ihrem Beruf zu tun?«

Auch mein Großvater blickte mich fragend an, und nun kam ich um eine Antwort nicht mehr herum, und ich entschied mich für eine, die alles offenließ. »Eine Patientin von mir hat den Namen erwähnt.«

»Ja mei, also doch Frauengeschichten ...« Der Wirt erhob sich grinsend, strich seine dunkelbraune Lederschürze glatt. »Na, i muss mi jetzt wieder um die Wirtschaft kümmern. Wollt's ihr noch an Schnaps? Der geht aufs Haus.«

Der Großvater nickte, bevor ich nein sagen konnte. Fünf Minuten später stellte der Wirt mit Schwung zwei Obstbrände vor uns auf den Tisch. »Das ist hausgemachter Marillenschnaps«, erklärte er dem *nonno* und wandte sich dann wieder an mich: »Es gibt hier im Dorf einen Journalisten, der unter anderem für den *Münchner Tagesspiegel* arbeitet. Der war an der Sache mit dem Maier Peter dran. Vielleicht gehen Sie bei dem mal vorbei. Der hat sein Büro nur ein paar Hundert Meter entfernt von hier, also die Dorfstraße hoch, und dann neben der Metzgerei. Lukas Winterhalter heißt der, aber vielleicht rufen Sie ihn besser an, bevor Sie bei ihm vorbeischauen.« Er notierte mir die Nummer des Journalisten auf einen Bierdeckel, klopfte auf den Tisch und verschwand mit einem »Wohl bekomm's« in die Küche.

Am Nachmittag, gleich nach dem Mittagsschlaf, als mein Kopf wieder einigermaßen klar und wir beide unternehmungslustig waren, schlug der *nonno* vor, mir München zeigen. Ich hätte lieber sofort den Journalisten im Dorf aufgesucht, versuchte aber gar nicht erst, meinen Großvater von seinem Vorschlag abzubringen. Das war ich ihm schuldig. Aber zumindest rief ich diesen Lukas Winterhalter noch vor unserem Aufbruch an, verzichtete diesmal auf die wenig glaubwürdige Ausrede mit der Patientin, stellte mich stattdessen als Journalistin aus Turin vor, die in einem bis heute ungeklärten Mordfall recherchiere, und erläuterte ihm, dass mich in diesem Zusammenhang ein Dorfbewohner namens Peter Maier interessiere, der ja wohl verschollen und ihm nicht unbekannt sei. Lukas Winterhalter wurde sofort neugierig, stellte mir alle möglichen Fragen, auf die ich ihm möglichst spärlich Auskunft gab, nicht ohne meinen ganzen italienischen Charme auszuspielen. Schließlich willigte er ein, mich am Sonntagvormittag, bevor ich mit dem Großvater nach Turin zurückkehren würde, in seinem Büro zu treffen. Er sprach wie alle im Dorf mit bayerischem Akzent, was mir ständig das Bild von Lodenjankerln, Lederhosen und Dirndln vor Augen rief, während doch nirgendwo jemand in diesem Aufzug zu sehen war. Jedenfalls schien Lukas Winterhalter sympathisch zu sein, und ich konnte es kaum abwarten, von ihm mehr über den mysteriösen Peter Maier zu erfahren. Aber nun ging es erst einmal nach München.

Wir nahmen die S-Bahn zum Marienplatz und dort angekommen, registrierte ich erstaunt, wie gut mein Großvater sich noch auskannte, obwohl es doch lange zurücklag, dass er dort gelebt hatte. Es war spürbar, dass er die Stadt mochte, sich gern an sie erinnerte. Wir schlenderten durch die Innenstadt, passierten das Hofbräuhaus, ohne einen Blick hineinzuwerfen, leckten an den Vitrinen, wie meine Freundin Franca das mit einem den Franzosen geklauten Ausdruck nennt, und der *nonno* kaufte mir eine Sonnenbrille, ich ihm einen Kaschmirschal. Die Auslagen in den Schaufenstern der Geschäfte standen der Turiner Eleganz nicht nach, aber es war alles deutlich teurer. Mir schien auch, dass man in München mehr Aufhebens um sich machte als in Turin, aber es gefiel mir, und das Faible für den Süden und Italien, von dem der *nonno* gesprochen hatte, wehte tatsächlich durch die bayerische Stadt. Ich schlug vor, noch zum BMW-Stammwerk zu fahren, um zu sehen, was sich dort verändert hatte, seit mein Großvater vor vielen Jahrzehnten nach Italien zurückgekehrt war, aber ich konnte ihn nicht dafür gewinnen. »So schön war es da nun auch wieder nicht. Das muss ich mir jedenfalls nicht noch einmal ansehen«, sagte er lapidar.

Mich zog es dann wie immer zum Wasser. Und so nahmen

wir ein Taxi zum Englischen Garten, schlenderten durch den Park und streckten uns schließlich auf einer Bank am Ufer der Isar in den letzten Sonnenstrahlen dieses warmen Apriltages aus, schwiegen. Mein Großvater schloss die Augen und legte sich sorgfältig den neuen Schal um den Hals, ich setzte mir meine neue Sonnenbrille auf die Nase.

Ich schaute dem Fluss beim Strömen zu, lauschte seinem Plätschern und nutzte den Moment der Ruhe, um das Durcheinander in meinem Kopf zu sortieren, die Puzzleteile meiner bisherigen Recherchen, um Zusammenhänge zu erkennen. Peter Maier und Antonio de Magris waren beide in Oberharlachhausen gewesen, konnten dort aufeinandergetroffen sein. Und Peter Maier war außerdem in Saint-Martin-des-Moulins dem Ehepaar de Magris begegnet, kurz vor dem Tod der Signora und kurz bevor er selbst unter ungeklärten Umständen verschwand. Was hatte diese Verbindung zwischen dem Ehepaar de Magris und Peter Maier zu bedeuten? Und war es von Belang, dass beide Männer in der Autoindustrie tätig waren? Welche Rolle spielten wiederum Alba und der Staatsanwalt Ruggieri? Gab es etwas, womöglich ein Unheil, das sie miteinander verband?

»Was willst du denn eigentlich von diesem Peter Maier?«, unterbrach mein schlauer *nonno* meine Gedankenspiele, ganz entgegen seinem üblichen Hang zur Diskretion. »Sind wir seinetwegen hierhergefahren?«

Ich legte den Finger auf den Mund. »Arztgeheimnis.« Das wirkte immer und erst recht bei meinem Großvater. Und um seiner möglichen Enttäuschung vorzubauen, dass unsere Fahrt nach München ein anderes Motiv haben könnte, als dass wir mal wieder eine Spritztour miteinander unternahmen, schob ich schnell noch nach: »Es ist doch toll, dass wir diese kleine Reise zusammen machen. Das hätten wir schon längst mal tun sollen.« Sofort hellte sich seine Miene auf.

Dann wurde es uns auf der Bank doch zu windig, und wir landeten noch in einem Biergarten, wo man geschützt an langen Holztischen saß, holten uns Brezeln und eine Portion *Obazda*, dazu trank der *nonno* ein Glas Weißbier, ich einen Weißwein. Mein Großvater war nun doch erschöpft, auch wenn er das nicht zugab. Außerdem wurde es langsam dunkel, also Zeit, in unser Hotel zurückzukehren.

Beim Frühstück am nächsten Morgen, das mit Eiern und Speck für unsere italienischen Gewohnheiten wieder viel zu üppig ausfiel, las der *nonno* die *Gazzetta dello Sport*, die erstaunlicherweise im Hotelfoyer auslag, und ich checkte meine Nachrichten. Gottlob war es ein ruhiges Wochenende, ohne Störfeuer aus Turin. Als ich schließlich mein Handy zurück in meine Handtasche packte und meine Jacke überstreifte, um zu der Verabredung mit dem Journalisten aufzubrechen, legte auch mein Großvater ganz selbstverständlich die Zeitung weg, griff zu Hut und Mantel, und nur mit Mühe brachte ich ihn davon ab, mich dorthin begleiten zu wollen. Beim Hinausgehen warf ich ihm noch einen aufmunternden Blick zu, und als unsere Augen sich trafen, nahm ich schmerzhaft wahr, wie das Alter und eine diffuse Traurigkeit sein Gesicht streiften, wogegen auch sein voller Haarschopf, den er wieder mit etwas Gel in Form gebracht hatte, nicht ankam. Für einen Moment durchfuhr mich die Gewissheit, dass er mich in nicht allzu weiter Ferne verlassen würde, und es brach mir fast das Herz. Am liebsten wäre ich zu ihm zurückgeeilt, wollte ihn umarmen und bei mir halten. Aber dann setzte sich doch meine Wissbegier durch, die mich schließlich auf diese Reise nach München geführt hatte.

14

Lukas Winterhalter empfing mich mit einem richtig guten Cappuccino, und er war der erste Mensch, den ich in diesem Dorf zu sehen bekam, der tatsächlich eine Lodenjacke und eine speckige lange Lederhose trug. In seinem kleinen Büro, das mit billiger Auslegware und ein paar Ikea-Regalen etwas schäbig wirkte, herrschte Chaos, aber er schien sich gut darin zurechtzufinden. Jedenfalls fischte er, kaum dass ich das Büro betreten und auf einem Stuhl an seinem Schreibtisch Platz genommen hatte, zielsicher eine Mappe aus einem größeren Stapel von Unterlagen heraus und legte sie neben seinen nagelneuen Computer, der mit einem riesengroßen Extrabildschirm das Büro dominierte. Handschriftlich hatte er auf dem Deckblatt *Maier, Peter* notiert, wie ich bei einem schnellen Blick darauf feststellte.

Lukas Winterhalter bemerkte das und ging gleich *in medias res*: »Sie sind also freie Journalistin?«, fragte er. »Und der Maier Peter interessiert Sie? Was hat der denn mit Ihrem Mordfall zu tun? Ist er etwa der Mörder?« Er grinste mich an. Natürlich witterte der Journalist eine Geschichte und würde versuchen, möglichst viele Informationen aus mir herauszuholen.

Aber ich hielt mich bedeckt. »Nein, natürlich nicht«, erwiderte ich. »Der Peter Maier war, wie ich Ihnen am Telefon schon sagte, ein Bekannter der ermordeten Frau. Ich hätte ihn daher gerne zu ihr befragt. Ich bin aber noch ganz am Anfang meiner Recherche. Wenn Sie das interessiert und ich ein Stück weiter bin, halte ich Sie gerne auf dem Laufenden.«

»Ach, kommen Sie. Wenn Sie extra wegen dem aus Turin zu uns nach Bayern kommen, dann hatten Sie ihn doch wohl in Verdacht.«

»Nein, ich hatte nur gehofft, ein paar Informationen von ihm zu bekommen, mehr nicht«, erwiderte ich und setzte mein charmantes Lächeln auf. »Außerdem bin ich nicht nur deshalb hier. Ich sagte Ihnen ja schon, dass ich mit meinem Großvater eine kleine Reise unternehme.«

»Wann ist der Mord, an dem Sie dran sind, denn eigentlich passiert?«

»Schon vor einigen Monaten. Und die Polizei hat die Ermittlungen inzwischen ergebnislos eingestellt.«

»Und jetzt wollen Sie es denen also mal zeigen, ich verstehe … Jedenfalls kommen Sie allemal zu spät. Obwohl Sie ja nah dran waren an Ihrem Informanten. Denn dieses gottverlorene Dorf in den Alpen, in dem er im Dezember verschwunden ist, ist ja gar nicht so weit weg von Ihnen in Turin, nicht wahr?« Er blätterte in seiner Mappe. »Saint-Martin-des-Moulins«, sagte er. »Das ist eigentlich ein ganz netter Flecken. Waren Sie da schon mal?«

»Ja«, antwortete ich, »das Dorf kenne ich, gut sogar, aber nur vom Skilaufen. Von da aus ist er ja wohl in den Schnee aufgebrochen und nicht wieder zurückgekommen?«

»Ja, so ist es.«

»Was hat er denn eigentlich im Leben gemacht? Stimmt es, dass er bei BMW angestellt war?«

»Ja, das stimmt. Er ist von Haus aus Ingenieur und war dort in der Entwicklungsabteilung mit Elektromobilität befasst, aber Genaueres weiß ich darüber auch nicht. Die halten sich mit solchen Informationen bei BMW ziemlich bedeckt.«

Ich horchte auf. Schon wieder ging es um Elektromobilität, also das Thema, mit dem auch Antonio de Magris im Fiat-Werk zu tun hatte. Hatte das etwas zu bedeuten, dass beide Männer nicht nur bei Autoherstellern, sondern auch noch auf dem gleichen Gebiet tätig waren? Hatten sie sich deshalb in Saint-Martin-des-Moulins getroffen? Und wenn ja, zu welchem Zweck?

»Was glauben Sie denn, was mit Peter Maier passiert ist?«, fragte ich.

»Wie Sie wissen, geht es im Journalismus ja eigentlich nicht darum, was man glaubt, und schon gar nicht darum, was ich glaube«, antwortete er süffisant lächelnd. »Aber wenn Sie mich so fragen, dann sage ich mal, dass ich nicht weiß, was ich glauben soll. Das heißt, dass ich nicht sicher bin, ob er tot ist. Ich kann mir auch vorstellen, dass er noch lebt und irgendwohin den Abflug gemacht hat. Der Typ hatte hohe Spielschulden, die er niemals hätte begleichen können, und also gute Gründe zu verschwinden.«

»Und haben Sie denn noch weitere Hinweise dafür, dass es so gewesen sein könnte?«

»An dem Nachmittag, als er im Schnee verschüttgegangen sein soll«, fuhr Lukas Winterhalter fort, »ist in einem Nachbardorf ein Hubschrauber gestartet, angeblich nach Zürich, und ich weiß, dass eine Vietnamesin dort gesehen wurde. Und dazu müssen Sie wissen: Seine Freundin kommt aus Vietnam. Ich muss allerdings dazu sagen, dass es durchaus sein kann, dass das doch keine Vietnamesin war, denn für die Leute hier sehen ja alle Asiaten gleich aus.« Wieder dieses süffisante Lächeln. »Aber natürlich kann diese Frau, die da gesehen wurde, irgendwer gewesen sein. Und mehr war über den Hubschrauber leider nicht herauszubekommen. Weder wem er gehörte, noch wer ihn geflogen hat, mit wem und wohin. Und vor allem, ob der Maier Peter ihn bestiegen hat. Das ist alles sehr obskur. Aber vielleicht ist er wirklich tot. Ich weiß es nicht. Jedenfalls habe ich meine Recherchen inzwischen eingestellt. Ich habe mir die Zähne daran ausgebissen und hatte dann irgendwann einfach keine Lust mehr. Das ist Ihnen doch wahrscheinlich auch schon passiert, oder?«

»Ja klar«, bestätigte ich, blieb aber am Ball. »Wann haben Sie ihn denn eigentlich zum letzten Mal gesehen?«

Lukas Winterhalter musste nicht lange nachdenken. »Das war im letzten Jahr im Dezember, zu Anfang des Monats. Und danach ist auch seine Freundin nicht mehr im Dorf gesehen worden. Vielleicht liegt er also jetzt nicht unter Schnee und Eis in den Alpen, sondern mit ihr zusammen irgendwo in der Welt am Strand in der Sonne. Mir soll es egal sein. Ich habe genug von der ganzen Sache.« Er zündete sich eine Zigarette an und nahm einen tiefen Zug. »Sie sehen, ich kann Ihnen nicht wirklich weiterhelfen, es tut mir leid. Ich hoffe, Sie kommen, anders als ich, trotzdem weiter mit Ihrer Recherche …« Etwas in seinem Blick verriet mir, dass er mir meine Geschichte nicht ganz abnahm, dass er ahnte, dass ich ihm nicht die ganze Wahrheit erzählte. Lukas Winterhalter war nicht so leicht hinters Licht zu führen.

»Und die Polizei, was sagt die denn eigentlich?«, gab ich noch nicht auf.

»Die gehen davon aus, dass er auf seiner Schneetour verunglückt ist, und haben die Suche nach ihm und auch die Ermittlungen schnell eingestellt.«

»Und wissen Sie etwas von einem Paar, das er noch am Vorabend seiner Tour in Saint-Martin-des-Moulins getroffen hat?«

Er richtete sich in seinem Stuhl auf, sah mich überrascht an. »Da sind Sie aber doch ziemlich gut informiert … Und ja, das hat man mir in dem Dorfhotel, wo die abgestiegen sind, erzählt. Das waren wohl Freunde von ihm aus Turin. Die haben zusammen Abend gegessen. Was ist damit? Kennen Sie die?« Er war plötzlich hellwach.

»Das ist nicht so wichtig«, relativierte ich hastig. »Ich habe auch gehört, dass das Bekannte von ihm waren. Aber es hätte ja sein können …« Ich beendete den kryptischen Satz nicht und erhob mich. »Also vielen Dank, dass Sie sich die Zeit für mich genommen haben. Ich würde mich freuen, wenn Sie mich informieren, falls sich doch noch etwas Neues ergibt.« Ich tat so, als würde ich in meiner Handtasche nach meiner Karte suchen. »Ach herrje«, sagte ich dann, »jetzt habe ich meine Visitenkarte im Hotel vergessen. Wenn Sie mir ein Blatt geben, notiere ich Ihnen meine Handynummer.«

Er reichte mir einen Zettel, erneut mit diesem süffisanten Lächeln. Hatte er mich durchschaut? Bevor er mir noch mehr unangenehme Fragen stellen würde, notierte ich eilig Namen und Telefonnummer und sah zu, dass ich aus dem Büro herauskam. »Ich halte Sie natürlich wie besprochen auf dem Laufenden.«

Er sah nachdenklich auf den Zettel, legte ihn auf seinen Schreibtisch. »*Va bene, collega*«, sagte er in akzentfreiem Italienisch. »*Ci sentiamo.*«

Die Begegnung mit dem Journalisten hatte keine halbe Stunde gedauert, und ich war eigentlich schon auf dem Rückweg zum Hotel, als ich auf meine Uhr sah und mir die Idee kam, ich könnte doch … So viel Zeit musste sein, auch wenn der Großvater und ich an diesem Sonntag noch nach Turin zurückkehren wollten. Ich dachte nach. Wie hatte die Adresse von Peter Maier noch gleich gelautet? Ich hatte sie mir im Handy abgespeichert, brauchte aber gar nicht nachzusehen. Ringstraße 44, das war es, ganz sicher. In dem winzigen Dorf war das nicht weit entfernt, und fünf Minuten später stand ich vor dem Haus. Ein großer Bungalow mit geschlossenen Rollläden, ein ungepflegter Vorgarten, kein Namensschild und das hölzerne Tor halb offen. Am Zaun ein Schild: *Zu vermieten*, darunter eine Telefonnummer. Ich sah mich nach allen Seiten um, die Straße war menschenleer, und schlüpfte in den Vorgarten, ging eilig um das Haus herum, streifte unterwegs ein Dornengestrüpp. Es gab ein reißendes Geräusch, und ich wusste, dass es meine Steppjacke erwischt hatte. Sei's drum. Hinter dem Haus lag ein Garten, eigentlich nur ein größeres Rasenstück, das schon lange nicht mehr gemäht worden war, und mittendrin ein Pool ohne Wasser. Ich näherte mich der Terrasse, wo ein paar Sommermöbel herumstanden, ein runder Holztisch und bunte Plastikstühle, eine verwitterte Sonnenliege. Seitlich führte etwas versteckt hinter Büschen eine Treppe in den Keller. Ich nahm die ersten Stufen, zögerte kurz und stieg dann mit schnellen Schritten weiter hinunter, bis ich vor einer Tür stand. Ich drückte die Klinke und blickte in eine düstere Waschküche. Ich weiß nicht, was mich ritt, dass ich noch immer nicht den Rückzug antrat. Immerhin streifte mich kurz der Gedanke, wie absurd das war, was ich da tat.

Ich durchquerte dann aber doch beherzten Schritts den Keller, suchte den Weg über eine Wendeltreppe nach oben und gelangte im Erdgeschoss in ein Labyrinth von Räumen, die alle im Dunkel lagen, an das sich meine Augen nur langsam gewöhnten. Vorsichtig schaute ich mich um, im Grunde schon überzeugt davon, dass sich in diesem Haus niemand aufhielt. Es war schick, aber unpersönlich und kalt. Schwarze Ledersofas, ein Glastisch, einige abstrakte Drucke und Spiegel an den Wänden, teuer aussehende Teppiche auf dem Marmorboden. Peter Maier hatte den Bungalow wohl möbliert gemietet, vermutete ich. Schließlich kam ich in eine Einbauküche mit einem leeren Hightech-Kühlschrank, einer blitzenden Espressomaschine, die Schränke voll mit Geschirr, aber nirgendwo Lebensmittel. Alles in diesem Haus war fast klinisch sauber und aufgeräumt, und nach einem plötzlichen Aufbruch sah es wirklich nicht aus. Ich wagte mich noch ein Stück weiter in einen geräumigen Flur vor, von dem weitere Zimmer abgingen, vermutlich auch das Schlafzimmer.

Weit kam ich nicht. Ein Geräusch stoppte mich. War da eine Tür zugefallen? Bestimmt die Kellertür, die ich in der Aufregung nicht hinter mir zugemacht hatte. Aber ganz beruhigte mich der Gedanke doch nicht. Ich stand wie erstarrt und lauschte in die Stille hinein, hörte mein Herz schlagen. Eine Weile blieb es ruhig, aber dann war da wieder das Geräusch von Schritten. Es kam aus dem Keller. Jemand musste dort unten sein. Panik ergriff mich. Wie sollte ich unentdeckt hier wieder herauskommen? Die Schritte wurden lauter, näherten sich über die Treppe. Mir war eiskalt.

»Ist da jemand?« Eine tiefe männliche Stimme. Im Flur leuchtete ein flackerndes Licht auf, der Typ konnte nicht mehr weit sein. Ich saß in der Falle.

»Ist da jemand?« Jetzt klang es durchdringend und ganz nah. Im Bruchteil einer Sekunde traf mich dann schon der Lichtkegel einer Taschenlampe, blendete mich.

»Was tun Sie hier?«, fragte die Gestalt im Dunkeln. Und im selben Moment sah ich die Waffe, die auf mich gerichtet war.

»Nehmen Sie die Arme hoch«, befahl der Mann mit der Pistole, und jetzt sah ich etwas mehr, nicht nur die Waffe, sondern auch die Uniform. Polizei. Ein Stein fiel mir vom Herzen.

Eine halbe Stunde später fand ich mich auf der Polizeistation von Unterharlachhausen wieder, dem etwas größeren Nachbardorf. Der noch junge pausbäckige Polizist, der mich in Peter Maiers Haus gestellt, mir Handschellen angelegt und auf das Revier verfrachtet hatte, verschwand in einem Büro und ließ mich auf einer Bank im Vorraum warten. Wenigstens hatte er mir die Handschellen abgenommen. Aber auch so saß ich gewaltig in der Patsche. Dann fiel mir mein Großvater ein, der im Hotel auf mich wartete und sich bestimmt langsam Sorgen machte. Ich musste ihn informieren, auch wenn ich ihn damit beunruhigte. Er ging sofort an sein Handy, hatte bestimmt schon auf meinen Anruf gewartet, reagierte aber erstaunlich gelassen, als ich ihm erklärte, wo ich mich befand und dass es wohl noch eine Weile dauern würde.

»Ich bin gleich bei dir, *tesoro*«, erklärte er ruhig und war nicht davon abzubringen, auf das Revier zu kommen.

Gequält von Selbstvorwürfen saß ich auf der Bank und wartete ab, was geschehen würde. Meine Erleichterung, dass ich im Haus von Peter Maier keinen bedrohlichen Verfolger, sondern einen Polizisten vor mir gehabt hatte, war wohl doch etwas verfrüht gewesen. Um mich abzulenken, studierte ich die Aushänge an den Wänden. Zwei Suchplakate zogen meine Aufmerksamkeit auf sich, und ich schaute sie mir genauer an. Das eine war die Suchanzeige nach einem Mann, der vor ein paar Tagen aus dem Altenheim des Dorfes verschwunden war und seitdem vermisst wurde. Er war neunzig Jahre alt und dement, und ich dachte, dass es vermutlich nicht mehr viel Hoffnung gab, ihn unversehrt wiederzufinden. Der andere Aushang war vom Oktober des vergangenen Jahres. Es wurden Zeugen für einen nächtlichen Unfall gesucht. Eine junge Frau war offenbar auf der Landstraße von München in Richtung Süden kurz vor Oberharlachhausen von einem Auto in den Straßengraben abgedrängt und schwer verletzt worden. Der Fahrer oder die Fahrerin hatte sie hilflos zurückgelassen, sodass sie verblutete. Das Foto zeigte ein sympathisch aussehendes Mädchen, das mit blonden Haaren und einer großen Nase etwas Ähnlichkeit mit Alba hatte, aber wohl ein paar Jahre jünger war. Ich kam nicht dazu, den Text ganz zu Ende zu lesen, weil der pausbäckige Polizist zu mir zurückkehrte und mich in barschem Ton aufforderte, ihm in sein Büro zu folgen, wo er mir einen Stuhl hinstellte und selbst hinter seinem Schreibtisch Platz nahm. »Das ist Hausfriedensbruch, was Sie gemacht haben«, blaffte er mich auf Hochdeutsch an, und ich vermisste den bayerischen Dialekt, der seinen Anwürfen etwas die Schärfe genommen hätte. »Das gibt in jedem Fall eine Anzeige. Sie können doch nicht einfach in ein wildfremdes Haus spazieren, weil da die Kellertür offen steht. Glücklicherweise hat ein Nachbar Sie beobachtet und uns alarmiert. Was wollten Sie da eigentlich?«

Die Frage hatte ich natürlich erwartet und mir schon im Polizeiauto eine Ausflucht überlegt. »Ich bin für das Wochenende zu Besuch hier in Bayern und im Hotel in Oberharlachhausen untergekommen«, sagte ich, »und das Dorf gefällt mir wirklich ausnehmend gut und auch die ganze Gegend hier. Und dann habe ich zufällig im Vorbeigehen gesehen, dass das Haus zu vermieten ist, und das hat mich sofort interessiert. Ich muss aber heute noch dringend nach Turin zurück und habe einfach die Chance ergriffen, einen Blick hineinzuwerfen.« Ich sah ihn schuldbewusst an. »Das war natürlich nicht in Ordnung«, fuhr ich fort, »da haben Sie vollkommen recht. Ich habe mich zu etwas Idiotischem verleiten lassen, und das tut mir leid.« Zu meiner Überraschung funktionierte mein Deutsch trotz allem gut, und zusätzlich setzte ich auf die Verführungskraft meines italienischen Akzents und meines charmanten Lächelns – allerdings war beides diesmal ein glatter Misserfolg.

Der Polizist starrte mich ungläubig an. »Macht man das bei Ihnen in Turin so, wenn einem ein Haus gefällt?«, erwiderte er noch aufgebrachter als zuvor. »Gehen Sie dann auch einfach mal durch den Keller hinein?«

»Nein, natürlich nicht. Es tut mir leid. Sie haben recht. Das war eine schwachsinnige Idee.«

»Eine strafbare«, korrigierte mich der Ordnungshüter. »Nach Turin kommen Sie heute natürlich nicht mehr. Das können Sie vergessen. Wir warten jetzt hier auf meinen Vorgesetzten. Der kommt gleich und wird dann entscheiden, was mit Ihnen geschehen soll.«

15

»Und wie bist du dann da wieder rausgekommen?« Franca starrte mich perplex an. Wir saßen wie immer bei unserem montäglichen Mittagessen im *Caffè Vini Manzoni* und hatten unsere Lieblingsgerichte bestellt, sie die Sardellen, ich das *Vitello tonnato*.

»Mit Hilfe meines Großvaters. Der hat es geschafft, mich aus den Klauen der bayerischen Polizei zu befreien.«

»Und wie?«

»Du kennst ihn doch. So ein freundlicher älterer Herr aus Italien, der auch noch Deutsch spricht und das gar nicht so schlecht, das hat die beiden Polizisten kolossal beeindruckt. Aber das Entscheidende war der Maier Sepp.«

»Und wer ist das? Muss ich den kennen?«

»Nein, musst du nicht. Ich kannte den auch nicht. Aber mein *nonno* ist ja ein wandelndes Fußballlexikon. Und der Maier Sepp« – ich hatte mir inzwischen die bayerische Art der Namensnennung angeeignet – »hat bei Bayern München im Tor gestanden, als mein Großvater als ganz junger Mann in München war und dort öfter mal im Stadion. Er hat doch damals bei BMW am Fließband gearbeitet, das habe ich dir ja alles schon mal erzählt.«

Franca nickte, war ganz Ohr und spießte nebenher geistesabwesend eine Sardelle auf.

»Und der Maier Sepp ist später ein ganz Großer geworden, er war Torwart in der deutschen Nationalmannschaft, als sie 1974 Weltmeister geworden sind.«

»Und was hat das mit deinem Einbruch zu tun?«

»Das war kein Einbruch«, protestierte ich. »Aber wie auch immer, der war dann jedenfalls ganz schnell vergessen. Der *nonno* und die beiden Polizisten haben sich gegenseitig überboten in ihren Erinnerungen an irgendwelche Fußballspiele, begnadete Fußballer und geniale Tore, die waren gar nicht mehr zu bremsen. Zwischendrin dachte ich, dass die mich vergessen haben, aber manchmal hat mir mein Großvater zugezwinkert, und es war klar, dass er bei aller wirklichen Begeisterung, die er mit ihnen geteilt hat, auch eine Strategie verfolgte.«

»Und dann?«

»Haben sie uns gehen lassen. ›Wir lassen dann mal Gnade vor Recht ergehen und vergessen das Ganze‹, hat der Ältere, der wohl der Vorgesetzte von dem Pausbäckigen war, zu mir gesagt. ›Das haben Sie Ihrem Großvater zu verdanken.‹«

»Und es wird jetzt also keine Anzeige geben?«, fragte Franca.

»Nein, alles gut.«

»Da hast du aber wirklich noch mal Schwein gehabt, Camilla. Und jetzt mal ganz ehrlich, was reitet dich denn bloß? Ich kapiere es nicht, das habe ich dir ja schon gesagt, bevor du losgefahren bist. Ich hoffe nur, dass dir das eine Lehre ist und du jetzt die Finger von der ganzen Sache lässt.«

»Seit wann bist du so pädagogisch?«

»Sorry, du hast recht, aber du solltest wirklich damit aufhören.«

»Nein, das werde ich nicht tun«, erwiderte ich und schob mir den letzten Happen von meinem *Vitello tonnato* in den Mund.

Franca schaute mich entnervt an.

»Du bist ja im Recht«, gab ich zu, »natürlich habe ich Mist

gebaut in diesem bayerischen Dorf, aber ich glaube, jetzt bin ich auf der richtigen Spur, und da werde ich auf den letzten Metern doch nicht aufgeben.«

»Und was ist das für eine Spur, wenn ich fragen darf? Oder fällt das wieder unter eines deiner Arztgeheimnisse?«

»Ich glaube, der Mord an der *Frau in Rot* hat etwas mit den beiden Männern zu tun, ihrem Ehemann und diesem Deutschen, in dessen Haus ich war.«

»In das du eingebrochen bist«, korrigierte mich Franca grinsend.

Diesmal ignorierte ich ihre Bemerkung. »Der eine ist ein hohes Tier bei Fiat«, fuhr ich fort, »und der andere hat in München bei BMW gearbeitet, und beide sind oder waren dort jeweils mit Elektromobilität befasst. Soweit ich weiß, geht es auf diesem Markt um Innovation um jeden Preis, und es herrscht ein erbitterter Konkurrenzkampf, wer von den Autoherstellern die Nase vorn hat. Und es kann doch kein Zufall sein, dass die beiden praktisch dasselbe machen. Vor allem, da sie außerdem beide sowohl in Saint-Martin-des-Moulins wie auch in dem bayerischen Dorf waren. Ich vermute daher, dass es zwischen ihnen irgendwelche Kungeleien gegeben hat.«

»Du meinst Industriespionage?« Franca begriff schnell.

»Ja, in die Richtung geht zumindest meine Vermutung.«

»Aber was soll dann der Mord an der Ehefrau damit zu tun haben?«

»Weiß ich noch nicht. Aber in jedem Fall war sie involviert, denn sie hat ihren Mann zu dem Treffen in unserem Ski-Dorf mit diesem Peter Maier begleitet. Das weiß ich von Raffaella. Davon habe ich dir ja schon erzählt.«

»Aber wenn an deiner Vermutung mit der Industriespionage etwas dran ist, ist das dann nicht langsam doch eine Nummer zu groß für dich?« Franca war für ihre Verhältnisse sehr ernst und ehrlich besorgt.

»Na ja, erst mal ist es ja nur eine Vermutung. Ich gehe heute Nachmittag noch in der Redaktion von *La Stampa* vorbei. Da gibt es einen Wirtschaftsjournalisten, Luca Mangarelli heißt er, und er kümmert sich bei der Zeitung vorrangig um Verkehrsthemen und die Automobilindustrie. Den habe ich heute Morgen angerufen und mich mit ihm verabredet. Das war ein Tipp von Ennio, der den aus seinem Tennisclub kennt. Die spielen wohl manchmal im Doppel zusammen.«

»Ach du meine Güte, auf Ennio ist auch kein Verlass mehr, wenigstens der sollte dich doch stoppen!«

»Hat er versucht. Aber dann ist er doch mit dem Namen und der Telefonnummer dieses Journalisten herausgerückt. Er hat gemeint, dass es nicht schaden könnte, mich mit einem Kenner der Branche zu unterhalten, und ich glaube, das hat er auch in der Hoffnung getan, dass er mir alle meinen schönen Theorien auseinandernimmt und ich dann die Finger davon lasse.«

»Das hoffe ich allerdings auch.«

»Das nennt man gute Freunde, die einem so wunderbar den Rücken stärken ...« Ich prostete ihr mit meinem Wasserglas zu.

»Also jetzt mal Klartext, Camilla, von wegen Freundschaft. Können wir denn unter Freundinnen vielleicht mal ein Wort darüber verlieren, was mit dir los ist, warum du dich in dieser ganzen Sache so obsessiv engagierst? Du weichst mir doch ständig aus, wenn ich dich danach frage.«

Ich machte dem Wirt ein Zeichen, bestellte zwei doppelte Espressi.

»Also okay. Du kennst ja die Geschichte meiner Mutter«, sagte ich, als die kleinen Tassen vor uns standen. Franca nickte.

»Dass sie von einem auf den anderen Tag verschwunden ist.«

Sie nickte wieder.

»Das, was du meine Obsession nennst, hat damit etwas zu tun. Wie du ja schon vermutet hast. Und wie du ja auch weißt, hat mir damals keiner irgendetwas gesagt. Alle haben mir was vorgemacht, mein Vater, meine Großeltern, bis sie mir irgendwann endlich gesagt haben, dass sie nicht mehr wiederkommen wird. Und dann ist ja auch noch mein Vater verschwunden.«

»Und war das nicht zumindest im Nachhinein gesehen ein Glück? Wenn ich das richtig verstanden habe, was du mir schon erzählt hast, warst du bei deinen Großeltern doch besser aufgehoben, als wenn du bei deinem Vater geblieben wärest, oder irre ich mich da?«

»Nein, da irrst du nicht. Aber es war am Anfang trotzdem schrecklich.«

»Das verstehe ich. Und was ist eigentlich inzwischen mit deinem Vater? Über den sprichst du nie. Du hast aber doch mittlerweile hin und wieder Kontakt zu ihm, oder nicht?«

»Doch, schon. Vor ein paar Jahren war er mal in Turin, als ich noch in der Ausbildung war. Manchmal telefonieren wir. Aber wir haben uns nicht viel zu sagen. Ich kenne ihn ja kaum. Er lebt in Apulien, hat dort eine Bar und wohl eine Freundin und auch ein Kind mit ihr.«

»Ach komm. Das hast du mir nie erzählt. Und du warst da nie?«

»Nein. Ich habe beschlossen, ihn als Vater aus meinem Leben zu streichen, so wie er es mit mir als seiner Tochter gemacht hat. Deshalb muss ich ihm ja trotzdem nicht aus dem Weg gehen. Als ich meine Lehranalyse gemacht habe, war das natürlich ein Thema, also was das damals mit mir gemacht hat. Jedenfalls habe ich mit diesem Teil der Geschichte inzwischen meinen Frieden gemacht.«

»Und mit welchem Teil nicht?«

»Mit dem Rätsel um meine Mutter.«

»Hast du denn versucht, es zu lösen?«

»Ja, als ich noch studiert habe, bin ich ein paar Monate lang auf ihre Spur gegangen, so ähnlich wie jetzt, aber vollkommen erfolglos.«

»Auch das hast du mir nie erzählt. Und ich dachte, ich weiß alles über meine beste Freundin ...«

»Zu der Zeit warst du noch in Frankreich, und wir hatten uns aus den Augen verloren ...«

»Aber dann sag, wie hast du das gemacht?«

»Natürlich habe ich die Großeltern ausgefragt, die *nonna* hat ja damals noch gelebt. Soweit das eben ging. Denn das Ganze war und ist ja ein Tabuthema. Dann habe ich auch mit Arbeitskollegen meiner Mutter geredet und mit ihren Freundinnen, mir außerdem einen Anwalt genommen und Einsicht in die Polizeiakten verschafft und, und, und ...«

»Und dabei ist nichts herausgekommen und dann hast du aufgegeben?«

»Ja. Es gab Hinweise auf alles Mögliche, was ihr passiert sein konnte. Dass sie an diesem Abend jemanden getroffen hat, der sie ermordet hat. Dass sie sich umgebracht hat oder aus ihrem Leben ausgebrochen ist. Glücklich war sie jedenfalls nicht, so viel steht fest. Nicht mit ihrem Mann, nicht mit ihrer Arbeit und wohl auch nicht mit mir. Aber alle meine Recherchen sind ins Leere gelaufen.«

»Und dann ist das, was du jetzt treibst, so eine Art Ersatzhandlung, oder wie nennst du das als Frau vom Fach? Da du nicht herausbekommen hast, was damals mit deiner Mutter geschehen ist, versuchst du jetzt herauszubekommen, wie und warum Albas Mutter sterben musste?«

»Das ist vielleicht ein bisschen vulgärpsychologisch, aber es ist sicher etwas dran. Es gibt auch noch eine andere Parallele. Zumindest wenn die eine der Hypothesen über das Verschwinden meiner Mutter stimmen sollte. Dass sie nämlich einfach aus ihrem schalen Leben ausgebrochen ist, ähnlich wie die *Frau in Rot*, aber nicht nur hin und wieder mal für eine Nacht, sondern für immer.«

»Dann also noch lebt?«

»Ja.«

»Verstehe«, sagte Franca.

»Aber wenn ich ehrlich bin, ist das Ganze auch eine Art Spiel«, fügte ich hinzu, um unserem Gespräch eine leichtere Wendung zu geben. »Ich versuche wohl herauszufinden, ob ich eine gute Kommissarin geworden wäre.«

»Die Prüfung hast du in deinem bayerischen Dorf aber kräftig versiebt, würde ich sagen«, bemerkte Franca grinsend.

»Damit hast du leider schon wieder recht«, gab ich zu, trank meinen Espresso aus, drückte Franca einen Kuss auf die Wange und machte mich auf den Weg in meine Praxis.

Die Redaktion von *La Stampa* hat ihren Sitz seit einigen Jahren in der Via Lugaro, einem Viertel südlich des Valentino-Parks, das verheißungsvoll Nizza heißt, obwohl von mediterraner Atmosphäre dort nicht viel zu spüren ist. Das Gebäude, ein mehrstöckiger Klotz, weiß und hypermodern, passt auch eigentlich nicht zu der Zeitung, die eine alte Turiner Dame ist und immerhin eine rund hundertfünfzigjährige Tradition in der Stadt hat. Ich war mit dem Fahrrad gekommen und zu früh dran, da mein letzter Termin ausgefallen war. Daher nutzte ich die Zeit, um noch einen Blick in das kleine Museum zu werfen, das man vor einiger Zeit eingerichtet hatte, dann meldete ich mich beim Pförtner im Erdgeschoss an, und nur wenige Minuten später trat Luca Mangarelli aus dem Aufzug und lief mit federnden Schritten und einem Lächeln auf mich zu. Ein kräftiger Typ in meinem Alter, mit Hornbrille und rötlichem krausen Haar, der mich in das große Café im Erdgeschoss führte, das mit weißen Plastikmöbeln eine ähnlich kühle Nüchternheit ausstrahlte wie das ganze Gebäude und nur von ein paar Studenten besucht war, die wohl aus den nahe gelegenen Gebäuden der pharmazeutischen Fakultät hierherkamen.

»Danke, dass Sie sich so schnell Zeit für mich genommen

haben«, begann ich das Gespräch, als wir uns beim Espresso gegenübersaßen.

»Geht es vielleicht etwas weniger förmlich?«, kam es lächelnd von ihm zurück. »Ich bin Luca, und du bist Camilla, eine Freundin von Ennio, ja?«

»Ja, natürlich. Sehr gerne. Ennio hat dich übrigens in den höchsten Tönen gelobt. Und du spielst also manchmal Tennis mit ihm ...«

»Ja, leider meistens gegen ihn. Er hat einen verdammt guten Aufschlag ...«

»Das habe ich mir gedacht, Ennio ist in fast allem ziemlich gut.«

»Und bei den Frauen hat er offensichtlich auch ein Händchen ...« Luca strahlte bei dieser Bemerkung über das ganze Gesicht, und ich sah ihm die Anzüglichkeit nach. »Du bist Psychoanalytikerin?«, wurde er dann ernst, und seiner Frage fehlte der zweideutige Unterton, den ich von vielen gewöhnt war. Als ich nickte, kam er zügig zur Sache: »Und warum interessiert sich eine Psychoanalytikerin für die Autoindustrie und speziell für das Thema Elektromobilität?«

Diesmal verzichtete ich auf die übliche ärztliche Begründung. »Es würde zu weit führen, dir das zu erklären«, sagte ich. »Aber glaub mir, ich habe gute Gründe dafür.«

»Und was willst du nun wissen?«

»Es geht mir um Industriespionage. Ist die denn in der Autoindustrie sehr verbreitet? Darüber würde ich gern mehr wissen.«

»Ja, schon, es heißt, dass jeder zehnte Automobilhersteller oder auch -zulieferer davon mal betroffen gewesen ist, oft geht es um Cyberangriffe. Und natürlich beäugen sich die Autofirmen alle. Aber das ist dann ja nicht gleich Spionage. Und wenn, dann finden sich die Spione häufig in den eigenen Reihen. Zum Beispiel kommt es vor, dass ehemalige Mitarbeiter sensible

Dokumente mit zu einem neuen Arbeitgeber nehmen. Oder denk an die Automessen. Auf denen sind auch stets Spione unterwegs. Die dringen mit ihren Kameras bis in die hintersten Winkel der neuesten Modelle vor und lichten die akribisch ab. Aber ich wüsste nicht, dass es schon mal gelungen ist, wirklich bedeutendes internes Wissen anzuzapfen.«

»Also sind dir richtig große Fälle von erfolgreicher Spionage nicht bekannt?«

»Nein, eigentlich nicht. Vor ungefähr zehn Jahren hat es mal einen Fall bei Renault gegeben, da ging es damals schon um das Know-how in der Entwicklung von Elektroautos und insbesondere deren Batterien, aber das ist geplatzt wie eine Seifenblase. Die Konzernleitung hatte drei Manager im Verdacht, internes Wissen an die Chinesen weitergegeben zu haben, und die hat man deshalb entlassen. Die angebliche Spionageaffäre hat sich aber schließlich als Fehlalarm entpuppt, was nicht verhindert hat, dass es deshalb sogar zu diplomatischen Irritationen zwischen Frankreich und China gekommen ist. Das Ganze ging auf ein paar anonyme Zeilen zurück, denen die Konzernleitung aus lauter Furcht vor Spionage zu viel Glauben geschenkt hat.«

»Und gäbe es denn bei Fiat zurzeit für Spione etwas zu holen?«, näherte ich mich meinem eigentlichen Interesse.

Luca wurde sofort hellhörig, sah mich überrascht an. »Wolltest du deshalb mit mir sprechen? Ist dir da etwas zu Ohren gekommen?« Der journalistische Reflex funktionierte bei ihm gut, es war offensichtlich, dass er eine Information witterte.

»Nein, ich frage mehr allgemein«, ruderte ich zurück.

»Na ja, wie alle anderen Hersteller steigen die gerade richtig in die Elektromobilität ein, investieren große Summen. Jetzt bauen sie den neuen elektrischen Fiat 500 im alten Mirafiori-Werk und haben da schon mehr als mehr als 700 Millionen Euro reingesteckt, unter anderem in die Produktionsanlagen, die wirklich *State of the Art* sind, die ganze Logistik nur noch computergesteuert. Und ein besonders innovatives Herzstück bei der Fertigung des neuen Fiat 500 ist die Montage des Elektroantriebs bei der Hochzeit.«

»Hochzeit?«

»So nennt man es, wenn Motor und Karosserie zusammengefahren werden. Ist doch ein schönes Bild, oder?« Er lächelte, wurde aber gleich wieder ernst. »Aber um deine Frage zu beantworten, bei dem Thema Elektromobilität sind eigentlich alle Hersteller sehr engagiert. Ich glaube nicht, dass Fiat da etwas auf dem Kasten hat, was andere gar nicht haben, zumindest unter den europäischen. Die großen chinesischen Firmen haben zum Teil sogar die Nase vorn. In der Entwicklung von Batterien sind es die Koreaner. Anders sieht es bei den Kleineren aus, Start-ups auch außerhalb von Europa, die versuchen, sich einen Platz zu erobern.«

»Sagt dir eigentlich der Name Antonio de Magris etwas?«

»Ja klar, der sitzt in der Konzernleitung von Fiat und steht der Entwicklungsabteilung für Elektromobilität vor. Außerdem hatten wir ihn vor ein paar Monaten in ganz anderer Sache in den Schlagzeilen …« Er verstummte, blickte mich an, als ob er sich vergewissern wollte, dass ich wusste, wovon er sprach, und als ich nickte, ließ er es mit der Andeutung bewenden. »Wieso kommst du denn auf den?«, fragte er. »Glaubst du etwa, dass er ein Spion sein könnte? Wenn du da irgendwelche Hinweise hast, vielleicht von deinen Patienten, dann weihe mich bitte unbedingt ein, ja, Camilla?«

»Habe ich nicht. Wenn doch, dürfte ich im Übrigen gar nicht darüber sprechen. Aber glaub mir, ich habe keine. Der Name ist in einem ganz anderen Zusammenhang gefallen, und ich bin einfach neugierig, was das für ein Typ ist. Kennst du ihn persönlich?«

»Ich habe mal ein Interview mit ihm geführt, das ist aber eine ganze Weile her, das war noch vor der Mord- oder Selbstmordgeschichte. Das ist ein Karrierist, feinste Turiner Familie, alles *comme il faut*. Nur das mit seiner Frau hat er nicht unter Kontrolle gehabt … Übrigens war sein Vater auch schon ein hohes Tier bei Fiat. Also er ist sehr kompetent, ein Workaholic. Uns Turinern sagt man doch nach, dass wir die Preußen Italiens sind, und auf den trifft das wirklich zu, würde ich sagen. Wenn du den aus welchen Gründen auch immer in Verdacht hast, dann schmink dir das ab. Korrekter als der geht gar nicht.«

16

Das war es, es war vorbei, ich gab auf. Am Abend nach der Begegnung mit Luca Mangarelli saß ich auf meinem kleinen Balkon, die letzten Sonnenstrahlen genießend, ein Glas Weißwein vor mir, und ließ in Gedanken noch einmal das Gespräch und die vergangenen Wochen Revue passieren. Ennio hatte mit seiner schlauen Strategie, mir einen journalistischen Profi als Informanten zu vermitteln, um mich von meinen Recherchen abzubringen, Erfolg gehabt.

Antonio de Magris, der Preuße aus Turin. Den ich im Stillen dämonisiert, für einen Spion und Mörder gehalten hatte. Der Mann mochte vielleicht nicht besonders sympathisch sein, aber er schien tatsächlich über jeden Verdacht erhaben, so wie mein Großvater es formuliert hatte. Warum auch sollte jemand, der einen so hohen Posten bei Fiat bekleidete, außerdem mehr als vermögend und hyperkorrekt war, zum Spion und gar zum Mörder werden? Zumal laut Luca Mangarelli die Firma Fiat mit ihrer Produktstrategie zwar innovativ, aber keineswegs einzigartig in Europa war, also offenbar nicht das herausragende Spionageobjekt, das ich mir ausgemalt hatte. Auf einmal kam mir alles, was ich bisher an Erkenntnissen gesammelt hatte, die Schlüsse, die ich gezogen hatte, konstruiert und wenig belastbar vor. Gut, es sah ganz danach aus, dass Peter Maier keine saubere Weste hatte, vielleicht wirklich ein Spion war. Aber was ging mich dieser Typ an, der wahrscheinlich tot oder irgendwo untergetaucht war? Sicher, es gab eine Verbindung von ihm zu den de Magris', aber dafür konnte es eine vollkommen harmlose Erklärung geben. Vielleicht war er ein Geschäftsfreund, den das Ehepaar in seinem Skiurlaub für einen Abend besucht hatte. Das Treffen war als Verdachtsmoment für gemeinsame kriminelle Händel einfach zu mager. Dann fielen mir noch das Fotoalbum von Alba und der Staatsanwalt ein, der das Ermittlungsverfahren eingestellt hatte. Doch auch in dieser Hinsicht waren meine Verdächtigungen kaum zu halten. Und schließlich ließ ich noch den Gedanken zu, dass die Signora de Magris vielleicht doch Selbstmord begangen hatte.

Mir kam wieder jener Donnerstag vor gut vier Wochen in den Sinn, als es wie aus Eimern geschüttet hatte, der Flusspegel stetig gestiegen war und ich auf den Stufen zu meiner Praxis die durchnässte und verzweifelte Alba aufgelesen hatte. Von der ich seitdem nichts mehr gehört hatte. Damit hatte alles angefangen. Und jetzt war es zu Ende. Dass Alba sich nicht gemeldet hatte und sich nicht nach meinen ihr versprochenen Nachforschungen erkundigte, entlastete mich. Ich griff zu meinem Glas, trank einen großen Schluck von dem wunderbar kühlen Weißwein, sah auf den Fluss, der schon seit Tagen kein Hochwasser mehr führte, im Gegenteil wieder gemächlich dahinströmte, ganz ohne Treibgut, und in der Abendsonne wunderbar rötlich schimmerte. Auch mein Leben würde nun wieder in ruhigeren Bahnen verlaufen, ich würde mehr Zeit haben, die *Frau in Rot* vergessen und mich nur noch meinen Patienten widmen.

Ritmo, ritmo, ritmo schallte es über den Fluss und bis zu mir hoch auf meinen kleinen Balkon. Schon näherten sich drei schmale, schnittige Viererruderboote. Mit gekonntem Schwung und perfekt im Takt tauchten vier Frauen ihre Paddel in den See, glitten beeindruckend schnell über das Wasser. An ihrer Seite war ein motorisiertes Begleitboot, von dem aus der

Mann mit dem Megafon seine Kommandos gab. *Ritmo* schrie er jetzt wieder. Auch die Ruderer waren ein gutes Zeichen. Die zahlreichen Turiner Clubs, die sich wie an einer Perlenkette entlang der beiden Ufer mit ihren Vereinshäusern und den übereinandergestapelten eleganten Booten aufreihen, schickten ihre Sportler wieder auf den Fluss. Das hieß, der Frühling hatte begonnen! Ich freute mich auf das pralle Grün im Parco del Valentino, auf ein Eis auf meiner Bank bei den Laternen, auf die wärmeren Tage, an denen ich wieder mehr Zeit haben würde, für meinen Großvater, vielleicht auch für Ennio, und nicht zuletzt für Cesare, den ich schon eine ganze Weile nicht mehr ausgeführt hatte und vermisste. Von Matteo aus der Bar hatte ich erfahren, dass Vittorio verreist war. Ich schaute hinüber zu seinem Balkon, ob er nicht doch vielleicht inzwischen zurückgekehrt war und ebenfalls die abendliche Frühlingssonne genoss, aber alles wirkte dort sehr verlassen.

Die Woche ging schnell vorüber. Meine Sitzungen mit den Patienten verliefen durchweg gut, und ich spürte, dass es sich positiv auswirkte, dass ich mich wieder ganz auf meine Arbeit konzentrierte; mein Supervisor hatte recht gehabt. Einmal war ich mit Ennio im Kino gewesen, sonst verbrachte ich die Abende entspannt zuhause, schlief gut und wachte morgens erholt auf, freute mich auf die Stunden in meiner Praxis.

Am Freitagmorgen änderte sich das alles schlagartig. Alba saß auf der Treppe wie fast auf den Tag genau vor fünf Wochen und wartete auf mich. Allerdings war sie in Jeans, Sweatshirt und Barbourjacke weniger auffällig angezogen und nicht so verzweifelt. Im Gegenteil begrüßte sie mich geradezu freudig. »*Buongiorno*, Dottoressa. Bitte bekommen Sie keinen Schrecken. Ich belästige Sie nicht lange. Ich kenne nur die Adresse Ihrer Praxis, deshalb bin ich wieder hierhergekommen. Anrufen wollte ich nicht.«

»*Buongiorno*, Alba. Wie geht es Ihnen?«, fragte ich. »Hat es mit der Therapie bei der Kollegin geklappt?«

»Ja, vor vier Wochen habe ich mit der Analyse bei ihr angefangen. Und es geht mir auch schon viel besser.«

»Aber die Erinnerung ist noch nicht zurückgekommen?«, wollte ich wissen.

»Nein, aber das wird schon noch«, antwortete sie. »Jedenfalls wollte ich mich bei Ihnen bedanken.«

»Das ist eine gute Nachricht, dass es Ihnen besser geht«, erwiderte ich und nahm schon die nächsten Stufen an ihr vorbei zum Eingang in meine Praxis. Diesmal wollte ich mich nicht lange von ihr aufhalten lassen, auch wenn es mich wirklich freute, dass sie gekommen war, es ihr besser ging und sie sich bei mir bedankte.

»Nur noch einen kleinen Moment bitte«, stoppte Alba mich auf halber Treppe. »Ich würde Sie gerne zu einem Drink einladen. Um mich bei Ihnen zu bedanken. Würde Ihnen das heute Abend passen?«

Ich zögerte. Aber ich hatte für den Abend nichts vor, und meine Neugier auf die seltsame junge Frau war noch nicht gestillt. Außerdem war es vielleicht eine gute Idee, sozusagen als Schlusspunkt unter das Ganze. »*Va bene*, dann machen wir das«, stimmte ich zu. »Hier um die Ecke gibt es eine nette Weinkneipe. Die macht aber schon relativ früh am Abend zu. Wollen wir uns da auf ein Glas treffen, wenn ich aus der Praxis komme?«

Alba antwortete nicht sofort, druckste ein wenig herum, rückte dann mit der Sprache heraus. »Ich wollte Ihnen eigentlich vorschlagen, dass wir uns bei den *Muretti* treffen. Da, wo meine Mutter immer war. Allein will ich da nicht hin. Das traue ich mir noch nicht zu. Aber ich würde gerne den Ort sehen, wo sie ihren letzten Abend verbracht hat. Es wäre toll, wenn Sie mich begleiten.«

Da war wieder dieser etwas kindlich-flehentliche Blick. Sollte ich mich auf ihren Wunsch einlassen? Er war verständlich, wahrscheinlich aus therapeutischer Sicht sogar eine gute Idee. Es zeigte, dass sie sich mit dem Tod ihrer Mutter konfrontieren wollte, um das Geschehene besser zu begreifen, möglichst die Erinnerung zurückzuholen. Vielleicht hatte ihr sogar meine Kollegin diesen Vorschlag gemacht. Noch besser wäre es allerdings, sie würde nicht mit mir, sondern mit einer Freundin dorthin gehen. Aber hatte sie die überhaupt? Zugegeben rührte es mich auch, dass sie mich bat, sie zu begleiten. »Also gut«, willigte ich schließlich doch ein. »Sie waren noch nie da? Das *Azimut* kennen Sie also nicht?«

»Nein.«

»Das können Sie nicht verfehlen. Da treffen wir uns um halb acht, einverstanden? Aber nur auf einen Drink, ja? Ich will heute früh schlafen gehen«, setzte ich vorsichtshalber noch hinzu.

»Ja, sehr einverstanden. Danke!« Jetzt strahlte sie, wie ich sie zuvor noch nicht hatte strahlen sehen, wandte sich um und sprang die kurze Treppe zur Haustür hinunter, gleich mehrere Stufen auf einmal nehmend, wie ein kleines Mädchen.

17

Ich fuhr mit dem Fahrrad von der Praxis direkt zu den *Muretti*, da ich spät dran war, noch Patientenunterlagen geordnet hatte und mir dabei die Uhrzeit aus dem Blick geraten war. Unterwegs wehte mir der warme Frühlingswind in Gesicht und Haare, ich fühlte mich beschwingt und leicht, freute mich auf das Wochenende und sogar auf die Begegnung mit Alba, jedenfalls war ich sehr gespannt. Sie erwartete mich in einem geblümten Kleid und hellem Blazer vor dem *Azimut*, wo ein paar einfache Holztische standen und sie schon zwei bunte Plastikstühle nebeneinander in die Sonne gerückt hatte, mit Blick auf den Po. »Ich hatte schon Angst, dass Sie es sich anders überlegt haben«, sagte sie.

»Nein, natürlich nicht«, antwortete ich. »Entschuldigen Sie, dass ich zu spät bin.«

»Das ist schon okay. Ich weiß ja, dass auf Sie Verlass ist.«

Jetzt näherte sich Gianni, der Barkeeper, unserem Tisch, der als einziger besetzt war. Er nickte mir lächelnd zu wie einer alten Bekannten. Drinnen war schon mehr los, wahrscheinlich war es den meisten Gästen doch noch zu frisch hier draußen.

»Was nehmen Sie, Dottoressa?«, fragte Alba. »Sie sind natürlich eingeladen.« Und an den Barkeeper gewandt: »Für mich einen Spritz, aber mit Campari bitte.«

Sie hatte wieder ihre große Sonnenbrille auf, was mich störte, weil ich ihr gerne in die Augen geschaut hätte, aber dann dachte ich, dass sie diesen Schutz vielleicht brauchte, und setzte mir ebenfalls eine Sonnenbrille auf. »Für mich dasselbe«, sagte ich.

»Das ist eine tolle Sonnenbrille, die Sie da aufhaben«, bemerkte Alba. »Woher haben Sie die?«

»Aus einem Geschäft in München. Mein Großvater hat sie mir geschenkt.«

»Das ist ja lustig, meine ist auch aus München. Die hat mir mein Vater mitgebracht, als er im letzten Herbst mit seiner Abteilung zum Oktoberfest gefahren ist.«

Ich sah sofort das Foto im Automuseum aus dem *Staudinger* vor mir, und die Alarmglocken schrillten. Aber es war nicht der Moment, darüber nachzudenken, was an dieser Bemerkung meine Aufmerksamkeit erregte, denn die wollte ich jetzt ganz auf Alba richten. »Und wie finden Sie es hier?«, fragte ich. »Ist es hier so, wie Sie es sich vorgestellt haben?«

Sie antwortete nicht sofort, sondern schaute sich nach allen Seiten um, als wolle sie ihren Eindruck noch einmal überprüfen. »Nein«, erwiderte sie schließlich, »eigentlich nicht. Es ist viel friedlicher, als ich gedacht habe. Eigentlich sogar ganz schön.«

»Und was haben Sie sich denn gedacht?«

»Ich habe mir nur so Spelunken vorgestellt und sehr laute Musik und sex and drugs halt.«

»Es ist ja noch sehr früh«, sagte ich. »So richtig geht es hier erst nach zehn Uhr los oder noch später und bis in den frühen Morgen. Dann gibt es einen ganz schönen Rummel, und es wird schon sehr laut, und Sex und Drogen gibt es auch, aber wahrscheinlich nicht so wild, wie Sie denken. Die meisten kommen nicht deshalb hierher, sondern wegen der guten Musik und zum Tanzen.«

»Ob meine Mutter auch getanzt hat? Sex hat sie wohl jedenfalls hier gehabt, und gekifft hat sie auch. Jedenfalls in den

Phasen, in denen sie abends losgezogen ist. Dann war sie aber auch immer wieder wochenlang nur zu Hause, eher in sich zurückgezogen.«

»Und das war schon immer so?«, fragte ich, obwohl ich mir eigentlich vorgenommen hatte, Alba keine neugierigen Fragen zu stellen, sondern sie einfach erzählen zu lassen, was ihr in den Sinn kam. Sie sollte es ganz in der Hand haben, worüber wir sprachen und was sie von sich preisgeben wollte.

»Nein«, antwortete sie, »das hat erst vor einigen Jahren begonnen.« Sie unterbrach sich, weil ihr etwas eingefallen war. »Haben Sie eigentlich mal in das Fotoalbum reingeschaut?«, fragte sie und sah mich erwartungsvoll an.

»Ja, aber bisher habe ich es nur oberflächlich durchgeblättert, weil ich den richtigen Moment noch nicht gefunden habe«, zog ich mich aus der Affäre, denn ich wollte jetzt nicht mit ihr über das Album sprechen.

»Dann konnten Sie aber doch bestimmt schon sehen«, insistierte sie, »dass sie noch ganz andere Seiten hatte, nicht nur die Person war, über die sich die Zeitungen das Maul zerrissen haben. Dass sie überhaupt mit diesen seltsamen Ausflügen ins Nachtleben angefangen hat, ist ja nur passiert, weil meine kleine Schwester gestorben ist.«

Ich sah sie sprachlos an, gleichermaßen überrascht wie erschreckt. Aber just in diesem Moment wurde unser Gespräch von Gianni unterbrochen, der die Getränke, Schälchen mit Erdnüssen und Oliven und einen ganzen Berg von Chips an unseren Tisch brachte. Alba griff sofort zu ihrem Glas und nahm einen riesigen Schluck. Ich erwischte mich dabei, dass ich mich fragte, ob sie zu viel trank. Und sie war sensibel genug, das zu bemerken. »Schauen Sie mich nicht so an, Dottoressa, ich trinke normalerweise keinen Alkohol mehr. Seit ich mit der Analyse begonnen habe.«

»Sorry, Sie haben recht«, sagte ich und griff ebenfalls zu meinem Spritz, hielt mich dann aber schon wieder nicht an meinen Vorsatz, das Gespräch ganz ihr zu überlassen. »Ihre kleine Schwester ist gestorben?«, fragte ich. »Das tut mir sehr leid.«

»Ja, mit acht Jahren. Sie war zwei Jahre jünger als ich. Aber das war für uns nicht unerwartet. Sie ist schon krank zur Welt gekommen, war Epileptikerin und hatte einen Herzfehler.« Sofort kam mir wieder Albas Fotoalbum in den Sinn. Das zweite Mädchen auf den Aufnahmen war also ihre kleine Schwester gewesen. »Bevor sie uns verlassen hat, hat sie mir noch ein Andenken an sie verpasst«, sagte Alba mit einer Zartheit, die ich bisher nicht von ihr kannte und rieb sich ihre krumme Nase. »Sie hatte einen Anfall, und ich habe versucht, sie festzuhalten, und dabei hat es meine Nase erwischt. Und die Ärzte haben es dann auch nicht gerade besser gemacht ...«

»Die steht Ihnen aber gut«, sagte ich.

»Finden Sie? Das hat meine Mutter auch immer gesagt.« Sie nahm die Sonnenbrille ab, was ich als Zeichen ihres gewachsenen Zutrauens interpretierte, und tat es ihr nach. »Und als sie dann gestorben ist«, nahm Alba ihren Faden wieder auf, »ist meine Mama in eine tiefe Depression gefallen. Das hörte gar nicht auf. Mein Vater war damit vollkommen überfordert. Zwischendrin war sie auch mal in einer Klinik. Ich bin schließlich in ein Internat gekommen. Wahrscheinlich war es besser so. Es hat ohnehin nicht so einen großen Unterschied gemacht, weil ich sowieso immer nur so mitgelaufen bin bei meinen Eltern, da sich immer alles vor allem um meine kleine Schwester gedreht hat.« Sie blieb einen Moment stumm. »Das war ja auch klar.«

Der Nachsatz war ein Versuch der Verteidigung dieser vielleicht unvermeidbaren Zurücksetzung, mit der sie wohl ihre ganze Kindheit und Jugend gelebt und unter der sie sicher gelitten hatte. Sie hatte jetzt Tränen in den Augen, und es war abzusehen, dass sie gleich losweinen würde. »Wie hieß denn Ihre

Schwester?«, fragte ich, um ihr eine Brücke aus dem Unglück, in das sie gerade stürzte, zu bauen.

»Isabo. Ich habe sie immer Bobo genannt. Sie war wirklich süß.« Sie lächelte gegen die Tränen an.

»Und das heißt, Sie waren dann längere Zeit im Internat?«

»Ja, in Bozen, drei Jahre, mit dreizehn bin ich da wieder weg.«

Diesmal sagte ich nichts und wartete ab, ob von Alba noch mehr kommen würde. Aber sie blieb stumm, kaute auf den Erdnüssen herum, schob noch eine Handvoll hinterher. Wir schwiegen beide eine Weile, schauten in der langsam hereinbrechenden Abenddämmerung auf den Fluss, der jetzt ganz in Rosa getaucht war, und verfolgten mit unseren Blicken zwei Kajaks, die in großer Geschwindigkeit vorbeizogen, beide im gleichen Takt. Dann sagte sie leise, fast flüsternd. »Es war gar nicht so schlecht in diesem Internat, aber ich musste doch weg von dort, weil einer der Lehrer sich an mich rangemacht hat.«

Dass ein Unglück selten allein kommt, ist ein schnell dahingesagter Spruch, den ich eigentlich nicht mehr hören kann. Aber meine Praxis hatte mich gelehrt, dass es tatsächlich Menschen gibt, über deren Köpfen sich das Unglück zu ganzen Geschwadern ballt, über die Katastrophen sich so verschwenderisch ergießen, dass es einen vollkommen sprachlos und ohnmächtig macht, während andere in ihrem gesamten Leben so gut wie unbehelligt von Schicksalsschlägen und Unglücken davonkommen.

Alba gehörte jedenfalls definitiv zu der ersten Gruppe. Sie nahm noch eine Handvoll Nüsse, lachte kurz auf und wischte sich die Tränen aus den Augen. »Dieser Lehrer, das war so einer«, sagte sie, »wie der, mit dem Sie mich auf der Bank im Parco del Valentino erwischt haben. Erst war er ziemlich nett. Ich konnte mit ihm über alles reden, was passiert war, das war toll, aber dann ist er zudringlich geworden.«

»Und haben Sie sich denn gewehrt, so wie im Park?«

»Nein, ich war ja noch sehr jung und fand ihn auch toll und habe erst mal gar nicht verstanden, was er mit mir macht. Und dann habe ich es einfach über mich ergehen lassen.«

»Und wie ist das herausgekommen?«

»Ich wusste schon, dass es nicht in Ordnung ist und habe es meiner Mama erzählt. Und war dann von einem auf den anderen Tag wieder zu Hause in Turin. Aber meine Mutter hatte sich in der Zwischenzeit verändert, das habe ich gleich gemerkt. Sie hatte damals schon, glaube ich, mit diesen nächtlichen Touren begonnen.«

»Haben Sie denn mal mit ihr darüber gesprochen?«

»Nein, das hätte ich mich nie getraut. Es wurde bei uns ohnehin nicht sehr viel gesprochen. Auch über den Tod meiner Schwester nie. Und mein Vater hat ja sowieso immer nur gearbeitet.« Sie schob sich die letzten Nüsse in den Mund. »Und ich glaube, so stellt er sich das Leben auch für mich vor.«

»Das heißt?«

»Er will unbedingt, dass ich mein Jurastudium zu Ende mache. Also dass ich sofort wieder in die Uni gehe. Und dann natürlich später Karriere mache, so wie er.«

»Sie haben Ihr Studium also noch nicht wieder aufgenommen?«

»Nein, so weit bin ich noch nicht. Ich weiß ohnehin nicht, ob Jura das Richtige für mich ist. Nur mein Vater scheint das zu wissen. Und er liegt mir damit ständig in den Ohren. Das kann ich im Moment gar nicht gebrauchen.«

Ich nickte verständnisvoll. Sie leerte ihr Glas, beugte sich dann abrupt zu mir vor. »Könnten Sie nicht mal mit ihm reden? Damit er nicht so einen Druck auf mich macht? Auf Sie hört er, da bin ich mir sicher. Sie können ihn bestimmt überzeugen, dass ich mich jetzt erst mal auf meine Therapie konzentrieren muss. Und noch etwas Abstand brauche, bis ich weiter studiere. Vielleicht, wenn meine Erinnerung zurückkommt ...«

War das ein spontaner Einfall oder hatte Alba mich in Wirklichkeit treffen wollen, um mich als Vermittlerin gegenüber ihrem Vater zu gewinnen? Jedenfalls war mir die junge Frau im Verlauf des Gesprächs nahegekommen, ich mochte sie, und sie hatte es verdient, dass man ihr half. Und ich gebe zu, dass ich auch den Gedanken hatte, dass ich vielleicht doch noch etwas Unerwartetes über die *Frau in Rot* und deren Tod herausbekommen würde. »Ich weiß zwar nicht, ob das eine gute Idee ist, aber Sie können es Ihrem Vater ja mal vorschlagen«, willigte ich schließlich ein. »Wenn er sich darauf einlässt, von mir aus.«

Einen Moment schien es, als wollte mir Alba um den Hals fallen, aber dann hielt sie sich doch zurück. »Ich weiß gar nicht, wie ich Ihnen danken soll«, sagte sie. Und etwas hilflos: »Wollen Sie vielleicht noch einen Spritz?«

»Nein, ist schon gut, Alba, ich muss langsam aufbrechen. Aber sagen Sie mir Bescheid, wenn das mit Ihrem Vater klappt.« Ich schob ihr meine Karte mit der Handynummer über den Tisch. »Am Sonntagnachmittag würde es mir passen. Und da arbeitet Ihr Vater ja vielleicht ausnahmsweise mal nicht«, sagte ich leise lächelnd, und Alba lächelte zurück.

18

»Dottoressa di Salvo?«, ertönte eine Frauenstimme aus der Sprechanlage.

»Ja. Ich bin mit Signor de Magris verabredet.«

Statt einer Antwort erklang ein Summer, und das schwere Stahltor ging geräuschlos auf. Das Anwesen der Familie de Magris liegt etwas versteckt in den grünen Hügeln oberhalb des Po im Westen von Turin, eine moderne zweistöckige Villa, groß und sehr weiß, die sich zur Straße hin bedeckt hält, mit nur wenigen kleinen Fenstern keine Einblicke zulässt. Dafür sah ich gleich mehrere Videokameras, die das Haus und den Eingang bewachten, wofür es bestimmt gute Gründe gab. Und wie bei den meisten Anwesen dieser Art war kein Namensschild angebracht. Ich war ziemlich nervös, fragte mich, ob der *Graue Mann* wohl dem, milde gesagt, unvorteilhaften Bild entsprach, das ich von ihm im Kopf hatte.

Ihm lag anscheinend viel an seiner Tochter, er schien ihr durchaus Gutes zu wollen, auch wenn es das Falsche war, und würde daher vielleicht auf den Rat einer Therapeutin hören. Die Verabredung war mir aber inzwischen auch aus einem anderen Grund willkommen. Denn Albas Bemerkung, dass ihr Vater in München gewesen sei, hatte mein Interesse an dem ungeklärten Tod der Signora de Magris wieder aufflammen lassen. Das hatte ich zwar schon gewusst, aber neu war für mich der Zeitpunkt, den sie genannt hatte, dass er zum Oktoberfest dort gewesen war. Auf einmal sah ich Zusammenhänge, auf die ich bislang nicht gekommen war. Das Oktoberfest war die Verbindung. Es war, als hätte ich schon länger die richtigen Puzzleteile in der Hand, um sie erst jetzt zu einem stimmigen Bild zusammenzufügen. Mir war schlagartig das Fahndungsplakat auf dem Polizeirevier in Oberharlachhausen eingefallen, der Unfall vom Oktober, nach dessen fahrerflüchtigem Verursacher gesucht wurde. Antonio de Magris war mit seiner Abteilung ebenfalls im Oktober nach München gereist. Konnte also Antonio de Magris mit dem Unfall etwas zu tun haben? Der Gedanke elektrisierte mich, obgleich er sehr spekulativ war.

Kaum war ich von der Begegnung mit Alba an den *Muretti* nach Hause zurückgekehrt, hatte ich mich an den Computer gesetzt und nach Berichten über den Unfall in bayerischen Zeitungen gesucht, kein einfaches Unterfangen, weil ich mich mit der einschlägigen Presse nicht auskannte. Aber schließlich wurde ich im *Münchner Wochenanzeiger* fündig, fand dort eine kurze Meldung über den Unfall, sogar mit einem Foto des verunglückten Mädchens. Er war in der Nacht zum 3. Oktober passiert. Dann rief ich meinen Großvater an, der, wie ich wusste, immer noch einen guten Draht zu einer der Sekretärinnen auf der Fiat-Chefetage hatte.

»Warum willst du das denn wissen?«, fragte er widerstrebend, gab meinem Drängen aber schließlich nach. Eine halbe Stunde später hatte ich die Information. Der *nonno* hatte die Sekretärin sogar noch im Büro erreicht, weil der Vorstand zu später Stunde zu einer Sitzung versammelt war. De Magris war mit seinen Mitarbeitern vom 1. bis zum 3. Oktober in Oberharlachhausen gewesen. Es passte also. Er konnte das Auto in der Unfallnacht gefahren haben.

Die Frage war nur: Wie kam Peter Maier ins Spiel? Wusste er

von dem Geschehen und hatte den ranghohen Kollegen von Fiat erpresst, hatte vertrauliches Firmenwissen aus ihm herausgeholt und gewinnbringend an seinen eigenen Arbeitgeber BMW weitergegeben? Oder, wahrscheinlicher: an Autokonstrukteure in Asien, also in China, Japan oder vielleicht Vietnam? Lukas Winterhalter hatte ja eine vietnamesische Freundin erwähnt und vielleicht war Maier nach Vietnam verschwunden. Aber wie konnte er von dem Unfall wissen? Und was hatte die Signora de Magris damit zu tun? Darauf hatte ich keine Antworten.

Jetzt lief ich mit flatternden Nerven auf einem leicht ansteigenden Kiesweg zum Hauseingang der Villa de Magris. Das Tor schloss sich hinter mir genauso geräuschlos, wie es sich geöffnet hatte. Noch hätte ich umkehren können, und einen Moment erwog ich das tatsächlich. Aber nein, zumindest würde ich mit dem Vater über seine Tochter reden, so wie ich es Alba zugesagt hatte. Das weitere würde sich ergeben. Oder auch nicht. Wenigstens war das Ambiente um mich herum alles andere als furchteinflößend, der Vorgarten betörend, mit Azaleen, die rundum in allen möglichen Schattierungen blühten, von zartem Weiß über sattes Gelb bis Dunkelrot – ein wunderbar duftendes Farbenmeer, wie es man nur um diese Zeit des Jahres erleben kann. An der Haustür empfing mich eine junge Frau in weißer Schürze, die Haare im Nacken zu einem Zopf gebunden, offenbar das Hausmädchen. Sie hielt sich nicht lange mit mir auf, nahm mir meinen Mantel ab und bat mich, ihr zu folgen. »Signor de Magris erwartet Sie im Salon«, sagte sie.

In der großen Eingangshalle der Villa, von der eine elegant geschwungene Treppe in den ersten Stock führte, die wir aber links liegen ließen, war ein schwarz gekleideter junger Mann damit beschäftigt, eine Lampe zu reparieren. Als wir ihn passierten, wandte er sich uns einen Augenblick zu, und mir fuhr ein Schreck in die Glieder. Es war der Typ, der im *Azimut* mein

Glas umgestoßen hatte und der Antonio de Magris auf die Veranstaltung bei Fiat begleitet hatte, wohl so etwas wie sein Bodyguard. Es schien mir, dass auch er mich wiedererkannt hatte. Das Hausmädchen nahm keine Notiz von ihm, ging mir eilig voraus und führte mich in den Salon des Hauses, wo mir Signor de Magris mit straffen Schritten entgegenkam. Mit einem eleganten hellgrauen Kaschmirpullover war er legerer gekleidet als bei der Feierlichkeit für die Fiat-Veteranen, wirkte aber immer noch sehr korrekt.

»Dottoressa di Salvo?«, empfing er mich, und es war eigentlich keine Frage, sondern eine Begrüßung. »Nehmen Sie bitte Platz. Und danke, dass Sie sich die Mühe machen, mich aufzusuchen. Das ist sehr freundlich von Ihnen und ich weiß das zu schätzen.« Dann an das Hausmädchen gewandt, das sich noch diskret im Hintergrund hielt: »Bringen Sie uns bitte Kaffee, Tee und Wasser, Gloria.« Sie deutete einen Knicks an und verschwand. Ich nahm Platz in dem, was Möbelhersteller eine Sofalandschaft nennen, sehr edel, riesig und unverschämt bequem. Signor de Magris setzte sich in einen Sessel mir gegenüber, schlug die Beine übereinander, sah mich aus hellen Augen hinter seiner Brille mit prüfendem Blick an, als wäre er damit beschäftigt, sich ein Bild von mir zu machen.

Den Salon trennte zum Garten hin eine gewaltige Glaswand, durch die der Blick auf noch mehr farbenprächtige Azaleen, einen weitläufigen, sehr gepflegten Park und einen Pool von ebenfalls enormen Ausmaßen fiel. Durch die offenen Flügeltüren wehte Blütenduft herein und trug einen Hauch von Frühling in den mit Louis-XVI-Möbeln sehr klassisch ausgestatteten Salon. An den Wänden etwas düstere Landschaftsmalerei in Öl und ein paar kleinere Stillleben mit mehr Mut zur Farbe, ich vermutete, durchweg Originale alter Meister und bestimmt wertvoll. Das traf alles nicht meinen Geschmack, war aber sehr gediegen und tauchte mich in eine Wolke aus Luxus und Komfort. Während ich in den Seidenkissen der Sofalandschaft versank, sprach ich mit de Magris über seine Tochter und hatte keine Ahnung, wie ich es anstellen sollte, etwas über den Tod seiner Frau herauszufinden. Zumal mir meine Thesen auf meiner Luxuswolke auf einmal doch abwegig vorkamen. Und ich außerdem unsicher war, ob ich es überhaupt wagen sollte, das Thema anzusprechen. Ennio hätte mich jedenfalls für verrückt erklärt, ein solches Risiko einzugehen, abgesehen davon, dass er meine Verdächtigungen ohnehin für unhaltbar hielt. Immerhin hatte ich ihn über meinen Besuch in der Villa informiert, allerdings ohne zu erwähnen, welchen neuen Verdacht ich hatte.

»Sie sind also die Therapeutin meiner Tochter?«, fragte de Magris. »Sie spricht ja in den höchsten Tönen von Ihnen.«

Alba hatte mich gegenüber ihrem Vater offenbar als ihre Therapeutin ausgegeben, um mich in dieses Haus einzuschleusen. »Nicht ihre, eine Therapeutin«, korrigierte ich ihn. »Ihre Tochter macht eine Analyse bei einer Kollegin, die ich ihr empfohlen habe. Ich habe sie nur am Anfang auf diesem Weg beraten.«

»Ja, und mein Eindruck ist, dass sie auf einem guten Weg ist«, erwiderte er, ohne auf meine Richtigstellung einzugehen, sodass ich mich fragte, ob sie überhaupt bei ihm angekommen war. »Glauben Sie denn, dass ihr Gedächtnis an die schrecklichen Tage, als meine Frau verstorben ist, wieder zurückkehren wird?«

»Ich denke ja. Aber sie braucht Zeit. Darüber würde ich gern mit Ihnen sprechen. Sie sollten Alba ihren Rhythmus lassen und sie in keinem Fall mit irgendetwas unter Druck setzen.«

»Mit irgendetwas meinen Sie ihr Studium?«, bemerkte er lächelnd. De Magris war sympathischer, als ich ihn mir vorgestellt hatte, und er war natürlich intelligent. Jetzt waren Schritte auf dem Parkett zu hören, und das Hausmädchen kehrte mit einem voll beladenen silbernen Tablett zu uns zurück. »Stellen Sie einfach alles auf den Tisch, Gloria, wir bedienen uns selbst«, sagte de Magris unerwartet locker. »Und Sie können dann nach Hause gehen.«

Noch ein Knicks, und die junge Frau war verschwunden. Wohin wohl?, ging es mir durch den Kopf. Wie lebte so jemand, der in diesem Haushalt angestellt war? Hatte sie einen Freund? Ging sie abends mit ihm aus und erzählte ihm von dem, was sie den Tag über erlebte? Sie wusste bestimmt alles, was in diesem Haus vor sich ging. Bestimmt wäre sie für mich eine interessante Gesprächspartnerin gewesen …

»Tee oder Kaffee?«, holte mich mein Gastgeber aus meinen Gedanken zurück.

»Gerne Tee«, antwortete ich und ließ mir das Getränk von ihm in eine hauchdünne Porzellantasse einschenken. Dazu schob er mir eine filigrane Schale zu, die mit Trüffeln gefüllt war, die mir sehr bekannt vorkamen. »Die müssen Sie unbedingt probieren«, sagte er, »das ist eine Kreation der Tochter von Bekannten, und die sind wirklich köstlich.«

Nach Süßem stand mir gar nicht der Sinn, aber um nicht unhöflich zu sein, nahm ich mir einen von Francas Trüffeln. Der Tee schmeckte hervorragend, tat mir gut und beruhigte meine Nerven etwas.

»Wissen Sie, ich habe zu wenig Zeit für Alba, immer schon«, fuhr de Magris nun fort. »Ich bin ein Arbeitstier und wohl kein guter Vater gewesen. Aber was erzähle ich Ihnen. Sie kennen das ja bestimmt schon alles, weil Alba Ihnen davon ausführlich berichtet hat. Mal abgesehen davon, dass unsere Familie mittlerweile ein offenes Buch in Turin ist, in dem alle mitlesen, seit das mit meiner Frau passiert ist und die Presse sich darauf gestürzt hat.«

»Ihre Tochter glaubt ja nicht an Selbstmord.«

»Ja, und ich kann sie verstehen. Keiner weiß ja, was wirklich passiert ist. Die Polizei sagt allerdings, dass es wohl Selbstmord war, und ich halte es auch nicht für ausgeschlossen, dass sie sich umgebracht hat. Sie wissen, dass meine Frau unter Depressionen gelitten hat?«

»Ja«, antwortete ich, »aber eine depressive Phase kommt ja nicht aus heiterem Himmel, die kündigt sich schon eine Weile vorher an. Haben Sie denn irgendwelche Anzeichen dafür bemerkt?«

»Nein, eigentlich nicht. Sie war eher in dem euphorischen Zustand, der sie hinaus in diese Nächte getrieben hat.« Er rieb sich nachdenklich das kräftige Kinn. »Aber Sie wollten mit mir doch nicht über meine verstorbene Frau, sondern über meine Tochter sprechen, nicht wahr? Und was ihr Studium angeht, war meine Überlegung, dass es ihr doch langsam guttun könnte, wieder in den normalen Alltag einer Studentin zurückzukehren. Es kann doch helfen, wenn man eine Aufgabe hat und nicht zu sehr um sich und seine Probleme kreist. Das ist jedenfalls meine Sicht der Dinge. Sie scheinen das anders zu sehen, nicht wahr?« Er ließ mir gar keine Zeit zu antworten, sondern fuhr fort: »Und ich höre natürlich auf Ihren fachlichen Rat, und wenn es nötig ist, lasse ich Alba noch mehr Zeit. Das ist wohl in Ihrem Sinn?« Er lächelte mir wieder freundlich zu. »Nehmen Sie noch einen Trüffel?«

Ich schüttelte den Kopf, und er ergriff schon wieder das Wort. »Sagen Sie, Dottoressa di Salvo, ich habe mich ja vorab ein wenig kundig über Sie gemacht. Ich hoffe, Sie verzeihen mir das. Ihr Großvater hat doch jahrzehntelang bei uns gearbeitet. Riccardo di Salvo … das ist doch Ihr Großvater, nicht wahr?« Ich nickte. »Das war einer von den Besten, Sie können wirklich stolz auf ihn sein.«

Ich war zunehmend verwirrt, wusste nicht, was ich von dem Mann halten sollte, fragte mich, worauf er hinauswollte. Es war alles zu einfach und zu nett. Machte er mir etwas vor? De Magris war schwer zu durchschauen. Irgendwie musste ich mich aus diesem Kokon aus Luxus und Freundlichkeit befreien, in den er mich einwickelte, und ich beschloss kurzerhand, in die Offensive zu gehen, meinen Verdacht gegen ihn auf die Probe zu stellen, koste es, was es wolle. »Ja«, sagte ich, »und vorher war er eine Zeitlang bei BMW in München beschäftigt. Da bin ich übrigens kürzlich mit ihm hingefahren. Also ganz in die Nähe. Nach Oberharlachhausen.«

Ich nahm mir nun doch einen Trüffel, aß ihn aber nicht, hielt ihn prüfend zwischen Daumen und Zeigefinger und sah de Magris herausfordernd an. »Das Dorf kennen Sie doch auch, nicht wahr?«

Hatte er unmerklich gezuckt, oder bildete ich mir das ein? Er antwortete nicht, blickte mich mit hochgezogenen Augenbrauen an. Ich steckte mir den Trüffel nun doch in den Mund, ließ ihn langsam auf der Zunge zergehen. »Das ist ein schönes Dorf, finden Sie nicht?«, fuhr ich fort. »Da waren Sie doch im letzten Oktober, beim Oktoberfest, nicht wahr? Und zwar genau an dem Tag, als dort dieser schreckliche Unfall mit Fahrerflucht passiert ist …«

Er sah mich weiter an, ob abwartend oder lauernd, ich wusste es nicht, in jedem Fall überrascht. Meine Stimme war rau geworden. Was ging in ihm vor? Mein Herz klopfte, alles in mir war zum Zerreißen angespannt, und ich hoffte, dass er mir das nicht anmerkte. »Der Fahrer ist einfach weitergefahren«, sagte ich, »nach dem sucht die Polizei immer noch. Eine schreckliche Geschichte, nicht wahr? Aber Ihnen dürfte Sie sehr bekannt vorkommen …«

Ich konnte meinen Satz nicht mehr beenden. Eine schwarze Gestalt war von hinten in den Salon gesprintet, stand jetzt vor mir, richtete eine Pistole auf mich.

19

»Pistole weg, Carlo. Du bist wohl verrückt geworden!«
Signor de Magris sprang aus seinem Sessel auf, und sein
Ton war eisig. Der mir nicht unbekannte junge Typ stand immer noch mit der Waffe vor mir. Ich blickte von einem zum
anderen, fragte mich, was hier passierte, in welchem Theater-
stück ich gelandet war. Hatte ich gerade einen Moment lang
Todesangst gehabt, kam mir die ganze Szene nun vollkommen
absurd vor. Schließlich reagierte Carlo, löste sich aus seiner
Starre und senkte den Arm mit der Pistole. Ich atmete tief
durch, rang jedoch noch immer um Fassung. Ich verstand die
Situation nicht. Warum hatte de Magris seinen Leibwächter so
vehement gestoppt? Bedeutete diese Reaktion, dass er doch gar
nichts mit all dem zu tun hatte, was passiert war und worauf
ich angespielt hatte? Dass ich Albas Vater also vollkommen
falsch eingeschätzt und ihn zu Unrecht beschuldigt hatte?

»Und jetzt raus hier«, fuhr de Magris Carlo an.

»Aber die Signora ...« Carlo kam nicht dazu, sein Argument
gegen mich vorzubringen. »Raus«, zischte de Magris. Carlo
steckte die Pistole zurück ins Halfter unter seiner Jacke und
verschwand so plötzlich, wie er gekommen war. De Magris sah
ihm ungehalten nach, setzte sich kopfschüttelnd zurück in seinen Sessel, gewann dann aber schnell seine Gelassenheit zurück, schlug die Beine übereinander und lächelte mir entschul-

digend zu: »*Scusi*, Dottoressa, ich bin Ihnen natürlich eine Erklärung für diesen unverzeihlichen Vorfall schuldig. Carlo hat Ihnen bestimmt einen riesigen Schrecken eingejagt.«

Ich nickte wie ferngesteuert, war noch dabei, mich zu sammeln. Warum war der Mann so unverschämt gefasst? Wenn er schuldig war, dann hatte ich ihn doch immerhin gerade demaskiert, wenn nicht, hatte ich ihm gewaltiges Unrecht getan. Beides konnte er doch nicht einfach so wegstecken …

»Wissen Sie, Carlo passt sehr gut auf mich auf«, fuhr de Magris fort. »Das ist ja auch sein Job. Sie müssen wissen, dass ich in letzter Zeit massiv bedroht worden bin, vor allem in den sozialen Medien, aber es war auch mal jemand auf unserem Grundstück. Die Firma hat mir daher diesen Schutz verordnet. Es gibt einige Leute, die mich nach wie vor für einen Mörder halten. Und zu denen hat Carlo Sie wohl auch gezählt. Womit er ja nicht ganz unrecht hat, nicht wahr, Dottoressa?« Er sah mich liebenswürdig an.

Ich hatte langsam meine fünf Sinne wieder beisammen und brachte, wenn auch mit Mühe, immerhin so etwas wie eine logische Frage heraus: »Hört Ihr Leibwächter denn immer mit, wenn Sie Gäste haben?«

»Je nachdem … Sie müssen ihm allerdings von vornherein verdächtig vorgekommen sein. Er macht seinen Job eigentlich gut, und manchmal hat er so etwas wie den siebten Sinn. Womit ich nicht sagen will …« Mein Gastgeber ließ den Satz unvollendet in der Luft hängen, lächelte charmant, griff zu der Porzellankanne mit dem Tee, hob sie leicht an. »Nehmen Sie auf den Schrecken vielleicht noch eine Tasse?«, fragte er.

Ich verneinte. Wenigstens drängte er mir nicht noch einen Trüffel auf. Eigentlich wollte ich am liebsten nur weg aus diesem Haus und von diesem Menschen, den gar nichts umzuhauen schien. Den *Grauen Mann* hatte ich mir jedenfalls anders vorgestellt. Inzwischen traute ich ihm alles Mögliche zu, auch, dass er einfach ignorieren würde, was ich angedeutet hatte. Doch auch darin täuschte ich mich.

»Dann lassen Sie uns aber jetzt auf unser Gespräch zurückkommen, Dottoressa«, sagte er, nachdem er sich selbst noch einen Tee eingeschenkt und an seiner Tasse genippt hatte. »Sie unterstellen mir also, dass ich für den Tod der jungen Frau in diesem bayerischen Dorf mit unaussprechlichem Namen verantwortlich bin, das haben Carlo und ich doch richtig verstanden, nicht wahr?«

Ich nickte.

»Und es ist sogar nicht ganz falsch«, fuhr er fort, »jedenfalls ist dieser Unfall tatsächlich passiert, als ich dort war. Ich weiß nicht, woher Sie das wissen und vor allem weiß ich eigentlich nicht, warum ich Ihnen das jetzt erzähle, aber Sie sind es ja wohl gewohnt, dass man Ihnen Geständnisse macht.« Wieder ein Schluck Tee und das verbindliche Lächeln. »Aber im Ernst«, fuhr er fort. »Ich habe den Unfall nicht verschuldet, denn nicht ich bin mit dem Unfallauto gefahren, sondern jemand anderes und – falls Sie das jetzt vermuten sollten –, ich bin auch nicht mitgefahren. Und tatsächlich hat sich der Mann, der den Unfall verursacht hat, nicht um das schwer verletzte Mädchen gekümmert. Auch das ist also wahr. Aber nicht, weil er Unfallflucht begehen wollte. Er hat einfach nicht mitbekommen, was passiert ist. Es war Nacht, er kam vom Oktoberfest und hatte bestimmt ein paar Bier zu viel getrunken. Wahrscheinlich hat er das Mädchen auf dem Fahrrad nur touchiert oder sogar noch nicht mal das. Er ist ihr vielleicht nur so nahe gekommen, dass sie sich erschreckt hat und die Kontrolle über ihr Fahrrad verloren hat. An seinem Auto gab es jedenfalls keine Spuren. Das ändert natürlich nichts an seiner Verantwortung. Als wir am Vormittag im Hotel kurz vor unserer Abfahrt von dem Unfall erfahren haben, hat er, glaube ich, auch schon geahnt, dass er dafür verantwortlich sein könnte. Das vermute ich jedenfalls.«

»Sie wissen also, wer es war, und decken ihn trotzdem? Dann machen Sie sich aber auch strafbar«, schaltete ich mich ebenso perplex wie ungläubig ein.

»Ja, ich weiß, wer es ist. Er ist ein Freund und Kollege. Und ich kann Ihnen versichern, dass er niemals einfach weitergefahren wäre, wenn er bemerkt hätte, was passiert ist und ihm daher klar gewesen wäre, dass er das Mädchen hätte retten können. Und was die Strafbarkeit angeht, da irren Sie, ich war und bin nicht verpflichtet, eine Straftat zu melden. In moralischer Hinsicht mögen Sie allerdings recht haben, auch wenn das ein großer Konflikt ist, wenn es um einen Freund geht, das werden Sie vielleicht verstehen …«

»Aber wenn es gar keine Spuren von dem Unfall an dem Auto Ihres Freundes gegeben hat, woher wusste er dann, dass er ihn verursacht haben könnte? Sie sagen, er hat es geahnt. Das kann ja wohl nicht alles sein. Gibt es einen Zeugen?«

Ich tastete mich langsam an meine Vermutung heran, dass es um Erpressung ging, wenngleich ich keineswegs überzeugt war, dass de Magris' Version stimmte und er nicht doch selbst der Fahrer war.

»Es gibt Bilder davon«, sagte er lapidar.

Ich blickte ihn erneut fassungslos an. »Bilder?«

»Jemand, der in dieser Nacht hinter ihm hergefahren ist, hat Bilder davon aufgenommen, allerdings eher zufällig. Der war mit einem sehr speziellen Auto unterwegs, einem Testwagen, der mit Kameras und Lasern für autonomes Fahren ausgerüstet war. Um das aufzunehmen, was vor dem Auto auf der Straße passiert und es entsprechend durch den Verkehr zu dirigieren. Und auf diesen Bildern ist der Unfall dokumentiert.«

»Und das war ein BMW?«

Jetzt war es an de Magris, verblüfft zu sein. »Ja«, sagte er.

»Und der Fahrer dieses selbst fahrenden Testwagens heißt Peter Maier?«, setzte ich nach.

»Woher wissen Sie das?« Endlich hatte ich den Mann so weit, dass er für einen Augenblick die Fassung verlor.

»Und dieser Peter Maier hat Ihren Freund und Kollegen dann erpresst?«, fragte ich, anstatt zu antworten. »Und er hat im Gegenzug für sein Schweigen über den Unfall interne Informationen zur Entwicklung der Elektromobilität bei Fiat verlangt?«

»Woher wissen Sie das alles? Kennen Sie diesen Maier etwa?«, hakte de Magris erneut nach, jetzt zum ersten Mal doch erregt. »Aber Sie stecken nicht etwa mit dem unter einer Decke und wollen uns jetzt ebenfalls erpressen?«

»Nein, natürlich nicht. Was ich allerdings weiß, ist, dass Sie und Ihre Frau diesen Deutschen in einem kleinen Skiort in den Alpen, nämlich in Saint-Martin-des-Moulins, im Dezember getroffen haben. Was übrigens dafür spricht«, ich war wieder einigermaßen in Form und lächelte ihn herausfordernd an, »dass Sie doch der Fahrer des Wagens waren und dass Peter Maier Sie und nicht irgendeinen ominösen Freund von Ihnen erpresst hat. Und Sie ihm dann, begleitet von Ihrer Frau, die verlangten Informationen und vielleicht auch Geld gegeben haben.«

Das war ein Schuss ins Blaue. Noch immer zweifelte ich an der Geschichte, die mir Antonio de Magris präsentierte, fragte mich, ob er mir Theater vorspielte und den Freund und Kollegen, der angeblich den Unfall verursacht hatte, erfunden hatte.

»Respekt, Dottoressa.« Antonio de Magris hatte seine Überraschung überwunden und sich wieder im Griff. »Für eine Psychoanalytikerin, zu deren Alltag solche Übel wie Erpressung ja hoffentlich nicht gehören, haben Sie ziemlich viel kriminalistischen Scharfsinn. Und Sie haben recht. Aber erneut nur halb. Sie können mir glauben, ich habe wirklich nicht am Steuer gesessen. Und ich war im Dezember auch nicht in dem Dorf, das Sie erwähnt haben. Ich sagte Ihnen ja, der Fahrer ist nicht nur ein Kollege, sondern ein Freund unserer Familie. Und als die Bilder von dem Unfall kurz darauf in seinem Briefkasten gelandet sind, natürlich Kopien, hat er meine Frau ins Vertrauen gezogen. Sie hat ihm dann geholfen und nicht ich, sondern er war es auch, der zusammen mit ihr in dieses Dorf gefahren ist, um dort besagten Peter Maier zu treffen.«

»Warum denn eigentlich da?«

»Weil sowohl mein Freund wie auch meine Frau das Dorf von früher kennen, dort vor langer Zeit beide unabhängig voneinander zum Skilaufen waren, und das als Treffpunkt vorgeschlagen haben, nachdem dieser Maier unbedingt eine Verabredung in den Bergen wollte. Er hatte da nämlich schon den Plan gefasst, dann von dort aus mit dem erpressten Geld und den Informationen im Schnee spurlos zu verschwinden, also unterzutauchen. Ich war an dieser Aktion nicht beteiligt. Lange Zeit wusste ich gar nichts von der ganzen Angelegenheit, denn der Freund wollte mich unter keinen Umständen mit hineinziehen. Und auch meine Frau hat mich erst später eingeweiht. Ich hätte mich auf diese Erpressung im Übrigen in keinem Fall eingelassen, das können Sie mir glauben«, sagte de Magris und ließ mich etwas von seiner Selbstgewissheit spüren. »Und hätte ihm außerdem in jedem Fall geraten, sich der Wahrheit zu stellen«, fügte er noch hinzu.

»Die Informationen, die an Peter Maier gegangen sind, kamen also nicht von Ihnen?«

»Nein, die hat unser Freund selbst aus seiner eigenen Firma besorgt, und meine Frau hat ihm, wie gesagt ohne mein Wissen, nur dabei geholfen, das Ganze zu organisieren, das Treffen mit dem Maier, die Übergabe der Dokumente und des Geldes. Und einen Helikopter, mit dem er dann verschwinden wollte. Meine Frau wollte unseren Freund nicht im Stich lassen. Sie hatte ein praktisches Talent, war ziemlich gut im Organisieren, er weniger, deshalb hat er sie um Hilfe gebeten. Er war in einer ausweglosen Situation, weil diesem Unfall noch andere Probleme vorausgegangen waren. Aber diese Details erspare ich Ihnen.«

»Die wären aber vielleicht gerade interessant.«

De Magris sah mich an, schwieg bedeutungsvoll. Mehr würde ich von ihm über die Hintergründe jetzt nicht erfahren, war die eindeutige Botschaft.

»Und was hat Peter Maier mit den Informationen gemacht?«, verlegte ich mich mit meinen Fragen auf die Rolle, die der Deutsche gespielt hatte, langsam doch etwas überzeugter von de Magris' Version und damit von seiner Unschuld. »Wissen Sie das?«

»Der Mann ist angeblich tot, in einer Gletscherspalte für immer verschwunden. Eigentlich wollte er wohl die erpressten Informationen nach seinem vorgetäuschten Tod in den Alpen einem kleineren vietnamesischen Start-up liefern, das auf den Markt für Elektroautos strebt. Natürlich für gutes Geld. Aber keiner weiß, ob er es dorthin geschafft hat. Er ist in diesem Alpendorf im Nebel und heftigem Schneetreiben losgegangen, um zu dem Hubschrauber zu kommen, und soll sich verirrt haben. Oder aber er hat alle ausgetrickst und ist doch nach Vietnam gelangt. Ich habe keine Ahnung.«

»Und glauben Sie denn, dass der Tod Ihrer Frau mit all dem etwas zu tun hat?«

»Ich weiß es nicht, das ist eine Frage, die mir ständig durch den Kopf geht. Aber wer soll sie umgebracht haben? Und mit welchem Motiv? Unser Freund sicher nicht, und der Maier auch nicht. Warum sollte er?«

»Ein Motiv, Ihre Frau umzubringen, könnte der Maier schon gehabt haben«, wandte ich ein, »denn der Typ hat sich doch auch schuldig gemacht. Es war ja unterlassene Hilfeleistung, dass er nichts unternommen hat, um dem Mädchen im Straßengraben zu helfen, nachdem er den Unfall beobachtet hat, stattdessen Ihrem Freund nachgefahren ist, bestimmt weil er in dieser Nacht sofort seine Chance gesehen hat. Er hat ihn sicher an seinem Wagen als einen von Ihren Fiat-Leuten erkannt und muss ihm bis zu Ihrem Hotel im Dorf gefolgt sein, und da auch herausbekommen haben, wer Ihr Freund ist, sonst hätte er ihn ja nicht erpressen können.«

»Das ist schon richtig, Dottoressa. Jemand vom Hotelpersonal muss sehr indiskret gewesen sein. An Ihnen ist offenbar wirklich eine Kriminalistin verloren gegangen ...«

»Ach wissen Sie, als Psychoanalytikerin bin ich davon ja gar nicht so weit entfernt ...«

»Aber der Haken an Ihrem Gedanken ist«, widersprach mir de Magris, »dass der Maier zu dem Zeitpunkt des Todes meiner Frau entweder selbst schon tot oder in Vietnam war.«

»Also glauben Sie nicht«, nahm ich meine Frage noch einmal auf, »dass ihr Tod mit der Erpressung in Zusammenhang steht?«

»Nein, eigentlich nicht. Außer eben vielleicht in dem Sinn, dass sie unter der ganzen Geschichte sehr gelitten hat. Immerhin ist dieses junge Mädchen gestorben. Ich bin sicher, dass meine Frau in einem großen Gewissenskonflikt war, der sie schrecklich mitgenommen hat. Vielleicht hat sie also wirklich ihrem Leben ein Ende gesetzt, aber ich sagte Ihnen ja schon, dass ich so recht nicht daran glaube. Allerdings hat sie sich ja, anders als ich, tatsächlich strafbar gemacht, indem sie ja nicht nur Mitwisserin war, sondern unserem Freund aktiv dabei geholfen hat, sein Vergehen zu vertuschen. Und sie war sehr sensibel, auch wenn die wenigsten hier in Turin das gesehen haben. Sie hat ihre zerbrechliche Seite gut versteckt, einerseits hinter der Fassade der perfekten Ehefrau an meiner Seite, andererseits im Kostüm der provokanten Nachtgängerin.«

Wir schwiegen eine Weile. De Magris nippte abwesend an seinem Tee, und mein Blick wanderte hinaus in den Park, wo sich eine ganze Schar von Vögeln auf dem Rasen niedergelassen hatte, die zwitschernd hin und her flitzten und aufgeregt herumpickten. Ein Spatz zog gerade für eine Artgenossin eine Schau ab, stolzierte und hüpfte um sie herum, stellte sein

Schwanzgefieder vor ihr auf, aber sie schien sich noch nicht für ihn entschieden zu haben.

»Wie war das denn eigentlich für Sie?«, wandte ich mich wieder an mein Gegenüber. Dass ich das fragte, war ein Zeichen dafür, dass sich etwas verändert hatte im Salon. Es war fast so etwas wie eine persönliche Verständigung eingekehrt.

»Sie wissen, dass wir noch eine jüngere Tochter hatten, die von Geburt an krank war und mit acht Jahren verstorben ist?«, fragte de Magris zurück.

»Ja, das hat Alba mir erzählt. Das tut mir sehr leid.«

»Meine Frau ist daran zerbrochen. Sie ist in eine tiefe Depression gefallen, hat dann alle möglichen therapeutischen Angebote wahrgenommen, auch Klinikaufenthalte hinter sich gebracht, alles mit bescheidenem Erfolg. Über die Jahre hat sich das Bild dann verändert und die depressiven Phasen haben begonnen, sich mit sehr euphorischen Phasen abzuwechseln, also wenn Sie so wollen, hat dann die Ära der sogenannten *Frau in Rot* begonnen. Damit haben wir uns beide irgendwie eingerichtet, denn es hatte ja auch etwas Gutes. Letztlich hat ihr Leben auf diese Weise neben den nach wie vor sehr traurigen Phasen, wenn Sie so wollen, auch wieder so etwas wie eine lustvolle Seite bekommen. Das war natürlich nicht immer einfach, weder für sie noch für mich, das muss ich Ihnen sicher nicht sagen. Und zuweilen auch gefährlich. Aber wir haben uns trotz allem sehr geliebt, auch wenn das für Außenstehende schwer zu verstehen ist.«

Einen Moment dachte ich, dass diesem extrem kontrollierten Mann die Tränen kommen würden, aber so weit kam es dann doch nicht.

»Hat sie denn Medikamente genommen?«, fragte ich.

»Nein, sie war zwar in Behandlung bei einem Ihrer Kollegen, und der hat ihr auch etwas verschrieben, aber sie hat sich nach einiger Zeit geweigert, es zu nehmen.«

Es entstand wieder eine Pause.

»Und was werden Sie jetzt tun? Zur Polizei gehen?«, fragte er mich schließlich.

»Das wäre doch eigentlich Ihre Sache, finden Sie nicht?«, gab ich zurück.

»Eigentlich die meines Freundes, nicht wahr? Aber Sie haben recht, ich werde jedenfalls dafür sorgen, dass er das tut. Im Übrigen habe ich bereits Schritte in diese Richtung unternommen und ihn ziemlich unter Druck gesetzt. Das alles muss jetzt endlich einmal ein Ende haben. Ich glaube, man tut ihm keinen Gefallen, wenn man ihn bei seiner Realitätsflucht weiter unterstützt. Und ich habe allen Grund anzunehmen, dass er meinem Rat folgt. Aber geben Sie mir noch zwei Tage Zeit, dann kann ich auch Alba darauf vorbereiten. Der Mann ist ja, wie gesagt, ein Freund der Familie, und Alba kennt ihn schon lange und mag ihn, glaube ich, sehr. Ich fürchte, dass sie, wenn sie davon erfährt, sehr schockiert sein wird. Und dass sie das auf ihrem guten Weg wieder zurückwerfen könnte, oder wie sehen Sie das?«

Ich dachte nach. Immer noch schloss ich nicht hundertprozentig aus, dass Antonio de Magris mir perfektes Theater vorspielte und die ganze Geschichte mit dem Freund, der den Unfall angeblich verursacht hatte, für mich erfunden hatte. Würde er die zwei Tage nutzen, um irgendwie aus der Sache herauszukommen? Ein Mann mit seinen Beziehungen und Möglichkeiten … Aber mein Gefühl sagte mir, dass er nicht log, und auf mein Gefühl hatte ich mich bisher immer verlassen können.

»Okay«, sagte ich. »Ich glaube Ihnen und ich bin einverstanden, vor allem wegen Alba. Und jetzt würde ich gerne gehen. Es wäre allerdings nett, wenn Sie Ihre Bestie im Zaum halten können.«

»Keine Sorge, Dottoressa, ich bringe Sie selbst zur Tür.«

Eine Stunde später saß ich im zu dieser Zeit noch ziemlich ruhigen *Azimut* an der Bar, mal wieder mit einem Gin Tonic vor mir und versuchte, mich von den Zumutungen des Nachmittags zu erholen und etwas abzuschalten, aber es gelang mir nicht ganz. Der Moment, als Carlo im Salon mit der Pistole vor mir gestanden hatte, ließ mich nicht los. Und ebenso wenig konnte ich das Grübeln über Antonio de Magris abstellen, der sich als nicht ganz so korrekt erwiesen hatte, wie er mir angekündigt worden war, aber als souverän, scharfsinnig und letztlich überzeugend. Und noch nicht einmal so unsympathisch wie erwartet. Die Menschen waren eben stets viel komplexer, als man sie zunächst wahrnahm, was allerdings keine neue Erkenntnis für mich war, sondern eine, die ich fast jeden Tag aus meiner Praxis mitnahm.

»Was ist denn mit dir los, so schlecht hast du ja noch nie ausgesehen«, hatte Gianni mich begrüßt, meine Bestellung gar nicht abgewartet, sondern wortlos den üblichen Drink vor mich gestellt, sich dann verzogen, um seine wenigen anderen Gäste zu bedienen und mir meine Ruhe zu lassen. Ich nahm einen großen Schluck von meinem eiskalten Getränk und genoss die Schärfe des Alkohols. Gianni hatte bestimmt eine Extraportion Gin hineingemixt. Mein Besuch in der Villa de Magris war eine echte Herausforderung gewesen, aber immerhin alles andere als umsonst. Zumindest einen Teil des Rätsels um die Signora de Magris hatte ich gelöst, wenn auch die eigentliche Frage, nämlich, wie und warum sie gestorben war, weiterhin unbeantwortet blieb.

Ich leerte mein Glas und wollte gerade in meine Jacke schlüpfen, mich auf den Heimweg machen, als Gianni wieder bei mir erschien. »Willst du noch einen?«, fragte er.

Ich schüttelte den Kopf. »Nein, danke. Aber der hat gutgetan.«

»Das sieht man dir an«, sagte er, »du siehst schon viel besser aus.«

»Tolles Kompliment!«, antwortete ich.

»Sag mal«, hielt er mich vom Aufbruch ab, »die junge Frau, mit der du vorgestern hier warst, kennst du die eigentlich näher? Ist das eine Freundin von dir? Oder jemand aus deiner Familie?«

»Weder noch, warum?«

»Weil die vor ein paar Monaten schon mal hier war, aber allein. Und fürchterlich getrunken hat, in kürzester Zeit einen Grappa nach dem anderen, bis ich ihr nichts mehr gegeben habe. Ich glaube, dass sie auch etwas eingeworfen hatte, jedenfalls stand sie vollkommen neben sich, nicht nur wegen des Alkohols, vermute ich. Ich habe schon überlegt, ob ich irgendetwas tun soll, was weiß ich, ein Taxi für sie rufen oder so etwas. Aber dann war sie von einem auf den anderen Moment verschwunden.«

»Und wann war das?«, fragte ich, ziemlich perplex über diese Information. Hatte Alba nicht behauptet, noch nie bei den *Muretti* und im *Azimut* gewesen zu sein?

»Das war in der Nacht«, sagte Gianni, »als die Signora de Magris dann tot aufgefunden wurde, deshalb ist mir das ja im Gedächtnis geblieben.«

20

Als ich im zweiten Stock angekommen war und an Vittorios Wohnungstür vorbei zu meinem Apartment lief, hörte ich ein Fiepsen. Eigentlich wollte ich so schnell wie möglich in meine Wohnung, denn ich hatte nun wirklich genug. Erst dieser irrwitzige Nachmittag bei Antonio de Magris und dann noch zum Schluss die verstörende Information, dass Alba in der Nacht, als ihre Mutter gestorben war, bei den *Muretti* gewesen war. Ein Ort, von dem sie sich einbildete, ihn gar nicht zu kennen. Oder behauptete sie das nur? Log sie womöglich und hatte mir die ganze Zeit über etwas vorgemacht, die Amnesie nur vorgetäuscht? Aber warum sollte sie das getan haben? Hatte sie vielleicht sogar etwas mit dem Tod ihrer Mutter zu tun? Mir platzte der Kopf, das war alles zu viel für einen Tag. Ich wollte nur noch schlafen und am nächsten Morgen weitersehen. Aber nun fiepste es wieder kläglich. Das konnte nur Cesare sein. Wenn der Hund in der Wohnung war, musste Vittorio eigentlich von seiner Reise zurückgekehrt sein. Vielleicht war er noch einmal ausgegangen.

»Cesare«, rief ich durch die Tür, worauf er noch kläglicher fiepste, dann abwechselnd zu bellen und wieder zu winseln begann. Ich musste etwas tun. Erst klopfte, dann klingelte ich, aber es tat sich nichts, niemand öffnete. Sollte ich nachsehen, was da los war? Und wenn er nun doch zu Hause war, nur fest schlief? Wie peinlich wäre es, wenn ich ihn dabei überraschte! Aber der Terrier hörte nicht auf zu jammern, und schließlich nahm ich mir ein Herz, ging kurz nach nebenan in meine Wohnung, holte den Schlüssel und öffnete Vittorios Tür.

Cesare sprang wild an mir hoch, bellte und schnappte nach meiner Hand, als wolle er mich irgendwo hinziehen. Ich rief nach Vittorio. Es blieb still, er schien nicht zu Hause zu sein. Aber was war mit dem Hund los? Irgendetwas stimmte mit dem nicht, so hatte ich ihn noch nie erlebt. Hatte er Hunger oder Durst oder beides? War Vittorio aus irgendeinem Grund nicht wie geplant nach Hause gekommen, unerwartet festgehalten worden? Schließlich gab ich dem Zerren des Hundes nach und folgte ihm in die Küche.

Vittorio lag rücklings ausgestreckt auf dem Boden in einer Blutlache, ein Messer in der Brust. Er hatte sein Jackett an, und ein Blutrinnsal hatte sein blassblaues Hemd und sein Einstecktuch tiefrot gefärbt, seine Augen standen offen, wie überrascht von etwas. Einen Moment war ich wie gelähmt, sah dem Hund geistesabwesend dabei zu, wie er mit der Pfote immer wieder auffordernd über Vittorios Arm strich und ihn mit der Schnauze anstupste, als wolle er ihn aufwecken. Schließlich kniete ich nieder und fühlte Vittorios Puls, obwohl ich schon wusste, dass er tot war. Rundum in der Küche bemerkte ich nichts Auffälliges, sie war aufgeräumt wie immer, wirkte geradezu unberührt. Wahrscheinlich war Vittorio noch nicht lange von seiner Reise zurück gewesen. Auf einem Holzbrett lagen aufgeschnittene rohe Fleischstücke, und ich überlegte, ob er den Hund vielleicht nach seiner Ankunft in der Wohnung sofort hatte füttern wollen und dabei von einem Angreifer überrascht worden war. Den musste er dann aber in die Wohnung hereingelassen haben, denn die Tür war nicht aufgebrochen worden. Und der Täter musste ihn überwältigt, ihm das Küchenmesser entwendet und ihn damit erstochen haben. Plötzlich hatte ich die Idee, dass der Mörder ja noch irgendwo in der riesigen Wohnung versteckt sein konnte. Komischerweise kam trotzdem keine Panik in mir auf, als wäre mein Angstvorrat für diesen Tag erschöpft. Aber vorsichtshalber griff ich mir Cesare, verließ mit ihm die Wohnung, ging nach nebenan zu mir und alarmierte Notdienst und Polizei.

Es dauerte nur wenige Minuten, dann waren sie alle da, gleich mehrere Polizisten und die Spurensicherung in ihren weißen Schutzanzügen, der Gerichtsmediziner, der den Tod Vittorio Petrinis sofort bestätigte und vorläufig schätzte, dass er seit ungefähr zwei Stunden tot war, und auch eine Staatsanwältin schaute später noch kurz vorbei.

Die Kommissarin, eine smarte Frau mit sehr kurzem dunklem Haar, modischer Brille und Lederjacke, wahrscheinlich ungefähr so alt wie ich, kam direkt auf mich zu, nachdem sie die Wohnung in Begleitung eines Assistenten als eine der Ersten betreten hatte. »Dottoressa di Salvo?«, fragte sie.

»Ja, die bin ich.«

»Sie haben den Toten gefunden?« Ihr Ton war schneidend.

»Ja, das ist richtig.«

»Und Sie wohnen hier gleich nebenan?«

»Ja, in der Nachbarwohnung. Und als ich nach Hause gekommen bin ...«

»Wann war das?«, unterbrach sie mich schroff.

Ich sah auf meine Uhr. »Das muss etwa vor einer halben Stunde gewesen sein. Im Treppenhaus habe ich dann den Hund winseln gehört und nachgesehen, was da los ist.«

»Da sind Sie einfach so in seine Wohnung eingedrungen, bloß weil der Hund winselt ...?«

»Ja«, erwiderte ich, jetzt auch in etwas schärferem Ton. »Das ist ein ganz junger Hund. Und er tat mir leid. Aber vor allem war das ungewöhnlich, er macht das normalerweise nicht, auch wenn er allein ist. Das kam mir komisch vor, und ich wollte wissen, was da los ist. Und dann habe ich Vittorio in der Küche entdeckt.«

»Vittorio? Sie kannten ihn näher?«

»Nein, eigentlich nicht. Wie man sich so kennt, wenn man von Balkon zu Balkon hin und wieder ein paar Worte miteinander wechselt oder sich in der Bar unten zufällig beim Espresso trifft.« Das hatte ich leicht dahingesagt, stolperte aber im selben Moment innerlich über meine eigenen Worte, zum wiederholten Mal erstaunt und befremdet darüber, wie wenig ich über meinen Nachbarn wusste, mit dem ich immerhin schon seit zwei Jahren Tür an Tür lebte. Fast schämte ich mich gegenüber dieser nicht besonders sympathischen Kommissarin für meine Ignoranz.

»Wie sind Sie denn in die Wohnung gekommen? Stand die Tür offen?«

»Nein, die Wohnungstür war zu, nicht abgeschlossen, aber zu. Aber ich habe einen Schlüssel. Den hat mir Vittorio«, ich verbesserte mich, »Signor Petrini gegeben. Er hatte seit kurzem diesen jungen Hund, den ich immer mal ausführe, wenn er unterwegs ist und keine Zeit für ihn hat. Und damit ich in die Wohnung komme, auch wenn er nicht da ist, um den Hund zu holen, hat er mir den Schlüssel gegeben.« Mir war klar, dass die Kommissarin, die mir ohnehin zu misstrauen schien, mich nach dieser Information erst recht zum Kreis der möglichen Täter zählen würde.

»Und wo ist der Hund jetzt?«, fragte sie zurück.

»Bei mir in der Wohnung. Ich glaube, das ist jetzt mein Hund.«

»Und außer dem Hund gibt es niemanden? Ihr Nachbar hat allein in der großen Wohnung gelebt?«

»Ja.«

»Freundin oder Freund?«

»Glaube ich nicht, weiß ich aber nicht. Es war niemand regelmäßig bei ihm. Das hätte ich mitbekommen.«

»Die Kollegen haben schon ermittelt, dass er eine Software-Firma hier in Turin besitzt, wissen Sie denn vielleicht etwas Genaueres darüber?«

»Nein, das ist auch alles, was ich weiß. Er war selbstständig, hat aber wohl für Fiat gearbeitet, ich vermute als Subunternehmer. Er war so ein typischer Turiner, ein sehr höflicher Typ, der aber eigentlich nie etwas von sich herausgelassen hat.«

»Dann brauche ich Sie ja wohl gar nicht zu fragen, ob Sie irgendeinen Verdacht haben, wer das getan haben könnte?«

»Nein. Aber eigentlich sieht es doch nach einem Einbruch aus, finden Sie nicht?«

»Das zu bewerten, überlassen Sie besser mal mir.«

Die Frau ging mir mit ihrer Arroganz ziemlich auf die Nerven, und aus Prinzip insistierte ich. »Sie sollten aber vielleicht wissen, dass Signor Petrini bis heute verreist war und die Wohnung leer stand. Und ich vermute mal, hier gibt es einiges zu holen.«

»Ach ja, und Sie wissen auch, wo er diese Schätze aufbewahrt hat?«

Unterstellte sie mir jetzt wirklich, dass ich bei Vittorio eingebrochen war und ihn beraubt hatte? Ich wollte protestieren, aber sie ließ mich gar nicht zu Wort kommen, legte sofort nach. »Sie sind also erst vor einer halben Stunde zurückgekommen? Wo waren Sie denn, und kann das jemand bestätigen?«

Ich war gespannt, wie sie nun reagieren würde, wenn der Name fiel. »Ich war in einer Bar in den *Muretti*. Im *Azimut*. Das kann der Barkeeper bestätigen. Und vorher war ich mit Antonio de Magris verabredet und habe den ganzen Nachmittag in seiner Villa verbracht.«

»De Magris? Der von Fiat?« Sie versuchte, ihr Erstaunen zu überspielen, aber wirklich beeindruckt schien sie nicht zu sein.

»Ja, der.«

»Okay«, sagte sie, »das werden wir überprüfen.«

Langsam nahm meine Erschöpfung überhand, und ich hatte Mühe, wach und konzentriert zu bleiben. Daran änderten auch mein tiefsitzender Schrecken über den Mord und der nach wie vor große Auftrieb in der Wohnung nichts.

»Sagen Sie, Ispettore ...« Weiter kam ich nicht, denn jetzt erst fiel mir auf, dass sie sich mir gar nicht vorgestellt hatte.

»Ispettore Ruggieri«, sagte sie, und ich musste mein Erstaunen verbergen.

War sie vielleicht die Tochter des Staatsanwaltes, der im Fall der *Frau in Rot* ermittelt hatte? Aber was spielte das für eine Rolle? Es war mir eigentlich vollkommen egal, ich wollte nur möglichst schnell weg von dieser unangenehmen Person, die mich mit ihrer Coolness aufbrachte und zu Unrecht verdächtigte. Ich wollte in meine Wohnung und endlich schlafen. »Ich würde jetzt gerne nach Hause gehen, Ispettore Ruggieri, und ich denke doch, dem steht nichts entgegen.« Das hatte ich nicht als Frage, sondern als Feststellung formuliert.

»*Va bene*, Signora di Salvo, Sie können gehen, aber Sie müssen noch eine Aussage machen. Können Sie morgen Vormittag auf die Questura kommen?«

»Hören Sie, Ispettore, ich bin Psychoanalytikerin, mein erster Patient kommt morgen um zehn Uhr, und das kann ich nicht absagen.«

»Dann eben vorher«, insistierte sie. »Mehr als eine halbe Stunde dauert es nicht. So viel Zeit werden Sie ja wohl erübrigen können, auch wenn Sie Psychoanalytikerin sind.« Sie lächelte süffisant. »Um halb neun also«, setzte sie noch hinzu.

Ich hatte keine Energie mehr, mich mit ihr anzulegen, nickte und ließ sie dann wortlos stehen.

»*Buona notte*, Signora di Salvo«, rief sie mir hinterher. »Wir werden das Haus für alle Fälle heute Nacht überwachen.«

Ob sie damit tatsächlich das Haus oder mich meinte, blieb offen. Ich warf einen letzten Blick in die Wohnung, auf die Blutlache in der Küche, die an den Rändern bereits zu trocknen begann. Die Leichenträger waren inzwischen da gewesen und hatten Vittorio weggebracht. Bisher war in dem schockartigen Geschehen bei mir kein Platz für Gefühle gewesen. Aber jetzt merkte ich, wie sich eine Traurigkeit in mir ausbreitete. Sehr nah war er mir nicht gewesen, aber ich hatte ihn gemocht.

Ich hatte die Wohnung noch nicht verlassen, als mein Handy klingelte. Ennio. »Ich habe gehört, was passiert ist, Camilla. Wie geht es dir? Kann ich etwas für dich tun? Soll ich bei dir vorbeikommen?«

»Das ist nett, dass du dich meldest. Ich bin okay, nur hundemüde. Lass uns morgen miteinander sprechen, ja? Aber sag mal, kennst du eine Kollegin namens Ruggieri, Ispettore Ruggieri?«

»Ja, klar, das ist die Tochter von dem Staatsanwalt, über den wir kürzlich gesprochen haben. Ist die vor Ort? Die ist sehr kompetent, aber eine eher unangenehme Person.«

»Das wollte ich hören, also bis morgen«, antwortete ich und legte auf. Bevor ich die Wohnung verließ, fiel mein Blick noch auf den Küchentisch, wo die Mitarbeiter der Spurensicherung die Beweisstücke vorläufig abgelegt hatten, zum großen Teil in durchsichtiges Plastik verpackt. Ich stutzte, schaute genauer hin. Eine Tüte enthielt eine Sonnenbrille. Irrte ich mich? Konnte das sein? Die sah ganz nach der aus, die Alba bei unserem Gespräch auf der Terrasse des *Azimut* aufgehabt hatte. Ich hatte noch vor Augen, wie wir dort saßen, beide mit den Brillen auf der Nase, den plätschernden Po vor uns. Quatsch, sagte ich mir, du bist vollkommen überreizt, Camilla, siehst Gespenster. Bestimmt hat die Sonnenbrille Vittorio gehört und es ist zufällig eine ganz ähnliche wie die von Alba. Obwohl … Mein noch halb waches Gehirn wollte einfach keine Ruhe geben. Die ist doch alles andere als sein Stil, sagte es mir. Aber dann ließ ich die Sonnenbrille doch Sonnenbrille sein. Ich wollte endlich in meine Wohnung. Und zu meinem Hund.

21

Am Morgen weckte mich ein Jaulen, aber ich brauchte einen Moment, bis ich verstand, dass das Cesare war, der an meinem Bett stand, wahrscheinlich Hunger hatte und darauf wartete, gefüttert zu werden. Oder weinte er um Vittorio? Er erinnerte mich jedenfalls sofort wieder daran, was geschehen war. Der Schrecken saß mir noch in der Seele, aber wie tief, spürte ich erst, als die Schlafseligkeit von mir abgefallen war. Viel Zeit für Gedanken und Gefühle blieb mir jedoch nicht. Ich musste ja zur Polizei, zur Questura in der Altstadt, wegen des Hundes zeitaufwändig zu Fuß, und vorher noch dafür sorgen, dass er etwas zu fressen bekam. Bestimmt gab es bei Vittorio Futter für ihn, aber um keinen Preis hätte ich noch einmal einen Fuß in dessen Wohnung gesetzt, die außerdem zweifellos versiegelt war. Im Kühlschrank fand ich einen Rest Lasagne, die ich etwas anwärmte und in einen tiefen Teller füllte, nicht ohne den Hund zu belehren, dass sein Speiseplan bei mir in Zukunft bescheidener ausfallen würde. Aber er hörte mir nicht zu, fiel sofort schmatzend über die Lasagne her. Vielleicht machen es Hunde wie manche Menschen und trösten sich mit Fressen über einen großen Schmerz hinweg? Ich selbst aß nur ein paar Kekse zu meinem Cappuccino. Zunächst hatte ich einen Moment erwogen, wie immer hinunter in die Bar zum Frühstücken zu gehen, weil das in der Eile so praktisch gewesen wäre, aber das verwarf ich sofort. Ganz sicher hatte sich der Mord an Vittorio nach dem nächtlichen Tumult und den Befragungen durch die Polizei schon überall im Haus und in der Nachbarschaft herumgesprochen, und alle würden erpicht darauf sein, von mir, der Nachbarin des Ermordeten, mehr über das Geschehene zu erfahren, eine Zumutung, der ich mich an diesem Morgen nicht aussetzen wollte. Am liebsten hätte ich ohnehin nur geschwiegen, wäre sofort in meine Praxis geeilt und hätte mich in meine Arbeit gestürzt, aber die unangenehme Kommissarin wartete ja auf mich.

Der Pförtner meldete mich an, und ich nahm eine breit geschwungene Treppe in den ersten Stock des monumentalen Gebäudes. Als ich den langen Flur zu dem mir genannten Büro hinter mich gebracht hatte, erwartete mich eine Überraschung. Es war nicht Ispettore Ruggieri, die in der Tür zu dem Büro stand, sondern Tonio Ferro, Ennios Freund, der mich freundlich lächelnd empfing. Er erkannte mich sofort wieder, tätschelte dem Hund an meiner Seite zur Begrüßung die Ohren, bat mich herein und rückte mir einen Stuhl vor dem Schreibtisch zurecht. »Das ist ja eine Überraschung«, sagte er. »Du hast also die Leiche von diesem Petrini gefunden?«

»Ja, das ist mein Nachbar. Ich dachte übrigens, Ispettore Ruggieri erwartet mich hier.«

»Wollte sie auch, aber sie musste kurzfristig zur Staatsanwältin und hat an mich übergeben, mir aber noch nicht einmal gesagt, wer da kommt.«

»Ich bin, ehrlich gesagt, nicht besonders enttäuscht, dass sie nicht hier ist.«

»Das kann ich verstehen.« Tonio schmunzelte.

»Und du ermittelst auch wegen des Mordes an Vittorio, oder macht das Ispettore Ruggieri?«

»Nein, ich bin auch im Team. Der Ermordete war also dein

Nachbar. Das muss dich doch ganz schön mitgenommen haben. Hast du denn trotzdem einigermaßen geschlafen?«, fragte er mitfühlend.

»Erstaunlich gut, ehrlich gesagt«, erwiderte ich. »Aber bitte lass uns gleich loslegen, Tonio, damit ich rechtzeitig zu meinen Patienten komme.«

»Bin schon dabei.« Er setzte sich an seinen Computer, begann zu tippen, sah dann aber zu Cesare, der sich auf dem Steinboden neben mir langgemacht hatte. »Ist das dein Hund? Ich wusste ja gar nicht, dass du einen hast.«

»Nein, der hat Vittorio gehört, und ich habe ihn zu mir genommen.«

»Und den nimmst du jetzt mit in deine Praxis? Geht das? Wir könnten uns sonst auch um ihn kümmern.«

»Nein, das ist schon in Ordnung. Der bleibt bei mir. Ich mag ihn sehr, und er macht jetzt eben Karriere als Therapiehund.«

Dann siegte wieder meine Neugier und obwohl ich Tonio gerade noch zur Eile gedrängt hatte, fragte ich: »Wisst ihr denn inzwischen mehr? Bring mich doch bitte mal kurz auf den Stand.«

»Ein wenig schon, ja. Das bleibt aber unter uns?«

Ich nickte.

»Dein Nachbar ist am späten Nachmittag ermordet worden, soviel steht fest. Du bist also nicht verdächtig, das hat sogar meine Kollegin eingesehen.« Er grinste mir zu. »Der Stich hat ihn ins Herz getroffen, und er war sofort tot. Niemand im Haus hat etwas gesehen oder gehört, nur später den Hund, den haben wie du fast alle gehört, sich aber nichts dabei gedacht. Und wir haben Fingerabdrücke auf dem Messer gefunden, die nicht von deinem Nachbarn stammen. Der Täter oder die Täterin hat es nicht abgewischt. Das sieht also alles nach einer spontanen Attacke aus, nicht nach einem Profi, eher nach einer Beziehungstat. Wusstest du eigentlich, dass dein Nachbar Drogen genommen hat?«

»Nein.«

»Er war auch vorbestraft, weil er bekokst einen Unfall gebaut hat und eine Frau angefahren hat, die dabei leicht verletzt worden ist.«

»Wo und wann war das?«

»Hier in Turin, vor gut zweieinhalb Jahren. Er hat eine Bewährungsstrafe dafür bekommen, durfte außerdem eine Weile nicht mehr Auto fahren. Und wir haben auch eine ganze Menge Kokain bei ihm in der Wohnung gefunden.«

Ich war fassungslos, brachte aber dennoch eine Frage über die Lippen. »Dann war es vielleicht ein Dealer, der ihn überfallen hat?«

»Danach sieht es nicht aus. Zumindest war es in keinem Fall ein Einbruch oder Raubüberfall, das ist nach allem, was wir inzwischen wissen, so gut wie ausgeschlossen. Petrini muss seinen Mörder in die Wohnung gelassen haben, das Schloss ist jedenfalls unversehrt. Und die wertvollen Sachen, zum Beispiel der Schmuck, sind noch da, offenbar alles Erbstücke, die ein Einbrecher sicher hätte mitgehen lassen. Aber ich hätte eine Frage an dich, Camilla. Ennio hat mir kürzlich gesagt, dass du zurzeit mit der Familie de Magris zu tun hast?«

»Hat er etwa geplaudert?«

»Nein, keine Sorge, mehr hat er nicht gesagt. Und das nur, weil ich in dieser Mordermittlung mit im Team war und du dich kürzlich nach dem ermittelnden Staatsanwalt erkundigt hast.«

»Nach Fabio Ruggieri, ja. Dem Vater unserer Freundin …« Ich grinste, und Tonio grinste zurück. »Woher weißt du das?«, fragte er.

»Von Ennio. Aber zurück zu deiner Frage. Warum willst du das jetzt wissen?«

»Wir haben das Handy von Vittorio Petrini überprüft. Das ging schnell in diesem Fall, weil es mit Fingerabdrucksensor funktioniert. Da war einer von den Kollegen gestern Abend vor Ort so schlau, es in Gang zu setzen, sozusagen mit Hilfe des Toten ...«

»Ja und?«

»Einer der letzten Anrufe gestern kam von Alba de Magris. Das ist die Tochter. Das weißt du aber vermutlich?« Ich nickte. »Und wir haben dann festgestellt, dass ihr Handy später dort ganz in der Nähe eingeloggt war, sie scheint ihn also am frühen Nachmittag besucht zu haben. Einer der Nachbarn will sie jedenfalls auf der Straße vor dem Haus gesehen haben. Sie hatte eine auffällige Sonnenbrille auf, die wir gestern Abend etwas versteckt am Straßenrand gefunden haben. Die Brille passt zu der Beschreibung des Nachbarn. Alba de Magris muss eine der Letzten oder sogar die Letzte gewesen sein, die bei ihm war. Weißt du vielleicht, was die miteinander zu tun hatten?«

»Nein, keine Ahnung. Ich wusste nicht einmal, dass die sich überhaupt kennen. Ich habe sie nie bei ihm gesehen. Das heißt aber, du hältst sie für verdächtig?«

»Nein, sie ist nicht verdächtig. Sie war schon wieder eine ganze Weile weg, bevor er ermordet wurde.«

Ein neuer Gedanke schoss mir blitzartig durch den Kopf, ergriff mit Macht Besitz von mir. Konnte es sein, dass Vittorio der ominöse Freund war, von dem Antonio de Magris gesprochen hatte? Dass er den Unfall in Oberharlachhausen verursacht hatte? In meinem Gehirn fand ein rasanter Faktencheck statt. Alles passte. Vittorio war mit Antonio de Magris und dem Unternehmen Fiat beruflich verbandelt, hatte Software dorthin geliefert, verfügte also über betriebsinterne Informationen, die er dem Erpresser Peter Maier hatte liefern können, und er war, wie das Foto im Automuseum gezeigt hatte, mit in dem bayerischen Dorf gewesen, als der Unfall mit der jungen Fahrradfahrerin passierte. Das alles hatte ich schon gewusst. Neu war jedoch, dass er nicht nur ein Kollege, sondern ein Freund der

Familie de Magris war. Und neu war vor allem, dass Vittorio drogenabhängig und wegen eines Unfalls vorbestraft war. Das erklärte sehr viel. Ich dachte zurück an mein Gespräch mit Antonio de Magris. Er hatte von Problemen gesprochen, die der Fahrer schon vor dem Unfall hatte. Das traf auf Vittorio zu und machte plausibel, warum er sich lieber hatte erpressen lassen, als sich seiner Verantwortung zu stellen. Er wäre ins Gefängnis gekommen. Und war mir nicht aufgefallen, wie schlecht er in letzter Zeit aussah? Der Grund dafür lag dann auf der Hand, er hatte Drogenprobleme und sich mit Gewissensbissen und der Erpressung gequält. Und – auch das war mir damit sofort klar – Antonio de Magris hatte tatsächlich die Wahrheit gesagt. Es war nicht er, sondern Vittorio gewesen, der den Unfall verursacht hatte, und es war auch nicht Antonio de Magris, sondern Vittorio gewesen, der Peter Maier gemeinsam mit der Signora de Magris in Saint-Martin-des-Moulins getroffen hatte. Was auch bedeutete – und das war meine letzte Schlussfolgerung –, dass der Mord an Vittorio mit dem Unfall und der Erpressung in Zusammenhang stand.

»Aber es gibt noch etwas Interessantes, und da trifft es sich auch gut, dass du hier bist«, riss Tonio mich aus meinen Überlegungen, noch bevor ich entschieden hatte, ob ich ihn an meinen Gedanken teilhaben ließ. »Wir haben uns nämlich auch Petrinis Navi angesehen. Er hat etwa zwei Wochen Urlaub gemacht und ist gestern erst aus den Alpen nach Turin zurückgekehrt. Und zwar aus einem kleinen Ort oben im Aostatal, aus Saint-Martin-des-Moulins. Und dieses Dorf sagt dir doch etwas, oder täusche ich mich?«

Ich nickte. Mir hatte es die Sprache verschlagen. Mein Gedankenblitz traf offenbar ins Schwarze. Denn diese Information fügte sich erst recht in das Puzzle, das Bild begann sich zu vervollständigen.

»Dann habe ich mich nicht geirrt«, fuhr Tonio fort. »Mir

ist nämlich eben, als ich dich gesehen habe, gleich eingefallen, dass du bei unserem letzten Treffen vor ein paar Monaten, als wir zusammen mit meiner Freundin und Ennio Pizza essen waren, erzählt hast, dass du da früher immer mit deinem Skiclub warst, oder?«

Ich nickte wieder, bekam jedoch nach wie vor keinen Ton heraus.

»Da hat dein Nachbar die letzten zwei Tage verbracht«, erläuterte Tonio, »und von dort ist er dann gestern nach Turin zurückgefahren, direkt zu seiner Wohnung. Da oben liegt wohl immer noch viel Schnee, er ist aber nicht Ski gelaufen. Es gibt in dem Dorf nur ein Hotel, und in dem ist er untergekommen, aber auch dessen Chefin wusste nicht, womit er dort seine Zeit verbracht hat, hat ihn aber mehrmals zusammen mit einem Mitarbeiter der Liftgesellschaft gesehen. Einem gewissen Paolo Manca. Sagt dir das etwas?«

»Nein, aber das ist ja auch alles viel zu lange her«, brachte ich mit Mühe heraus, wobei Tonio meine Fassungslosigkeit nicht zu bemerken schien. Dabei überschlugen sich meine Gedanken immer noch. Was hatte Vittorio erneut in dem Dorf gesucht? Lebte Peter Maier womöglich doch noch und hatte er ihn dort getroffen? Nein, das ergab keinen Sinn …

»Du bist doch bestimmt noch vertraut mit dem Dorf«, unterbrach Tonio erneut meinen Gedankenfluss. »Kennst da auch Leute.«

»Ja, schon.« Ich hatte mich wieder einigermaßen gesammelt, zögerte aber mit der Antwort, fragte mich, worauf Tonio wohl hinauswollte.

»Ich hätte da eine Idee. Würdest du mich vielleicht morgen dahin begleiten?«, ließ er die Katze aus dem Sack. »Es könnte hilfreich sein, wenn du dabei bist, weil du dich in dem Dorf ja gut auskennst.«

Ich überlegte kurz. Warum eigentlich nicht? Der kommende

Tag war der 25. April, einer unser beiden nationalen Feiertage, ich hatte nichts vor, würde an Ort und Stelle die Ermittlung miterleben und wahrscheinlich erfahren, ob ich nun endlich auf der richtigen Fährte war und was hinter Vittorios Aufenthalt in Saint-Martin-des Moulins steckte. Und könnte dann – je nachdem – immer noch entscheiden, wie viel ich Tonio von dem, was ich wusste, preisgab.

Er wartete meine Antwort gar nicht erst ab: »Ich hole dich um neun Uhr bei dir zu Hause ab«, sagte er, beugte sich wieder über seinen Computer, begann zu tippen und befragte mich dann schnell und routiniert zu dem Mord, dazu, wie ich Vittorio aufgefunden hatte und was ich von ihm wusste. Das brachte mich unmittelbar auf den Boden der Tatsachen zurück, obwohl mir zwischendrin doch einmal die Tränen kamen. Schon nach wenigen Minuten war das Protokoll fertig, ich unterschrieb es, verabschiedete mich von Tonio, verließ die Questura und machte mich mit dem Hund auf den Weg in meine Praxis, froh und erleichtert darüber, dass es in den nächsten drei Stunden um nichts anderes als meine Patienten gehen würde.

Franca saß an unserem angestammten Tisch bei *Vini Manzoni*, und als ich etwas verspätet die Kneipe betrat, sah ich ihr schon von weitem an, dass sie es kaum erwarten konnte, mich zu sehen. Auch sie wusste längst, was passiert war. Nachrichten verbreiten sich in bestimmten Kreisen dieser Stadt mit ihren knapp neunhunderttausend Einwohnern schneller als in einem Dorf. Franca hatte schon für uns beide bestellt, und als sie mir zur Begrüßung ungestüm um den Hals fiel, offenbar in der Absicht, mich zu trösten, kamen bereits unser *Vitello tonnato* und die Sardellen zusammen mit den Getränken auf den Tisch.

»Ich weiß gar nicht, ob ich etwas herunterbekomme«, sagte Franca, als sie mir dabei zusah, wie ich meinen ersten käseumhüllten Gnocco aufspießte, während ihre Sardellen noch unberührt auf dem Teller vor ihr lagen. »Das nimmt mich mit, ein Mord gleich bei dir nebenan, das ist doch der Horror. Kannst du denn da überhaupt noch ruhig schlafen?«

»Ich bin safe«, erwiderte ich, »ich habe jetzt einen Hund.«

»Wie, du hast einen Hund?«

»Mein ermordeter Nachbar hatte seit kurzem einen Hund, den ich hin und wieder ausgeführt habe. Ich dachte, das weißt du?«

»Nein, das hat offenbar zu einem deiner Geheimnisse gehört …«

»Ein junger Terrier aus dem Tierheim, und der ist jetzt meiner.«

»Und wo ist er jetzt?«

»Schläft in der Praxis.«

Franca, die sich gegen ihre Gewohnheit ein Glas Wein zu ihren Sardellen bestellt hatte, nippte daran. »Und weiß man denn schon irgendetwas über den Mord?«, fragte sie mit dem Glas noch in der Hand. »Also vor allem, wer es war?«

»Nein, das ist alles noch sehr vage. Ein Einbrecher war es jedenfalls wohl nicht. Kanntest du Vittorio eigentlich? Seid ihr euch mal bei mir begegnet?«

»Nicht, dass ich wüsste. War das so ein gut angezogener Typ, Mitte vierzig?«

»Ja, das kommt hin.«

»Dann bin ich ihm wohl im Treppenhaus mal über den Weg gelaufen.« Sie nahm jetzt doch von den Sardellen. »Und es gibt gar keinen Hinweis, wer den umgebracht hat und warum? Und du hast auch keine Idee, obwohl du doch so eine verhinderte Kriminalistin bist?«

»Nein, ehrlich gesagt, kannte ich den kaum. Seinen Hund kenne ich nach zwei Monaten schon besser als ihn …«

»Das ist ja auch eine Ironie des Schicksals, da läufst du seit Wochen irgendeinem Mörder dieser *Frau in Rot* hinterher, und dann schlägt ein anderer direkt bei dir nebenan zu. Das ist doch einfach verrückt.«

»Vielleicht doch nicht«, erwiderte ich. »Das eine hat nämlich womöglich mit dem anderen etwas zu tun.« Kaum hatte ich das gesagt, biss ich mir auf die Zunge. Denn ich war überhaupt nicht in der Stimmung, Franca einzuweihen, ihr jetzt von Antonio de Magris und seinem Bodyguard zu erzählen und davon, dass der ermordete Vittorio drogenabhängig war und wahrscheinlich ein junges Mädchen totgefahren hatte und erpresst wurde. Am liebsten wollte ich nur schweigen, jedenfalls nicht über all das sprechen und ärgerte mich, dass mir der Satz herausgerutscht war. Denn ganz bestimmt würde es schwer werden, Francas einmal entfachte Neugier wieder zu bremsen.

»Wie denn das?«, entfuhr es ihr so perplex wie erwartet, die Gabel mit einer aufgespießten Sardelle wie festgefroren in der Hand. »Das ist doch nicht dein Ernst, oder?«

»Das erkläre ich dir ein anderes Mal. Erst mal habe ich wirklich genug. Und will jetzt einfach nur in aller Ruhe mit dir hier sitzen, über etwas ganz Harmloses plaudern und mein *Vitello tonnato* essen.«

Zu meiner Überraschung nickte Franca verständnisvoll und insistierte nicht.

22

Am späten Nachmittag, als meine letzte Patientin gegangen war, legte ich mich selbst auf die Couch im Sprechzimmer und wäre fast eingeschlafen. Wieder war es Cesare, der mich daran hinderte, indem er mir ausgiebig die Hand leckte. Ich sah auf die Uhr, es war schon nach halb sechs, und ich hatte es eilig, nach Hause und endlich zur Ruhe zu kommen. Gut, dass am nächsten Tag ein Feiertag war! Auch wenn der sicher nicht nur erholsam würde angesichts der Unternehmung, die für diesen Tag geplant war. Bevor ich in der Praxis aufbrach, richtete ich mir in meinem kleinen Bad noch die Frisur und zog meine Lippen in meinem geliebten Dunkelrot nach. Der Blick in den Spiegel war ernüchternd. Ich sah müde aus, entdeckte neue Falten und glaubte langsam nicht mehr daran, dass die bald wieder verschwinden würden. Die Stunden mit den Patienten hatten mich abgelenkt, aber jetzt, allein in der Stille meiner Praxis, den Feierabend vor mir, kamen mir doch die Tränen, und ausnahmsweise war es einmal ich, die den Vorrat an Taschentüchern in der Praxis plünderte. Als der Tränenfluss nach einigen Minuten nachließ, kramte ich meine Siebensachen von meinem Schreibtisch zusammen, ein paar Notizen, meine Lesebrille, die ich leider neuerdings benötigte, die Geldbörse, zuletzt mein Handy, das ich, wie immer während der Patientenbesuche, abgeschaltet hatte, jetzt aber wieder in Gang setzte. Neun Anrufe waren in den letzten drei Stunden gekommen, einer von Ennio und acht von Alba. Ich rief sie sofort zurück, aber ihr Handy war offenbar ausgeschaltet. Ich schickte ihr auf die Schnelle eine Nachricht, wollte dann gerade das Handy in die Handtasche packen, als es klingelte. Es war Antonio de Magris, auf der Suche nach seiner Tochter, in heller Aufregung und großer Angst um sie. Er rief aus der Stadtwohnung der Familie in Crocetta an, wo er sie nicht angetroffen hatte, obwohl er sich bei ihr angekündigt hatte. Dann hatte die Polizei sich bei ihm gemeldet, ich vermutete Tonio Ferro, ebenfalls auf der Suche nach Alba. Anders als ich wusste der Vater allerdings nicht, was sie von ihr wollten, machte sich deshalb umso größere Sorgen. Er hatte die ganze Wohnung nach Hinweisen abgesucht und war dabei auf ein Hemd mit Blutspuren am Ärmel gestoßen. Er war außer sich, nichts war von der Souveränität übrig, die ich am Nachmittag zuvor an ihm erlebt hatte. »Meinen Sie, sie könnte sich etwas angetan haben?«, fragte er. »Wo könnte sie bloß sein?«

»Sie war nicht selbstmordgefährdet«, versuchte ich ihn zu beruhigen und ein wenig auch mich selbst.

Während wir noch miteinander telefonierten, bekam ich eine Nachricht. Ich unterbrach kurz unser Gespräch. Sie war von Alba. *Ich weiß jetzt alles*, schrieb sie, *meine Erinnerung ist zurück, und ich habe etwas Schlimmes getan. Danke. Sie haben mir sehr geholfen. Jetzt ist es endlich vorbei.*

Was hatte das zu bedeuten? Es klang tatsächlich ein wenig nach der Ankündigung eines Selbstmordes. Was hatte ihr Gedächtnis offenbart? Ich las ihrem Vater die Nachricht vor, und er reagierte erneut anders, als ich erwartet hatte. Auf einmal war er wieder der beherrschte, kühl agierende Manager, der eine handfeste Aufgabe zu bewältigen hatte. »Ich rufe die Polizei an«, sagte er, »komme dann gleich bei Ihnen vorbei und hole Sie ab, und wir überlegen gemeinsam, wo wir sie am ehesten finden können.«

De Magris lenkte die große Fiat-Limousine mit ihren abgedunkelten Scheiben sehr schnell, aber umsichtig durch Turin. Der Hund saß auf dem Rücksitz und verfolgte aufmerksam das Geschehen, schien gerne Auto zu fahren. Ich hatte vorgeschlagen, Alba bei den *Muretti* zu suchen, an der Brücke, also dort, wo ihre Mutter tot aufgefunden worden war. »Wenn sie jetzt weiß, was in dieser Nacht geschehen ist, dann will sie wahrscheinlich dorthin«, erläuterte ich meinen Vorschlag.

»Warum?«, fragte de Magris.

Ich hatte vergessen, dass er anders als ich nicht wusste, dass seine Tochter in dieser Nacht auch an den *Muretti* gesehen worden war.

»Woher wissen Sie das?«, fragte er, als ich ihm das erzählte.

»Der Barmann vom *Azimut*, das ist eine der Szenekneipen dort, hat es mir gesagt, ohne dass ihm die Bedeutung dieser Information bewusst war. Er hatte keine Ahnung, dass sie die Tochter ist, er hat nur ein verlorenes Mädchen an seiner Theke gesehen, das sich betrunken hat.«

Auf halbem Weg kam ein Anruf von Tonio. »Wo bist du, Camilla?«

»Mit Antonio de Magris unterwegs zu den *Muretti*, zu der Brücke.«

»Das ist gut«, sagte er. »Wir haben Albas Handy gecheckt. Sie hat es wieder abgeschaltet, aber als sie dir die Nachricht geschickt hat, war sie dort in der Nähe. Du hast also den richtigen Riecher gehabt. Wir kommen auch dahin.«

De Magris fuhr nun etwas langsamer, hatte jetzt, wo sich auch die Polizei einschaltete, wohl etwas Zuversicht geschöpft, dass wir seine Tochter finden würden. Wir machten an einer Ampel halt. »Sie haben von dem Mord an Vittorio Petrini gehört?«, sagte ich, ohne ihn anzusehen.

»Ja, natürlich. Und Sie haben ihn gefunden, hat mir die Polizei gesagt.«

»Ja, ich lebe in der Nachbarwohnung.«

»Was für ein verrückter Zufall.«

»Sie meinen, weil Vittorio Petrini der ominöse Freund und Kollege ist, von dem Sie mir gestern erzählt haben, ohne zu wissen, dass ich seit zwei Jahren Wand an Wand mit ihm wohne? Der Freund und Kollege, der den Unfall verschuldet hat.«

Er nickte. Die Ampel wurde Grün, der Wagen fuhr wieder an.

»Und die sogenannten Details, über die Sie mir nichts sagen wollten, sind, dass Vittorio kokainabhängig war und bekokst schon vor gut zwei Jahren hier in Turin eine Frau angefahren hat. Und wahrscheinlich nicht nur ein Bier zu viel getrunken hat, sondern auch unter Drogen stand, als er das junge Mädchen in Bayern angefahren hat. Das sind wirklich Details …«

»Ich verstehe, dass Sie das aufbringt. Ich hatte allerdings keinen Grund, Sie in all das einzuweihen.«

»Jedenfalls hat sich Vittorio deshalb lieber von Peter Maier erpressen lassen, als zur Polizei zu gehen?«

»Ja, so war es.«

»Alba war übrigens bei ihm, bevor er ermordet wurde«, sagte ich. »Wirklich?« Er warf mir einen überraschten Blick von der Seite zu. »Woher wissen Sie das?«

»Sie sagten doch selbst, dass an mir eine Kriminalistin verloren gegangen ist … Haben Sie denn eine Ahnung, was sie von ihm wollte? Hatten Sie vielleicht schon mit ihr über Vittorio und den Unfall gesprochen und sie wollte ihn vielleicht deshalb zur Rede stellen?«, fragte ich.

»Nein, habe ich nicht. Und ich habe auch keine Ahnung, was sie von ihm wollte. Aber ich sagte Ihnen ja, dass sie ihn sehr mochte, nur war der Kontakt zu ihm in den letzten Monaten abgebrochen, weil es Alba so schlecht ging. Und Vittorio im Übrigen auch. Meine Frau wollte ihn überzeugen, einen Entzug zu machen und sich der ganzen Sache zu stellen, aber er hat diesen Schritt einfach nicht geschafft. Es ist schwierig, die

Erfahrung habe ich jetzt auch mit ihm gemacht, aber ich hatte ihn, glaube ich, so weit, dass er sich gestellt hätte …«

»Und was wollten Sie denn heute Nachmittag von Alba? Sie über seine Ermordung informieren?«

»Ja, genau. Über alles. Bevor sie es womöglich auf anderem Weg erfahren hätte. Aber ich fürchte, auch da war ich zu spät.«

»Und was glauben Sie, wer Vittorio ermordet hat? Das hat doch bestimmt mit der Erpressung zu tun. Also doch Peter Maier? Der in keine Gletscherspalte gefallen ist, sondern noch lebt?« Dass Vittorio in Saint-Martin-des-Moulins gewesen war, verschwieg ich de Magris, zu viel interne polizeiliche Information wollte ich nicht preisgeben.

»Nein, ich habe Ihnen ja gestern schon gesagt, ich bin sicher, dass er wirklich tot ist. Meine Frau hat nämlich nach seinem Verschwinden ihre Beziehungen spielen lassen, sich umgehört, recherchiert und herausbekommen, dass seine Freundin ohne ihn nach Vietnam zurückgekehrt ist.«

»Ach ja?«, sagte ich spitz, weil er mir auch das erst jetzt erzählte.

Er sah weiter stur geradeaus und lenkte den Wagen um eine scharfe Kurve in Richtung Po. »Aber es ist schon komisch«, sagte er, als er auf der Geraden den Wagen wieder beschleunigte, »dass er es nicht geschafft hat, zu dem Hubschrauber zu kommen.«

»Bei den Wetterbedingungen, die an diesem Tag geherrscht haben, ist es doch kein Wunder«, wandte ich ein.

»Er war aber nicht allein.«

»Wie?«

»Meine Frau hatte für ihn einen Bergführer aus dem Dorf organisiert, der ihn auf dem Weg zu dem Hubschrauber begleiten sollte. Das war Teil seiner Forderungen, und davon hat keiner etwas gewusst. Der Treffpunkt der beiden lag ein Stück außerhalb des Dorfes, wo sie unbeobachtet waren. Sonst hätte seine

Legende nicht funktioniert, die ja so ging, dass er sich verirrt hat und unterwegs verschüttgegangen ist. Die hätte ja keiner geglaubt, wenn jemand gewusst hätte, dass er einen Ortskundigen an seiner Seite hatte. Wahrscheinlich haben sie sich aber irgendwann im Nebel und Schneetreiben verloren. Das hat der Bergführer jedenfalls meiner Frau erklärt, nachdem der Maier nicht bei dem Hubschrauber angekommen ist«

23

Alba saß auf der Brüstung, unter ihr der dunkle Po, schnell und glatt dahintreibend. Wie kalt mochte der Fluss um diese Zeit sein? Es war schwer vorstellbar, dass man einen Sprung in seine Fluten an dieser Stelle überleben würde. Langsam brach die Dämmerung ein, aber noch war es hell genug, um den Müll, der überall verstreut herumlag, die vergitterten Stufen, die auf die Brücke führten und ihre schmiedeeisernen Verstrebungen zu erkennen. Kurz nach uns näherten sich ein Polizeiauto und eine Ambulanz, beide mit flackerndem Blaulicht. Tonio und drei weitere Polizisten verließen den Streifenwagen, auch die beiden Sanitäter bewegten sich auf die Brücke zu, aber alle hielten sich diskret im Hintergrund. Es war gut zu wissen, dass Profis am Werk waren. Tonio machte mir ein Zeichen, das wohl »Übernimm du« bedeuten sollte.

»Versuchen Sie es«, bat mich auch de Magris, und es klang flehentlich. »Ihnen vertraut sie.«

Ich zögerte einen Moment, scheute die übergroße Verantwortung, nahm mir aber doch ein Herz, wandte mich ihr zu, rief ihren Namen. Sie merkte auf, als hätte sie erst jetzt unser aller Anwesenheit wahrgenommen, warf mir einen Blick zu. Ich versuchte, etwas aus dem Bild, das sie bot, herauszulesen, aus ihrer Miene und aus der Haltung, in der sie auf dem Brückengeländer saß, mit den Händen an der Brüstung.

Mein Instinkt sagte mir, dass sie nicht vorhatte, sich ins Wasser zu stürzen, aber in einem seltsam abgehobenen Zustand war, in dem der Himmel über ihr eingestürzt war und alles passieren konnte. Vielleicht stand sie unter Drogen, aber ich glaubte das eher nicht.

»Darf ich näherkommen?«, fragte ich.

»Aber nur Sie«, sagte sie. »Die anderen sollen alle wegbleiben. Auch mein Vater.«

Langsam bewegte ich mich über die Brücke auf sie zu. Es waren vielleicht nur fünfzehn Meter, aber die schienen unendlich lang. Fast hatte ich Alba erreicht, es fehlten nur noch zwei oder drei Meter, als sie sich abrupt bewegte, mit einer Hand das Geländer losließ, leicht schwankte und ich einen Moment dachte, sie würde sich nicht halten können. Dann angelte sie sich aber nur eine Zigarette aus einer Packung in ihrer Jackentasche und steckte sie sich in den Mund. Ich wollte mich wieder in Bewegung setzen, aber weit kam ich nicht.

»Stopp«, sagte sie, nahm die Zigarette aus dem Mund, starrte auf das Wasser und schien mich nun nicht mehr zu beachten.

Ich sah jetzt, dass sie einen Verband um ihre Hand trug, eher nachlässig gewickelt. »Haben Sie sich geschnitten, Alba?«, fragte ich.

»Sie machen sich immerzu Sorgen um mich, nicht wahr, Dottoressa«, kam es zurück. Ihre Stimme und ihr Blick waren klar, und ich war jetzt überzeugt, dass sie nicht unter Drogen stand. »Einmal denken Sie«, fuhr Alba fort, »ich bin Alkoholikerin, und dann halten Sie mich für eine Selbstmörderin. Aber alles halb so wild.« Sie hielt sich weiter nur noch mit einer Hand an der Brüstung fest, in der anderen Hand immer noch die Zigarette, und blickte auf den Verband. »Ich habe mich bloß aus Versehen mit einem Küchenmesser geschnitten.«

Ob das stimmte? Bei Alba konnte man niemals sicher sein. Das erklärte jedenfalls die Blutspuren an dem Hemd, das ihr

Vater in der Wohnung in Crocetta entdeckt hatte. Dann verfiel sie wieder in Schweigen, schaukelte auf der Brüstung hin und her. Ich wartete eine Weile, aber als nichts passierte und sie immer weiter schwieg, ging ich in die Offensive. »Ich habe Ihre Nachricht bekommen, Alba. Sie erinnern sich also wieder? An alles, was passiert ist?«

Sie antwortete nicht.

»Wollen Sie mit mir darüber sprechen, oder lieber nicht?«

Sie gab mir auch darauf keine Antwort, warf die Zigarette ins Wasser, sah ihr nach, wie sie im Fluss verschwand.

»Ich hätte nicht gedacht, dass meine Erinnerung so plötzlich wieder zurückkommt«, brach sie dann das Schweigen.

»Manchmal passiert das ganz plötzlich«, sagte ich, »und man weiß gar nicht, warum.«

»Ich weiß schon, warum. Ich habe jemanden getroffen, den ich schon ganz lange kenne und der eigentlich ein Freund ist.«

»Eigentlich?«

Sie antwortete wieder nicht. Mir war sofort klar, dass sie von Vittorio sprach, und ich fragte mich, ob sie wusste, dass er tot war.

»Warum haben Sie diesen Mann denn getroffen?«

»Er war ein enger Freund meiner Mutter und oft bei uns, und für mich war er immer wie ein Onkel. Ich habe ihn aber schon ewig nicht mehr gesehen, seit sie gestorben ist nicht mehr. Und nachdem ich vorgestern mit Ihnen über meine Mutter gesprochen habe und ich gemerkt habe, wie gut mir das tut, hatte ich auf einmal die Idee, ich könnte auch mit ihm über sie reden. Und habe ihn dann angerufen. Er war unterwegs, aber auf dem Heimweg und hat vorgeschlagen, dass ich bei ihm vorbeikomme.« Sie hob ruckartig den Kopf, als wäre ihr gerade etwas eingefallen. »Er hat übrigens einen Hund, der genauso aussieht wie Ihrer. Den müssen Sie mal sehen. Vielleicht ist er aus demselben Wurf.«

»Wie heißt denn der Hund?«

»Er hat ihn Cesare gerufen, als er ankam und mit ihm zu seinem Haus gelaufen ist.«

»Und wie heißt der Freund?«

»Vittorio.«

»Kann ja sein, dass der Hund aus demselben Wurf ist«, sagte ich. »Das wäre dann aber ein großer Zufall.« Wieder war ich ihr einen Meter näher gekommen, es fehlte nicht mehr viel …»Und war es denn gut, mit ihm zu reden?«, fragte ich.

»Ich habe dann doch nicht mit ihm gesprochen. Ich bin weggelaufen. Er ist ein Mörder.«

War ich überrascht? Nicht wirklich. Ich wartete ab, wusste aber eigentlich schon in diesem Moment, was sie nun sagen würde.

»Er hat meine Mutter umgebracht.«

»Und woher wissen Sie das?«

»Ach, Dottoressa, Sie kapieren doch sonst so schnell, ich habe Ihnen doch gesagt, dass meine Erinnerung zurück ist. Alles ist wieder da. Als ich bei ihm ankam, war er noch nicht da, und ich habe auf der Straße auf ihn gewartet. Und dann kam er angefahren, und in dem Moment, als er aus dem Auto ausgestiegen ist, war schlagartig die Erinnerung da, wie ein Film, der vor mir ablief.«

»Und was haben Sie gesehen?«

»Es ist hier passiert. Er hat sie hier von der Brücke gestoßen. Sie haben sich gestritten, und er hat ihr einen Stoß gegeben, und sie ist auf ihren hohen Absätzen gestolpert und hinuntergestürzt.« Sie fing an zu weinen. Endlich. Ich wusste, dass das der Durchbruch war. Sie würde jetzt langsam wieder zu sich kommen.

»Und Sie haben das gesehen?«

»Ja. Ich bin ihr an dem Abend zu den *Muretti* gefolgt. Weil ich mit eigenen Augen sehen wollte, was sie eigentlich dort treibt. Erst hat sie getanzt, mit einem Typen herumgemacht, und dann ist sie hierher zu der Brücke gegangen. Ich bin ihr nach, dachte, sie will sich bei den Dealern was zum Kiffen holen, aber dann tauchte Vittorio auf. Er hat erst mit einem der Dealer geredet, und dann hat ihn meine Mutter entdeckt und sie sind zusammen hierher zu der Brücke. Sie haben dann eine Weile geredet, erst noch friedlich, bis dann der Streit losging und es passiert ist.«

»Und dann?«

»Das ist ja das Schlimme. Ich verstehe mich selbst nicht. Ich bin einfach weggelaufen. Wie gestern auch vor Vittorio, als ich begriffen habe, was er getan hat. Aber meine Mutter war doch gestürzt. Vielleicht hätte ich ihr helfen können. Aber ich habe nicht nach ihr gesehen. Ich bin zurück zu den *Muretti*, in die Bar, ich glaube, das war die, in der wir auch zusammen waren.«

»Ihre Mutter war sofort tot. Sie hätten nichts mehr für sie tun können.«

»Aber ich wäre bei ihr gewesen.« Sie weinte wieder heftiger.

»Das verstehe ich. Das tut mir leid für Sie.« Jetzt wagte ich es endlich, sehr vorsichtig noch einen letzten Schritt auf sie zu zu machen, und sie ließ es geschehen, ließ auch zu, dass ich mich ganz nah zu ihr an die Brüstung stellte, sanft nach ihrem Arm griff und ihn festhielt. Sie lehnte sich sogar an mich, dann auch ihren Kopf an meine Schulter. Ich warf einen Blick zu Antonio de Magris, der mir aus der Entfernung zulächelte. Auch die Sanitäter hatten sich in Bewegung gesetzt, bereiteten eine Trage vor.

»Und dann habe ich mich total betrunken«, sagte Alba immer noch an mich geschmiegt. »Keine Ahnung, wie ich es nach Hause geschafft habe. Vielleicht gab es da wieder so einen rettenden Engel wie Sie. Am Morgen bin ich vor der Wohnungstür aufgewacht, und mir war schlecht und ich konnte mich an nichts erinnern.«

»Haben Sie denn mitbekommen, worum es in dem Streit zwischen Ihrer Mutter und Vittorio ging?«

»Nur ein paar Fetzen. Meine Mutter hat ihn angeschrien. Er muss irgendetwas Schlimmes angestellt haben, und sie hat verlangt, dass er deswegen zur Polizei geht. Keine Ahnung, um was genau es da ging.«

»Vielleicht weiß es Ihr Vater. Wir könnten ihn ja mal fragen.«

»Stimmt.«

Sie rutschte von der Brüstung, lief auf Antonio de Magris zu, der sie in den Arm nahm und jetzt wirklich weinte.

24

»Vittorio Petrini war also der große Unbekannte, den einige in der Tatnacht gesehen haben wollen, und ist schuld am Tod der *Frau in Rot*. Soviel steht jetzt fest«, sagte Tonio in einem Ton, als könne er es immer noch nicht ganz fassen. Er saß am Steuer des Polizei-Jeeps, mit dem wir auf die Alpen zu fuhren. »Und die Tochter hat das mitangesehen. Was für eine unglaubliche Nachricht.«

»Und ein gefundenes Fressen für die Presse«, ergänzte Ennio, der in Uniform auf der Rückbank saß, die er sich mit dem Hund teilte.

»Ja, das denke ich auch«, stimmte Tonio zu und setzte auf der schmalen Straße zum Überholen eines Lastwagens an, hinter dem wir eine Weile hergeschlichen waren. Trotz oder vielleicht wegen des Feiertags herrschte ziemlich viel Verkehr. Tonio Ferro hatte mich am Morgen pünktlich abgeholt, und zu meiner Überraschung war auch Ennio mitgekommen. Am Abend zuvor, als das Drama auf der Brücke endlich beendet war und Alba mit ihrem Vater verschwunden und auch die Sanitäter abgezogen waren, hatte ich Tonio noch Bericht erstattet, auch über all das, was ich in den letzten Tagen herausbekommen hatte, worauf er sofort den Polizeipräsidenten über die neue Entwicklung informiert hatte. »Der Questore«, erläuterte er uns jetzt, »plant heute noch eine Pressekonferenz, will aber abwarten, was wir noch an Erkenntnissen aus Saint-Martin-des-Moulins mitbringen.« Er scherte wieder in die rechte Spur ein und wandte mir den Kopf zu: »Und du glaubst also, dass Vittorio Petrini wegen dieses Bergführers, also dieses Paolo Manca, in dem Skidorf dort oben war und dass der in der ganzen Sache, um die es ging, mit drinsteckt? Jetzt erklär mir doch bitte noch mal ausführlicher, wie du darauf kommst.«

»Dann muss ich aber ganz von vorne anfangen.«

»Nur zu. Wir haben bis dahin ja noch ein schönes Stück Weg vor uns, das sollte doch reichen, oder?«, sagte er lächelnd.

»Also losgegangen ist es«, begann ich, »bei einem Ausflug von Fiat-Mitarbeitern zum Münchner Oktoberfest. Das war im vergangenen Jahr. Und währenddessen ist ein Unfall passiert, bei dem eine junge Radfahrerin gestorben ist. Den hat Vittorio Petrini verschuldet, der bei dem Ausflug dabei war, weil er auch für Fiat gearbeitet hat, nämlich als Subunternehmer Software zugeliefert hat, und zwar für die Produktionslinie des neuen elektrischen Fiat 500.«

»Ja, davon habe ich gehört, dass der jetzt wieder in dem alten Werk in Mirafiori gebaut wird«, sagte Tonio.

»Und daran war Vittorio«, fuhr ich fort, »wie gesagt mit seiner Firma beteiligt. Aber zurück zu dem Unfall. Vittorio hat auf der Rückfahrt vom Bierzelt in das Dorf bei München, in dem alle Fiat-Leute untergebracht waren, die junge Frau mit seinem Wagen in den Straßengraben abgedrängt. Wahrscheinlich hatte er nicht nur zu viel getrunken, sondern war auch auf Drogen. Er hat den Unfall angeblich im Dunkeln gar nicht bemerkt, hat sich jedenfalls nicht um sie gekümmert, sodass sie verblutet ist. Es gab aber einen Zeugen. Der war zufällig mit einem Testwagen für autonomes Fahren von BMW hinter Vittorios italienischem Fiat auf der Landstraße unterwegs und hat den Unfall mit den selbsttätigen Kameras dieses Testautos aufgenommen, wohl sofort seine Chance erkannt und Vittorio weiter bis zum

Hotel verfolgt. Dort hat er irgendwie herausbekommen, wer er ist, und das Bildmaterial hat er dann benutzt, um Vittorio zu erpressen. Vermutlich kannte er die Fiat-Leute aus dem Wirtshaus in dem Dorf, in dem er nämlich selbst zu Hause war. Er ist da selbst öfter eingekehrt und hat etwas von deren Gesprächen mitbekommen, wenn nicht sogar belauscht, wenn man dem Wirt glauben kann, und daher gewusst, dass da etwas zu holen ist.«

»Es ging also um Industriespionage«, warf Ennio ein. »Und hat Vittorio Petrini denn geliefert?«

»Ja, das hat er, und zwar Software aus seiner eigenen Firma. Außerdem auch Geld, wohl eine ganze Menge. Und die Signora de Magris hat ihm bei dem ganzen Handel mit dem Erpresser geholfen. Vittorio kannte natürlich Antonio de Magris durch die Zusammenarbeit bei Fiat und war ein guter Freund der Familie, und da er mit der Situation überfordert war, hat er sich in seiner Not an die Signora de Magris gewandt.«

»Warum ausgerechnet an sie?«

»Da kann ich nur spekulieren. Wie gesagt, sie waren gut befreundet, und ihr Mann, der, wie er sagt, in das alles nicht eingeweiht war, meint, dass sie sehr fit in solchen Dingen war. Ich glaube, wir haben durch die Skandalberichte in der Presse ein ganz falsches Bild von ihr. Sie war viel mehr als eine abergläubische Exzentrikerin, hatte ganz andere Seiten und hat viele Leute sehr beeindruckt. Aus meiner fachlichen Sicht würde ich sagen, sie war manisch-depressiv, also mal in längeren Phasen lebenshungrig und draufgängerisch, dann wieder in sich gekehrt und deprimiert. In ihren guten Zeiten konnte sie jedenfalls wohl sehr zupackend und pragmatisch sein.«

»Und der Erpresser, was ist das für einer?«

»*War* muss man wohl sagen. Er heißt Peter Maier und war wie gesagt in dem Dorf bei München zu Hause, in dem die Fiat-Leute im Hotel untergebracht waren. Er hat wohl sehr schnell begriffen, dass der Unfall seine Chance ist. Der Typ hatte nämlich hohe Spielschulden und wahrscheinlich über seine vietnamesische Freundin Kontakt zu einem Start-up für die Entwicklung von Elektroautos in Vietnam. Diesen Leuten hat er vermutlich die Informationen angedient, die er von Vittorio erpresst hat.«

»Und warum sagst du *war*, ist der auch tot?«, schaltete sich Ennio erneut von hinten in das Gespräch ein.

»Ziemlich sicher ja. Dieser Maier wollte die Gunst der Stunde nutzen und hat dafür einen Plan ausgeheckt, nämlich seinen Tod vorzutäuschen und alles hinter sich zu lassen, um mit dem erpressten Geld und den Informationen zusammen mit seiner Freundin nach Vietnam zu verschwinden.«

»Und was war das genau für ein Plan?«

»Jetzt kommt das Dorf ins Spiel, in das wir unterwegs sind.«

»Warum eigentlich gerade dieses Dorf?«

»Weil Vittorio das gut kannte. Er hat da als Kind und auch noch als Jugendlicher jedes Jahr Urlaub mit seinen Eltern gemacht und daher bis heute Kontakte im Dorf, vermutlich auch zu diesem Paolo Manca, zu dem wir jetzt unterwegs sind. Und in die Pläne von Peter Maier hat der Treffpunkt dort gut gepasst, weil er ja seinen Tod vortäuschen wollte. Tatsächlich war er nämlich nicht allein, sondern Vittorio und die Signora de Magris haben für ihn einen Bergführer organisiert, der ihn unbemerkt zu einem Hubschrauber über den Berg in ein Nachbardorf bringen sollte.«

»Ja und?«

»Maier ist dort nie angekommen. Sein Plan ging auf, aber anders als gedacht. Er scheint wirklich in eine Gletscherspalte gefallen zu sein. Und seine Freundin ist dann allein nach Vietnam geflogen, wohl von Zürich aus.«

»Lass mich raten. Da kommt dann wohl Paolo Manca ins Spiel?«

»Ja, ich vermute, dass er der Bergführer war, der Peter Maier begleiten sollte.«

»Das heißt«, schlussfolgerte Tonio, »es gibt zwei Möglichkeiten, was mit diesem Peter Maier passiert ist. Entweder ist er tatsächlich verunglückt oder der Bergführer hat unterwegs dafür gesorgt und sich an dem erpressten Geld bedient?«

»Ja, und ich vermute, die zweite Variante ist richtig.«

»Warum?«

»Weil das den Mord an Vittorio erklärt. Meine Vermutung ist, dass Paolo Manca nicht nur Peter Maier, sondern auch Vittorio Petrini umgebracht hat. Wir wissen ja, dass Vittorio vor seinem Tod nach Saint-Martin-des-Moulins gefahren ist und Manca dort getroffen hat. Und ich vermute, dass Vittorio am Ende war, endlich einen Schlusspunkt setzen und zur Polizei gehen wollte. Ich weiß, dass auch Antonio de Magris ihn dazu gedrängt hat. Wahrscheinlich hat Vittorio dann Paolo Manca bei seinem Besuch im Dorf über sein Vorhaben informiert, vielleicht auch versucht, ihn davon zu überzeugen, dass er sich ebenfalls stellt. Aber Manca hat da nicht mitmachen wollen, Vittorio im Gegenteil daran hindern wollen, und ist ihm deshalb nach Turin gefolgt und hat ihn umgebracht.«

»Aber eines verstehe ich nicht«, wandte Ennio ein. »Warum hat Vittorio Petrini so lange gezögert, zur Polizei zu gehen und sich stattdessen diesem Erpresser ausgeliefert?«

»Das kann dein Freund dir besser erklären«, sagte ich.

»Es war nicht sein erster Unfall«, erläuterte Tonio. »Der Mann war drogenabhängig und hat schon einmal vor mehr als zwei Jahren bekokst einen Unfall gebaut. Dabei ist eine Frau verletzt worden. Petrini wäre daher in jedem Fall ins Gefängnis gekommen.«

»Das erklärt dann aber noch nicht seinen Sinneswandel«, wandte Ennio ein. »Die Signora de Magris wollte doch auch schon mit der Wahrheit ans Licht, hat aber Vittorio Petrini bei dem Treffen an den *Muretti* nicht davon überzeugen können, zur Polizei zu gehen. Und hat das an diesem Abend immerhin mit ihrem Leben bezahlt. Wieso sollte er denn wenige Monate später seine Meinung geändert haben?«

»Ich glaube«, ergriff ich nun wieder das Wort, »dass ihn seine Schuld nach und nach erdrückt hat, vor allem, seit die Signora de Magris tot war und er wusste, dass er auch diesen Tod verschuldet hat. Er wird sich zudem gedacht haben, dass Peter Maier nicht von selbst in eine Gletscherspalte gefallen ist, sondern dass Paolo Manca ihn unterwegs zu dem Hubschrauber umgebracht und beraubt hat, und er hat sich wahrscheinlich auch dafür mitverantwortlich gefühlt. Vittorio war ja nicht dumm. Und er war im Grunde ein anständiger Kerl, so viel Menschenkenntnis habe ich, auch wenn ich nur eine Psychoanalytikerin bin.«

Tonio lächelte amüsiert. »Jedenfalls bist du eine ganz gute Kriminalistin, das muss man dir lassen.«

»Vermutlich«, fuhr ich, von dem Kompliment scheinbar unbeeindruckt, fort, »war Vittorio ziemlich einsam, und diese Geschichte hat ihn noch viel einsamer gemacht. Er hat sich dann in seiner Verzweiflung einen Hund angeschafft.« Ich warf einen schnellen Blick zurück zu Cesare. »Das hat natürlich auch nichts an seiner Situation geändert. Aber vor allem hat dann Antonio de Magris in der letzten Zeit wohl heftigen Druck auf ihn ausgeübt, sich zu stellen und reinen Tisch zu machen. Das hat dann wahrscheinlich den Ausschlag gegeben. Vielleicht hat de Magris ihm sogar gedroht, dass er das sonst übernimmt.«

»Glaubst du denn, Antonio de Magris hat geahnt, dass sein Freund und Kollege auch Schuld am Tod seiner Frau hatte?«

»Nein, das nicht, dann hätte er ihn wohl schon längst nicht mehr gedeckt, da bin ich vollkommen sicher. Der Mann hat seine Frau geliebt.«

Inzwischen hatten wir die Passstraße nach Saint-Martin-des-Moulins erreicht, und Tonio lenkte den Jeep mit viel Schwung durch die Serpentinen. Hin und wieder sah ich nach dem Hund auf der Rückbank, etwas in Sorge, dass ihm von der wilden Kurverei schlecht werden könnte, aber Ennio kraulte ihn unentwegt, und Cesare schien das sehr zu genießen. Ob der Terrier begriffen hatte, dass Vittorio tot war? Ich selbst hatte es jedenfalls noch nicht verstanden und wusste, dass es auch noch eine ganze Weile dauern würde, bis es so weit war.

Vor gut einer halben Stunde hatten wir den Abzweig nach Damanhur passiert, und die Bilder von dem palastähnlichen unterirdischen Tempel waren mir wieder vor Augen gekommen, wie mir auch der junge Berliner wieder einfiel, der mich in der Gemeinschaft herumgeführt hatte. Ob der Delphin noch da war? Und ob sich noch irgendjemand an die Signora de Magris erinnerte?

Wir kamen jetzt langsam dem Dorf näher, und um uns herum war die Landschaft wie ausgewechselt, ganz anders als bei meiner letzten Fahrt hoch in den Skiort. Wo vor gut vier Wochen noch meterhoch der Schnee gelegen und sich seitlich eisige Wälle aufgetürmt hatten, gab es jetzt nur noch vereinzelte weiße Flecken und hier und da schmutzige Schneeberge. Doch kurz bevor wir das Dorf erreichten, veränderte sich erneut das Bild, und der Winter kehrte zurück. Als wir dann auf den Parkplatz fuhren, fiel mein Blick auf den Sessellift, wo sich eine Schlange von tief gebräunten Skifahrern gebildet hatte, die alle darauf warteten, nach oben auf die Pisten gebracht zu werden. Aber heute stand für mich etwas anderes auf dem Programm als Ski fahren, dachte ich etwas neidisch, nicht ahnend, dass ich bald eines Besseren belehrt werden würde.

»Hast du eine Idee, wie wir jetzt diesen Paolo Manca finden können?«, fragte mich Tonio. Mir fiel sofort Raffaella ein.

Zu dritt und mit dem Hund an unserer Seite nahmen wir die schmale Straße vom Parkplatz zu dem *Alimentari* in der Dorfmitte. Dann wiederholte sich eine Szene, und schlagartig fühlte ich mich um einen Monat zurückversetzt. Wie beim letzten Mal entdeckte Raffaella mich schon von ihrer Ladenkasse aus und kam herausgestürmt. Dann – und darin unterschied sich zum Glück die Szene vom letzten Mal – fiel sie mir vollkommen unbefangen um den Hals. Das Einzige, was uns dabei im Weg stand, war ihr, wie mir schien, noch ein wenig umfänglicher gewordener Bauch.

»Geht alles gut?«, fragte ich.

»Blüht, wächst und gedeiht«, antwortete sie strahlend.

Wieder war ich beeindruckt von ihrem gelassenen Temperament und ihrem heiteren Gemüt, denn Raffaella schien sich auch jetzt über nichts zu wundern, nicht darüber, was ich so plötzlich mit zwei Männern, von denen einer Uniform trug, in ihrem Dorf zu suchen hatte, nicht darüber, dass ich auf einmal einen Hund dabei hatte, und auch nicht darüber, dass ich mich nach Paolo Manca erkundigte.

»Den müsstest du doch eigentlich kennen«, sagte sie nur.

»Nein, nicht dass ich wüsste, woher soll ich den kennen?«

Sie dachte nach, griff sich an den Kopf. »Stimmt, das war ja vor deiner Zeit. Der war früher Skilehrer hier, aber das ist sehr lange her, und als wir damals mit dem Club trainiert haben, war er schon eine Weile weg. Dann ist er aber vor drei Jahren ins Dorf zurückgekommen und arbeitet jetzt bei der Liftgesellschaft. Der war ziemlich abgerissen, als er hier wiederaufgetaucht ist. Bei dem muss einiges im Leben schiefgelaufen sein. Aber vor einigen Monaten hat sich das Blatt für ihn gewendet, und er hat wohl eine kleine Erbschaft gemacht und sich einen Rustico gekauft, den er jetzt renoviert.«

Das war eine interessante Information, die mit der angeblichen Erbschaft den Verdacht gegen Paolo Manca untermauerte, aber ich ging nicht weiter darauf ein, und Raffaella fuhr auch schon fort: »Am Dorfrand, aber gar nicht so schlecht. Ein knorziger Typ ist er jedenfalls, aber das ist ja nichts Besonderes, das sind ja die meisten von diesen Bergmenschen hier, das kennst du ja.«

»Und wo finden wir den jetzt?«

»Ich glaube, der ist oben auf dem Berg, entweder an der Gipfelstation vom Sessellift oder mit der Schneeraupe auf den Pisten unterwegs.«

»Kann man denn ganz abfahren bis ins Dorf?«

»Ja, die schwarze Piste ist bis unten präpariert. Am besten nehmt ihr Skier mit, wenn ihr den treffen wollt. Kann sein, dass ihr auf die Piste müsst.«

Eine halbe Stunde später saß ich mit Tonio im Sessellift, beide mit ausgeliehenen Skischuhen und Skiern an den Füßen, Tonio anders als ich aber mit mulmigem Gefühl. Es war wohl eine ganze Weile her, dass er auf den Brettern gestanden hatte, und eine besonders beglückende Erfahrung schien es nicht gewesen zu sein. Ich drehte mich noch einmal zu Ennio um, der mit dem Hund unten geblieben war, winkte ihm zu, er winkte zurück, und Cesare bellte. Oben angekommen, sprang Tonio dann doch erstaunlich behände aus dem Sessel, und wir wandten uns direkt an den Mann, der dort den Lift überwachte und Kindern und schwierigen Kunden beim Aussteigen half.

»Sie wollen zu Paolo?«, fragte er zurück, »der ist im Lifthaus.« Er zeigte auf eine gläserne Kabine, wohl das Kontroll- und Steuerzentrum der Aufstiegsanlage. Durch die Fenster sah ich einen älteren Mann mit grauem gelocktem Haar und wusste sofort, dass ich mich nicht irrte. Das war der Mann, der am Nebentisch gesessen hatte, als ich mich vor Wochen mit Raffaella in der Bar unten im Dorf getroffen hatte und der unser Gespräch belauscht hatte. War er es auch, der mich dann am nächsten

Tag auf Skiern verfolgt hatte? Wir schnallten ab, liefen die paar Meter, und Tonio öffnete die Tür zu dem Lifthaus. Paolo Manca hob überrascht den Kopf. »Was wollen Sie hier?«, fuhr er uns an. »Zutritt nur für Personal. Haben Sie das Schild nicht gesehen?«

Tonio zückte seinen Polizeiausweis. »Sie sind Paolo Manca? Wir müssen mit Ihnen sprechen. Es geht um Vittorio Petrini.«

Es gab ein metallisches, knallendes Geräusch, und der Sessellift stand mit einem Schlag still. Manca hatte ihn mit einem Griff zum Notschalter angehalten. Ich sah nach unten. Durch den Ruck, den der plötzliche Halt ausgelöst hatte, schaukelten die Sessel heftig hin und her, einer schlug sogar gegen einen der Pfeiler, ein Kind begann zu weinen, eine Frau schrie auf.

»Setzen Sie den Lift sofort wieder in Gang!« Das war Tonio, der seine Pistole gezogen hatte, sie auf Manca richtete. Aber im Bruchteil einer Sekunde war der durch die Hintertür verschwunden. Ein Motor heulte auf, und wir sahen nur noch eine Schneewolke. Manca war auf sein Schneemotorrad gesprungen und brauste davon, die schwarze Piste hinunter. Ich zögerte keinen Augenblick, stieg wieder in die Ski und fuhr ihm hinterher, aber er hatte einen Vorsprung, und obwohl ich alles gab, holte ich ihn nur langsam ein. Einmal rutschte ich auf einer vereisten Stelle weg, wäre fast gestürzt, fing mich aber gerade noch. Dann, ich traute meinen Augen nicht, bog Manca mit dem Schneemotorrad zum Couloir ab. Das konnte nicht gutgehen. Ich folgte ihm, machte aber oben am Einstieg halt, nutzte den Moment, um einen schnellen Blick hin zum Sessellift zu werfen, der gottlob wieder lief. Für Manca ging es nicht gut. Mitten in der Rinne kippte das Schneemotorrad seitlich weg, begrub ihn unter sich, rutschte noch ein ganzes Stück weiter bis zum Ende des Couloir, wo es an dem Querweg, der dort verlief, mit einer Kufe an einem Felsen hängenblieb. Vorsichtig fuhr ich hinterher, kam ohne Sturz bei dem Verunglückten an, der bei

Bewusstsein, aber unter dem Schneemotorrad eingeklemmt war. Ich schnallte meine Skier ab, rief sofort die Pistenwacht, informierte Tonio und beugte mich dann hinunter zu Manca. »Sind Sie verletzt, haben Sie Schmerzen?«, fragte ich.

»Mein Bein tut weh«, antwortete er mühsam und mit rauer Stimme, »ich glaube, es ist gebrochen.«

Es dauerte eine ewige Viertelstunde, dann war die Pistenwacht mit dem Akia da. Die ganze Zeit über hielt ich dem verletzten Manca die Hand, schwieg, weil ich dachte, es wäre besser, nicht zu sprechen.

Aber dann räusperte er sich. »Vittorio wollte zur Polizei gehen«, sagte er. »Er war einfach nicht davon abzubringen. Er wollte mein Leben hier wieder zerstören. Wo ich es endlich ein bisschen geschafft habe.«

»Deshalb haben Sie ihn umgebracht?«

»Ich habe das nicht gewollt. Ich wollte nur mit ihm sprechen. Ihn davon abhalten, dass er zur Polizei geht und denen alles erzählt.« Seine Stimme brach. Einen Moment blieb er still, fuhr dann aber fort. »Deshalb bin ich ihm nachgefahren nach Turin. Ich wollte es noch einmal versuchen. Aber der sture Kerl hat nicht nachgegeben. Und dann lag da das Messer, und ich habe zugestochen.«

Die Therapeutin in mir sagte, dass ich den Verletzten in Ruhe lassen sollte, aber jetzt, wo er von sich aus gesprochen hatte, wollte ich es doch wissen. »Und diesen Deutschen, den Peter Maier«, fragte ich, »haben Sie den auch umgebracht, in eine Gletscherspalte gestoßen und sein Geld an sich genommen?«

Er nickte nur schwach und verlor dann das Bewusstsein. Zum Glück kam in diesem Moment endlich die Pistenwacht an. Als sie ihn befreit und auf das Akia gehoben hatten, kam er wieder zu sich, sah mich aus schmerzverzerrtem Gesicht an: »Das war so ein arroganter Typ, der von den Bergen keine Ahnung hatte. Der wäre auch ohne mein Zutun in die Eisspalte gefallen.« Dann versagte ihm wieder die Stimme, seine Augen fielen zu, und das Akia setzte sich mit ihm in Bewegung.

Langsam und in weiten Schwüngen fuhr ich die Piste hinunter, wich anders als sonst den Buckeln aus, machte immer wieder halt, sog die Bergluft ein, die nach Schnee roch und trotz spätem April noch wunderbar kühl war. Dann kam das Dorf in Sicht, mit dem Kirchturm und seinen wenigen Häusern, deren jetzt schneelose Dächer in der Sonne rot schimmerten. Ich erkannte Tonio, der es – wie auch immer – geschafft hatte, erstaunlich schnell ins Tal hinunterzukommen. Neben ihm an der Talstation des Sessellifts stand Ennio mit Cesare, der mich schon aus der Ferne witterte und zu bellen begann. Ich blieb noch eine Weile in der Höhe stehen, sah hinunter auf das Dorf, in dem ich so oft gewesen war, meine beste Freundin gefunden hatte, die Skier immer besser beherrschen gelernt hatte und unter anderem dank dessen auch immer besser mit dem Verlust meiner Mutter zurechtgekommen war. Ob sie wohl tot war? Und hatte es mir nun geholfen, wochenlang dem Mörder der *Frau in Rot* hinterherzulaufen, würde es jetzt leichter sein, mit ihrem Verlust zu leben? Mit der Unklarheit? Unwahrscheinlich. Anders als bei Vittorio, von dem ich so wenig gewusst hatte und an dessen Tod ich mich gewöhnen würde. Bald würde es neue Bewohner in seiner Wohnung geben, neue Begegnungen im Treppenhaus und in der Bar, andere Gespräche von Balkon zu Balkon, und der Hund würde sich abgewöhnen, an der Leine zu Vittorios Tür zu ziehen, ihm nachzuschnuppern.

Ich drückte mich mit den Stöcken heftig ab, fuhr die letzten hundert Meter bis zur Talstation im Schuss, schwang direkt vor den beiden Männern ab, sodass der Schnee wie Puderzucker aufstäubte, und schnallte die Skier ab. Ennio machte einen Schritt auf mich zu, nahm mir sanft die Mütze vom Kopf, strich mir über das Haar, umarmte mich, und etwas war anders als sonst.

»Musst du nicht eigentlich in Pisa sein, heute ist doch Feiertag?«, fragte ich. »Nein, Cami«, sagte er zärtlich. »Das ist vorbei«, und schloss mich noch fester in seine Arme.

Nachbemerkung der Autorin

Vor einigen Jahrzehnten hat sich in Turin ein realer, bis heute nicht aufgeklärter Fall ereignet, der mich zur Geschichte des vorliegenden Kriminalromans inspirierte. Damals wurde eine Frau ermordet aufgefunden, die wegen ihrer außergewöhnlichen Kleidung *Die Frau in Rot* genannt wurde. Diesen Mordfall erzähle ich allerdings ganz anders, als er sich in Wirklichkeit abgespielt hat.

Alle Figuren und Geschichten sind frei erfunden und nur wenige meiner Schilderungen und Ortsbeschreibungen sind nicht fiktiv. Reale Vorbilder, wie das Zentrum von Damanhur, habe ich aber außerdem oft verändert, sodass sie zu meinem Roman passen. Dies gilt insbesondere für den Ort, den ich *Muretti* genannt habe und der den realen Turiner *Murazzi* nachempfunden ist. Diese alten Schuppen und Lagerhäuser am Ufer des Po haben jedoch schon lange nichts mehr mit dem im Roman geschilderten Bild gemein. Auch das Skidorf Saint-Martin-des-Moulins wird man in den Alpen bei Turin vergeblich suchen.